GERHARD LOIBELSBERGER
Mord
und Brand

WIEN BRENNT! Wien, 27. Juli 1911. Ein Großbrand wütet auf den Holzlagerplätzen am Nordbahnhof. Erst nach zwei Tagen kann er unter Einsatz von 167 Mann der Wiener Berufsfeuerwehr gelöscht werden. Inmitten tausender Schaulustiger wird ein Mann brutal zu Tode geprügelt. Frantisek Oprschalek und Nepomuk Budka, ein mehrfach verurteilter Gewaltverbrecher, ziehen eine blutige Spur von Morden, Gewalttaten und Brandstiftungen durch Wien. Inspector Nechyba und dessen Frau Aurelia geraten in einen Strudel von Gewalt, der sie auch persönlich bedroht.

Der historische Kriminalroman »Mord und Brand« führt in ein Wien, das von sozialen Unruhen, Großbränden und Gewalt jeglicher Art geprägt ist. Es gibt aber auch, so wie in den Romanen »Naschmarkt-Morde« und »Reigen des Todes«, kulinarische Köstlichkeiten zu entdecken: Immer dann wenn man Aurelia beziehungsweise Joseph Maria Nechyba in die Kochtöpfe guckt.

© Andreas Schmidt

2009 startete Gerhard Loibelsberger mit den »Naschmarkt-Morde« eine Serie historischer Kriminalromane rund um Joseph Maria Nechyba. 2016 goldener HOMER Literaturpreis für: »Der Henker von Wien«. 2011 und 2017 erschienen die Italien-Thriller »Quadriga« und »Im Namen des Paten«. 2018: »Schönbrunner Finale«, der letzte Roman der sechsteiligen Nechyba-Serie. 2019: »Morphium, Mokka, Mördergeschichten«. 2020: der historische Roman »Alles Geld der Welt«. 2021: der dystopische Thriller »Micky Cola« und »Alt Wiener Küche«.
Mehr Informationen zum Autor: www.loibelsberger.at

GERHARD LOIBELSBERGER

Mord
und Brand

Ein Roman aus dem alten Wien

GMEINER

Immer informiert

Spannung pur – mit unserem Newsletter informieren wir Sie
regelmäßig über Wissenswertes aus unserer Bücherwelt.

Gefällt mir!

Facebook: @Gmeiner.Verlag
Instagram: @gmeinerverlag
Twitter: @GmeinerVerlag

Besuchen Sie uns im Internet:
www.gmeiner-verlag.de

© 2011 – Gmeiner-Verlag GmbH
Im Ehnried 5, 88605 Meßkirch
Telefon 07575/2095-0
info@gmeiner-verlag.de
Alle Rechte vorbehalten
8. Auflage 2023

Lektorat: Claudia Senghaas, Kirchardt
Herstellung: Mirjam Hecht
unter Verwendung des Bildes »Die Hoffnung I« von Gustav Klimt;
Quelle: http://www.zeno.org/Kunstwerke/B/Klimt,+
Gustav%3A+Die+Hoffnung+I?hl=klimt+gustav+hoffnung
Druck: Custom Printing Warschau
Printed in Poland
ISBN 978-3-8392-1217-2

Für Lisa. In Liebe.

Verzeichnis der historischen Personen

Karl Freiherr von Brezowsky : Wiener Polizeipräsident von 1907 bis 1914

Otto Brötzenberger: Opfer der Teuerungsunruhen

Roman Fuchs (1861 – 1911): Zentralinspector der Wiener Sicherheitswache.

Giuseppe Hmelak: Grazer Händler und Importeur von Delikatessen.

Franz Joachimsthaler: Opfer der Teuerungsunruhen

Alexander Graf Kolowrat-Krakowsky (1886 – 1927): Gründer der Sascha Film.

Adolf Kratochwilla (1860 – 1938): Besitzer des Café Sperl.

Karl Lueger (1844 – 1910): Wiener Bürgermeister.

Gustav Mahler (1860 – 1911): Komponist und Direktor der Wiener Hofoper von 1897 bis 1907.

Israel John Meyerowicz: International tätiger Mädchenhändler.

Salomon Münz: Mädchenhändler, der in Krakau zu 2
Jahren Kerker verurteilt wurde.

Josef Neumayer (1844–1923): Wiener Bürgermeister von
1910 bis 1912

Nikolaus Njegusch Wawrak: Tischlergeselle aus Dalmatien, verübte 1911 ein Pistolenattentat auf den Justizminister

Ignaz Pamer (1866–1957): Zentralinspector der Wiener
Sicherheitswache.

Franz Schottek (geb. 1877): Lohnschreiber und Brandstifter

Johann Schwarzer (1880–1914): Fotograf, Kameramann
und Filmproduzent. Gründete
Österreichs erste Filmproduktion, die Saturn-Films.

Franz Wögerbauer: Opfer der Teuerungsunruhen

Wien, im Jahr 1911

1. Teil

»MIT DEM AMTSANTRITTE *der 146 Sektionsleiter und des denselben zugewiesenen Hilfspersonales am 2. Jänner 1911 begann die zweite, und zwar für den Erfolg entscheidende Phase des Volkszählungsgeschäftes.*

...

Nach Abschluß der Revision beschäftigten sich sämtliche 146 Sektionen sowie die Zentralsektion mit der Fertigstellung der vorläufigen Ergebnisse (Rohbilanz) der Volkszählung, welche vom Magistrate am 16. Jänner amtlich veröffentlicht wurden. Der vorläufig ermittelte Bestand der anwesenden Bevölkerung beziffert sich einschließlich des aktiven Militärs mit 2.030.834 Köpfen«

Aus »Die Gemeinde-Verwaltung der Stadt Wien im Jahre 1911. Bericht des Bürgermeisters Dr. Josef Neumayer« Wien 1912

I.

Es war ein düsterer Morgen. Im Laufe des Tages verzog sich der Nebel nur teilweise, alles blieb grau in grau. Dazu blies ein eisiger Wind, der Budka bei seinem Rundgang ziemlich zu schaffen machte. Kein Wunder, schließlich stagnierte die Quecksilbersäule des Thermometers bei der Nullgradgrenze. Ein Tag, der für ihn auch deshalb beschwerlich war, weil er von der überlangen Silvesternacht einen Kater hatte. Seine Gliedmaßen fühlten sich noch steifer an, als sie es ohnehin schon aufgrund der Kälte waren. Da half nur rasches Gehen, fast Laufen, zwischen den einzelnen Kunden, die er zu beliefern hatte. Konnte man zu diesen Unglücklichen, die er besuchte, eigentlich Kunden sagen? Er wusste es nicht. Es blieben für ihn eher Stationen, wo er sich kurz aufwärmen konnte, bevor er wieder hinaus in die winterliche Kälte trat. Wer aber waren diejenigen wirklich, die ihm seinen Stoff abnahmen? In Wahrheit, so dachte er, war sein Erscheinen eine Art Zwangsbeglückung. Die meisten von ihnen mussten auf jeden Heller schauen, den sie ausgaben. Zusätzlich mussten sie Brennmaterial sparen und konnten nur wenige Stunden am Tag ihre jämmerlichen Öfen beheizen. Ja, das Leben war verdammt teuer geworden in der Reichshaupt- und Residenzstadt Wien. Und während die Reichen immer reicher wurden und immer prunkvollere Gebäude rund um die Innenstadt beziehungsweise immer weitere Mietskasernen am Rande der Stadt bauen ließen, kämpfte ein großer Teil der Wiener Bevölkerung ums nackte Überleben. An diese unerfreuliche Tatsache wurde er erinnert, als er in der Kalvarienberggasse in eine Demonstration der Schneidermeister geriet. Eine Gruppe von gut 300 Menschen lärmte und brüllte vor dem Gebäude der Herrenkonfektionsfabrik Lischauer. Einige Sicherheitswachleute standen dabei und schauten unbeteiligt zu. Man sah ihnen an, dass sie sich lieber in der warmen Stube eines Kommissariats aufgehalten hätten, als hier draußen im eisigen Wind. Was für ein Jahr würde 1911 werden, wenn es schon am Neujahrstag mit einem Streik und einer Demonstration begann?

Trotzdem setzte er ein bemüht freundliches Lächeln auf, stets darauf bedacht, dass es kein Grinsen war, wenn er an die Tür einer seiner Stationen klopfte oder im Falle eines etwas besseren Hauses an der Tür klingelte. Er wünschte ein gutes Neues Jahr, fragte höflich nach dem allgemeinen Befinden, obwohl ihm das völlig egal war und verkaufte dann eines der Machwerke, die er mit sich führte. Es handelte sich um Kolportageromane, die in wöchentlichen Fortsetzungen erschienen. Das simple Handlungsmuster dieser Schundromane war immer so gestrickt, dass am Ende eines Heftes – unmittelbar vor den Worten ›Fortsetzung folgt‹ – die Spannung enorm war. So wurden die Leser und Leserinnen zum Kauf des nächsten Heftes animiert. Manche waren süchtig danach. Woche für Woche warteten sie voll Sehnsucht und Spannung auf das Erscheinen des Kolporteurs, damit er ihnen neuen Lesestoff lieferte, der sie zum Träumen oder auch zum Vergessen ihrer eigenen kümmerlichen Existenz anregte. Es waren Titel wie ›Die Königstochter im Irrenhaus‹, ›Um der Liebe willen verstoßen und geächtet‹, ›Fetzer, der größte deutsche Räuberhauptmann des 19. Jahrhunderts‹, ›Der Henker von Berlin‹ oder ›Kätchen Schneider‹. Letzterer war ein Dienstmädchenroman, der von eben jenen gekauft und mit Begeisterung gelesen wurde. Ein Umstand, den er nicht verstand. Er selbst würde nie einen Roman über seinesgleichen lesen. Über Gauner, Räuber, Diebe, Strizzis und Totschläger. Die Kreise, in denen er verkehrte, interessierten ihn nicht. Elend und Verbrechen begleiteten ihn von Kindesbeinen an. Sie waren ein Fluch, den er nicht abschütteln konnte. Heute weniger denn je. Denn wenn man, so wie Budka, mehrmals im Zuchthaus gesessen hatte, bot einem das Leben nur mehr sehr eingeschränkte Möglichkeiten. »Es ist eh völlig Blunzen*, ob's d' ehrlich bleibst oder nicht, ein armer Hund bleibt ein armer Hund …«, murmelte er, als er eine ebenerdig gelegene, nach Moder riechende Zimmer-Küche-Wohnung betrat. Hier hauste ein zaundürrer Schneidermeister mit Frau und drei Kindern. Die eineinhalb Räume dienten als Wohnung und Werkstatt zugleich. Infolge des Streiks arbeitete der Schneider heute ausnahmsweise nicht. Er saß stumpfsinnig vor sich hinstarrend am Küchentisch, zwei seiner Kinder plärrten in dem unwirtlich kalten Zimmer. Die Aussicht, mittels des Schundromans der tristen Wirklichkeit für ein paar Stunden entfliehen zu können, hellte des Schneidermeisters Miene auf. Seiner

---

* egal

13

mürrisch dreinschauenden Frau nahm er 14 Heller ab. So viel kostete die siebzigste Fortsetzung des Romans ›Fetzer, der größte deutsche Räuberhauptmann des 19. Jahrhunderts‹. Mit stark tschechischem Akzent sagte er: »Sehr schene Roman. Sehr schen … Da mit die Fetzer lernt ich Deitsch.«

Das Ende seines Rundgangs führte Budka in die besseren Wohngegenden diesseits des Gürtels. Hier waren Beamtenwitwen, gelangweilte Hausfrauen, Gouvernanten, Köchinnen und Dienstmädchen seine Kundinnen. Die männlichen Bewohner konnten sich in der Regel den Besuch eines Kaffeehauses leisten. Dort lagen Zeitungen und Zeitschriften auf, die reichlich Lesestoff boten oder man traf Freunde und Bekannte, mit denen man diskutieren und politisieren konnte. Kurz: Wer ins Kaffeehaus ging, stand selbst mitten im Leben. Die Lektüre eines Kolportageromans erübrigte sich somit.

Er lief Stiegenhäuser hinauf und hinunter, trotz des kalten Wetters stand ihm der Schweiß auf der Stirne. Ungeduldig sah er der letzten Station seiner Tour entgegen. Nicht, dass ihn Frau Schmidt, die ihn dort erwartete, sonderlich interessiert hätte. Sie war eine fette, viel zu stark parfümierte Hofratswitwe mit mehrfachem Doppelkinn und Froschaugen. Bis auf einmal, als eine elegante, etwas jüngere Frau bei ihr zu Besuch war, lag sie immer faul auf einem Kanapee im Salon, döste vor sich hin und stopfte mit ihren kleinen dicken Fingern Konfekt in sich hinein. Diese letzte Kundin wohnte in einer herrschaftlichen Wohnung in der Zeismannsbrunngasse. Das Dienstmädchen ließ ihn ein und führte ihn in den Salon der Wohnung, wo die Dame des Hauses mit dünnem Lächeln seine Neujahrswünsche und die neueste Folge des französischen Räuberromans ›Cartouche‹ entgegennahm. Mit einer müden Handbewegung gab sie ihm 14 Heller, das Dienstmädchen geleitete ihn wieder zur Wohnungstür. Als die Tür hinter ihm ins Schloss fiel, atmete er tief durch. Mit vor Aufregung wackeligen Beinen ging er ein halbes Stockwerk hinunter. Dort befand sich ein großes Fenster mit einem ziemlich tiefen Fensterbrett, auf dem Blumentöpfe mit prächtigen, alten Kakteen standen. Bösartige, stachelige Gfraßter*, die nur darauf lauerten, jeden, der ihnen zu nahe kam, zu stechen. Vorsichtig, ganz vorsichtig hob er die Untertasse des rechten, äußeren Blumentopfes. Und da blitzte es: ein weißes Kuvert. Gierig griff er mit der anderen Hand danach, fischte es hervor und streifte dabei einen fünf Zentimeter langen Stachel. Er unterdrückte einen Schmerzensschrei, ließ das Kuvert fallen und lutschte an der verletzten Stelle. Es schien ihm, als ob der Kaktus hämisch grinste. Zornig zückte er sein Messer, um das stachelige Monstrum zu zerstückeln. Im letzten Augenblick beherrschte er sich. Nur nicht auffallen! An seinem Handrücken lutschend, hob er das Kuvert auf.

»Da schau her …«, murmelte er, als er nicht nur die Anzahlungsrate von zwei 50-Kronen-Scheinen fand, sondern auch ein Stück Papier, das bei den Geldscheinen lag. Er hielt es zum Licht und las:

Friederike Nemec muss ebenfalls sterben. Sie arbeitet im Verschleißmagazin des Ersten Wiener Consum-Vereins in Wien V, Pilgramgasse 16.

---

* Biester

Leise pfiff er durch die Zähne und steckte den Mordauftrag mit Namen und Adresse des Opfers ein. Er kratzte sich am Kopf, kramte aus seiner Hosentasche einen Bleistiftstumpf hervor und kritzelte auf das Kuvert:

Wird gemacht. Fir dopeltes Honnorar.

Diese Antwort schob er unter den Blumentopf. Er machte es so vorsichtig, dass kein Stachel ihn verletzen konnte. Dafür erntete er vom Kaktus einen griesgrämigen Blick.

II.

Hatte Budka heute Morgen etwas von einem grauslichen und üblen Tag gemurmelt? Falls dem so war, hatte
er sich geirrt. Der Tag war großartig. Mit einem Schlag
würde er nun nicht nur 500, sondern 1000 Kronen verdienen. Beschwingt schritt er durch den 7. Bezirk, überquerte die belebte und stark befahrene Mariahilfer Straße
und ging dann weiter hinunter zum Wiental. Dort – in
der Nähe des Naschmarktes – kehrte er in eine seiner
Lieblingsspelunken ein. Er bestellte sich ein großes Bier,
einen doppelten Slibowitz* und ein Gulasch. Den Slibowitz kippte er als Erstes hinunter. Wohlig mild rann
die ölige Spirituose den Schlund hinab. Er beutelte sich
kurz, seufzte zufrieden »Ahhh...« und merkte, wie sich
eine angenehme Wärme vom Magen ausgehend im ganzen Körper verbreitete. Nun nahm er bedächtig einen
Schluck Bier, wischte sich den Schaum aus dem Schnurrbart und lehnte sich zufrieden zurück. Er musterte die
anderen Gäste des Lokals und entdeckte in einer entfernten Ecke den Frantisek Oprschalek, der vor sich hin-
starrte. Der Zeigefinger seiner rechten Hand umkreiste
in endlosen Runden den Rand eines leeren Bierglases.
Irgendwas schien ihn zu bedrücken. Budka winkte dem
Kellner und bestellte dem Oprschalek ein Krügel Bier.

---

* Zwetschkenbrand

Als der Kellner es ihm brachte, wollte Oprschalek es zuerst gar nicht annehmen. Erst als ihm klar gemacht wurde, dass er darauf eingeladen war, griff er gierig danach und machte einen langen Zug. Dann setzte er das Glas ab, erblickte Budka, stand wankend auf und kam zu dessen Tisch.

»Bist auf eine Goldader g'stoßen, dass d' mich heut' einladest?«, lallte Oprschalek und setzte sich zu ihm an den Tisch. Sein Gönner grinste und sagte:

»Na, du bist ja schon ganz schön b'soffen … Hast heut nix gearbeitet, weil dein Meister streikt?«

»Wir streiken aa… Wir Schneidergesellen unterstützen unsere Meister. Gegen das Großkapital … gegen die Ausbeuter … gegen die Teuerung … gegen die Scheißregierung … gegen die ganze Welt, gegen den Herrgott und gegen den …«

»Kusch!«, schnitt Budka dem Oprschalek das Wort ab und packte ihn beim Unterarm.

»Halt die Gosch'n! Wenn dich ein Polizeispitzel hört, gehst Meier*.«

Oprschalek trank einen gewaltigen Schluck und stellte das Bierglas krachend auf den Holztisch. Dabei murmelte er leise vor sich hin:

»Um'bracht g'hören s', die Gfraßter. Jeder Fabrikant aufg'hängt … an einer Laterne vor seiner Fabrik. Und dann die Fabrik anzünden. Anzünden, verstehst? Die ganze Welt in Flammen setzen. Einen Feuersturm entfachen, der alle Kapitalisten wegfegt … der das Antlitz der Erde reinigt …«

Oprschalek packte Budka bei der Schulter, beugte sich vor und sah ihm in die Augen:

---

* verhaftet werden

»Ich sag' dir: Feuer ist die einzige Lösung. Alles muss brennen. Alles! Erst wenn alles nieder'brannt is', hat die Welt ihre Sünden gebüßt. Dann kann a neue Gesellschaft kommen, wo alle Menschen gleich sind …«

Und während Budka den Oprschalek'schen Endzeit-fantasien zuhörte, hatte er eine Vision. Er würde den Oprschalek bei seinen pyromanischen Ideen unterstützen. Erstens hatte er für Großbürger und Fabrikanten sowieso noch nie einen Funken Mitleid verspürt, und zweitens passte das hervorragend zu seinen Plänen. Warum sich selbst die Hände schmutzig oder gar blutig machen? Zumindest den Mord am Direktor Hubendorfer würde er Oprschalek erledigen lassen. Sollte er ihn anzünden, verbrennen, abfackeln … Genussvoll aß Budka sein Gulasch, zerdrückte die Salzerdäpfel in dem sämig braunen Saft und kaute voll Vergnügen an dem weichen, fasrigen Fleisch, das hin und wieder von einer zarten, leicht fettigen Flachse durchzogen war. Ein Gulasch, wie es sich gehörte. Nein, er würde den Herrn Direktor Hubendorfer nicht erstechen oder erschlagen. Das war viel zu viel Aufwand. Er würde ihn auf ein menschenleeres Fabriks- oder Lagergelände locken und dann den Frantisek Oprschalek seines Amtes walten lassen. Als Feuerteufel und Exekutor von seinen Gnaden. All diese Überlegungen erhellten sein Gemüt. Warum war er in der Früh nur so missmutig gewesen? Er konnte seine morgendliche schlechte Laune nicht mehr verstehen. Ein wunderbarer Tag, der von Stunde zu Stunde besser geworden war! Er bestellte für sich und den Schneiderge-sellen eine weitere Runde Bier sowie zwei doppelte Slibo-witz. Oprschalek trank automatisch. Seine Augen stierten ins Leere, aus seinem Mundwinkel rann ein dünner Speichelfaden. All das irritierte Budka nicht. Im Gegenteil, ungestört überlegte er nun, was er mit der Kleinen anstellen sollte … mit dieser Friederike Nemec. War sie fesch? Vermutlich … Na, wenn sie hübsch war, konnte er sich ja vor ihrem Ableben noch ein bisserl mit ihr vergnügen … Und dann? Vielleicht sollte er sie auch verbrennen. So wie die Pfaffen im Mittelalter Hexen verbrannt hatten … Und plötzlich überkam ihn eine weitere Vision: Er würde Hubendorfer und das Mädel vom Oprschalek gemeinsam verbrennen lassen. Doppelte Feuerbestattung. Aneinander gefesselt und vereint auf immer und ewig.

III.

»Freitag, der 13. Und nix is' passiert ...«, murmelte
Joseph Maria Nechyba in seinen mächtigen, aufgezwirbelten Schnauzbart, als er mit müdem Schritt das Polizeigebäude an der Elisabethpromenade verließ. Er ging zum
Ring und fuhr von dort mit der Tramway bis zur Oper,
wo er ausstieg. Als er die Operngasse vor zur Secession
ging, rasten wild bimmelnd zwei von schnaubenden Pferden gezogene Gespanne der Wiener Feuerwehr vorbei
und bogen in den Getreidemarkt ein. Kurz danach fuhr,
vom 4. Bezirk kommend, ein automobiler Spritzenwagen
ebenfalls mit großer Geschwindigkeit Richtung Getreidemarkt. Nechyba beschleunigte seinen Schritt und sah
schließlich mehrere Zugwachen der Feuerwehr vor einem
Haus hektisch agieren sowie einen großen Menschenauf-
lauf. Schläuche wurden verlegt und an Hydranten angeschlossen. Schreie, Befehle, schwarzer, dichter Qualm.
»Jessas*! Im Haus, wo früher der Goldblatt gewohnt hat,
brennt's!«, murmelte Nechyba und eilte zur Brandstelle.
Zwei uniformierte Sicherheitswachebeamte versuchten,
die gaffende Menschenmenge zurückzudrängen, die den
Feuerwehrleuten ungeniert im Weg stand. Nechyba rem-
pelte sich durch die Menge, zückte seine Polizeiagenten-
Kokarde und rief einem der Uniformierten zu:

---

* Ausruf des Erschreckens

»Was, um Gottes willen, is' da los?«

Der Sicherheitswachmann salutierte kurz und rief zurück:

»In der Hausmeisterwohnung brennt's!«

Nechyba zückte ein Taschentuch, hielte es sich vor Nase und Mund und verschwand im Hauseingang, aus dem es dunkel herausqualmte. Mit tränenden Augen kämpfte er sich ein paar Stufen empor und stand dann neben zwei Feuerwehrleuten, die mit einem Lösch-schlauch einen armdicken Wasserstrahl in die aus der Wohnungstür und dem angrenzenden Gangfenster lodernden Flammen spritzten. Hektisch verlegten mehrere Feuerwehrleute einen zweiten Schlauch. Ein dritter Schlauch lag bereits. Er führte ins Souterrain, von wo es in den Hinterhof hinausging. Da Nechyba mit der Atemluft kämpfte, folgte er diesem Schlauch in den Hof. Er atmete erleichtert durch und trat dann zu den drei Feuerwehrleuten, die vom Hof aus Wasser in die brennende Wohnung spritzten. Flammen schlugen aus den Fenstern der Hausmeisterwohnung die Hausmauer empor. Der leitende Feuerwehrmann bedachte ihn mit einem bösen Blick und schrie:

»Schleichen S' Ihnen!*«

Nechyba zückte neuerlich seine Polizeiagenten-Kokarde und schrie zurück:

»Was ist denn da los? Sind noch Menschen in der Wohnung?«

»Das wissen wir nicht! Das hat alles schon lichterloh gebrannt, als wir kumman san. Bitt'schön, stehen S' net umadum. Wenn S' helfen wollen, dann rennen S' vor und

---

* Verschwinden Sie!

sagen S' denen, dass wir da hinten noch einen zweiten Schlauch brauchen. Für die Fassade, damit die Wohnungen oben net Feuer fangen.«

Nechyba nickte, hielt sich das Taschentuch vors Gesicht und rannte raus auf den Getreidemarkt. Dem Feuerwehr-Kommandanten schrie er zu:

»Die brauchen hinten noch einen Schlauch! Damit des Feuer net übergreift …«

Der Kommandant brüllte ein paar Befehle und trat dann auf Nechyba zu. Er bat ihn, die Leute aus den oberen Wohnungen zu evakuieren. Mittlerweile waren noch weitere uniformierte Polizisten sowie ein Polizeiagent vom Mariahilfer Kommissariat erschienen. Nechyba deutete seinem Kollegen und einem der Uniformierten, mitzukommen. Im Stiegenhaus hetzten sie von Stockwerk zu Stockwerk. Nechyba pumperte* an jede Tür und rief:

»Kommen S' sofort ausse! Wir bringen Sie runter auf die Straße in Sicherheit!«

Türen öffneten sich. Ängstliche Gesichter, hustende Kinder. Nun kamen auch Feuerwehrleute nach. Sie halfen den verunsicherten Menschen und leiteten sie durch den dichten Qualm hinunter auf die Straße. Nechyba kehrte, nachdem die Hausbewohner in Sicherheit gebracht waren, zurück in den Innenhof. Dort war mittlerweile der zweite Schlauch im Einsatz, die Flammen schlugen nicht mehr hinauf bis zum nächsten Stockwerk. Wasser plätscherte die Hausfassade herunter. Auch die Flammenhölle in der Hausmeisterwohnung war eingedämmt. Man sah nur mehr fetten Rauch, der zischend aus den

---

* klopfte

schwarzen Fensterhöhlen quoll. Ein ähnliches Bild bot sich dem Inspector, als er zurück in den Hausflur ging. Auch hier hatte die Feuerwehr die Lage unter Kontrolle. Schwitzend ging Nechyba zurück auf die Straße. Hier hatte sich mittlerweile eine riesige Menschenmenge versammelt, die aufgeregt diskutierte. Er ging auf den Polizeiagenten, der übrigens Drabek hieß, zu und sagte:

»Sagen S', Herr Kollege, ist das nicht die Wohnung von den Oprschaleks?«

Drabek schaute ihn erstaunt an und nickte.

»Woher wissen Sie das?«

»Ein Bekannter, der Redakteur Goldblatt, hat einmal in dem Haus gewohnt. Und der hat mir erzählt, dass die Hausmeisterin Oprschalek heißt. Die hat bei ihm immer aufg'räumt und geputzt ...«

Drabek nickte und ergänzte:

»Ja, da haben die Oprschaleks g'wohnt. Er, der Oprschalek, ist übrigens ein Mordstrum* Sozi. Ein Aufwiegler. Den hab ich schon ein paar Mal verhaftet. Wegen aufrührerischer Reden, die er im Wirtshaus g'halten hat ...«

Nechyba nickte und sah sich um. Plötzlich erblickte er ein vertrautes Gesicht in der Menge. Grinsend kämpfte er sich durch das Gedränge und stand wie aus dem Boden gewachsen vor seiner Frau Aurelia. Die erschrak und stammelte:

»Um Gottes willen! Nechyba, wie siehst denn du aus?«

Gewohnheitsmäßig fuhr er sich über seinen Schnauzbart und staunte. Seine Hand war ganz schwarz. Aurelia Nechyba holte ein Taschentuch aus dem Mantel und wischte ihrem Mann das Gesicht ab. Wie ein kleines Kind

---

* Riesen-Sozi

schloss er die Augen, hielt still und genoss ihre Für-
sorge. Als er die Augen wieder öffnete, blickte er in ein
ganz schwarzes Taschentuch, das seine Frau ihm vor die
Nase hielt.

»Du bist ein Narr! Was tust du da drinnen beim Feuer?
Das ist gefährlich. Stell dir vor, dir passiert was …«

Nechyba grinste verlegen.

»Geh, mir passiert schon nix …«

»Außerdem riechst du wie ein Stück Räucherspeck.«

»Magst abbeißen?«, neckte er sie und zwickte sie in
die Hüfte. Sie quietschte leise und schaute ihn strafend
an. Eine Antwort blieb sie ihm aber schuldig. Der Polizeiagent Drabek trat neben Nechyba und sagte:

»T'schuldigen, Herr Inspector … Ich möchte Sie nur
darauf aufmerksam machen, dass der Brand jetzt soweit
unter Kontrolle ist. Wollen wir einmal hineinschauen,
was da los ist?«

Nechyba nickte, streichelte liebevoll über die Hand
seiner Frau, drehte sich um und folgte Drabek ins Haus.
Durch den an manchen Stellen noch schwach glimmen-
den, sonst aber schwarzen Türstock gelangten sie in
die Küche, die gleichzeitig auch als Vorzimmer diente.
Hier war alles ausgebrannt. Vorsichtig gingen sie durch
die Verbindungstür ins Zimmer der Hausmeisterwohnung. Zwei Feuerwehrleute spritzten mit dem Schlauch
eine Wand und die Reste des Ehebettes, das noch immer
glühte, ab. Stechende Hitze und dichter Dampf stiegen
auf. Die zwei Polizeiagenten blinzelten und husteten.
Und dann bemerkten sie etwas, was Ihnen gar nicht gefiel.
Auf dem Boden neben dem Bett lagen die verkohlten
Überreste eines Menschen. Mit verdrehten Armen und

Beinen und zur Seite gewendetem, verkohlten Schädel. Haut und Fleisch waren völlig verbrannt. Vom Kopf sah man nur mehr die Schädeldecke, dunkle Augenhöhlen und Oberkiefer, der Unterkiefer und dessen Zähne hingen weit herab. Es sah aus, als ob die Leiche die Zähne fletschte.

IV.

»Hundswetter, miserables!«, fluchte Nechyba, als er aus dem Laden der Lotte Landerl heraustrat und sich auf den Weg zur Arbeit machte. Wie jeden Morgen, so hatte er auch heute bei der Greislerin sein Gabelfrühstück erstanden. Auf Gehsteig und Straße lag Schneematsch, der das Gehen beschwerlich machte. Außerdem herrschte dichtes Schneetreiben. Der eisige Wind ließ dicke Schneeflocken auf seinen Mantel, seine Melone und sein Gesicht mit dem mächtigen, aufgezwirbelten Schnurrbart klatschen. Am Ring kaufte er sich eine Zeitung und stieg in eine Tramway ein. Im Polizeigebäude angekommen, genoss er das wohlige, staubig-warme Klima seines Büros. Pospischil, der kurze Zeit später eintraf, erhielt von ihm eine Reihe Anweisungen, die den Dienst der anderen Polizeiagenten betrafen. Solchermaßen sorgte Nechyba dafür, dass er bis zu seinem Gabelfrühstück ungestört Zeitung lesen konnte. Nachdem er den Leitartikel über den neuen Finanzminister Dr. Robert Meyer gelesen hatte, fiel ihm ein anderer, kürzerer auf:

Auch in der vergangenen Woche mussten wieder zwei Schwerkranke von Spital zu Spital wandern, bis sie endlich Aufnahme fanden. Einer von ihnen, schwer lungenkrank, wurde von seinem Wohnungsgeber auf das

27

Polizeikommissariat gebracht. Hier wurde dem Mann aufgetragen, den Kranken wieder in seine Wohnung zu bringen. Der Quartiergeber fürchtete sich aber aus Angst vor Ansteckung davor, den Patienten wieder mit nach Hause zu nehmen und ließ den Handwagen mit dem Kranken einfach im Hausflur des Kommissariats stehen. Und siehe da, jetzt war plötzlich ein Bett frei und der Mann konnte ins Spital aufgenommen werden. Man muß sich wirklich fragen, warum das nicht gleich geschehen ist, da doch offenkundig im Spital Platz war. Es hat wahrlich den Anschein, als ob die Behörden immer erst in eine Zwangslage gebracht werden müssen, ehe sie das tun, was zu tun sie ohnedies verpflichtet wären.

Nechyba ärgerte sich über seine Kollegen. Obwohl er selbst auch nicht unbedingt darauf aus war, mehr Arbeit als notwendig zu verrichten, so verstand er das unmenschliche Verhalten dieser Polizisten nicht. Wenn ein Mensch in Not oder schwer krank war, war es für ihn eine Selbstverständlichkeit zu helfen. Auch wenn das einen zusätzlichen Arbeitsaufwand bedeutete. Verärgert blätterte er weiter und stockte, denn eine Anzeige stach ihm ins Auge:

Auch aufs BROT SCHMIEREN lässt sich das NEUE GESCHMEIDIGE CERES-Speise-Fett und hilft so, im Haushalt viel Geld zu sparen, denn es ist nicht nur das beste, sondern auch das billigste Speisefett.

Es schüttelte ihn vor Ekel. Statt Butter Speisefett aufs Brot! Ekelhaft! Gleichzeitig war ihm aber auch bewusst, dass es wahrscheinlich zigtausende Familien gab, die sich nichts anderes leisten konnten. Bei den wahnsinnigen Preissteigerungen des letzten Jahres war der Genuss von erstklassigen Lebensmitteln allmählich ein Luxus geworden. Nechyba seufzte tief. Als er weiterblätterte, klopfte es. Unwillig brummte er »Ja, bitte!«. Es trat der Adjutant des Zentralinspectors, ein kleiner, rundlicher Polizeiagent, ein.

»Grüss' Sie, Nechyba. Wie hamma's denn?«

»Grüss' Sie! Na, wie soll ma's haben? Gute Zeiten schauen anders aus. Aber das wissen Sie ja eh auch selbst, Zischek.«

Der seufzte, kratzte sich den kahlen Schädel und sagte:

»So ist es. So ist es ... Nechyba, haben S' einen Augenblick Zeit? Der Zentralinspector möchte Sie sprechen.«

»Ah so? In welcher Angelegenheit?«

»Fragen S' mich nicht, Nechyba. Fragen S' mich nicht ... Aber es wird schon nix Unangenehmes sein. Schließlich hat er mir aufgetragen, dass ich Sie zuerst verständigen und dass ich dann zwei Krügeln Bier unten vom Beisl holen soll. Er wird wahrscheinlich mit Ihnen plaudern wollen, der Herr Zentralinspector.«

Nechyba grinste. Na also! Endlich nahm dieser alles in allem eher unerfreuliche Vormittag eine angenehme Wendung. Den Zentralinspector Roman Fuchs kannte er nämlich schon seit zwei Jahrzehnten. Damals hatten sie gemeinsam in einem Kommissariat als einfache Sicherheitswachebeamte Dienst getan. Während Nechyba es nur zum Inspector geschafft hatte, war der gleichaltrige Roman Fuchs mittlerweile zum Zentralinspector avanciert. Eine Stelle, um die ihn Nechyba nicht beneidete. Im Gegenteil, er versuchte seinem Kollegen und nunmehrigen Vorgesetzten zu helfen, wo er konnte. Außerdem schickte er Pospischil immer um Bier, wenn Fuchs zu ihm ins Büro kam – was hin und wieder passierte. Das gemeinsame Biertrinken weckte Erinnerungen an die Zeiten, als sie sich nach dem Dienst oft auf ein paar Biere zusammengesetzt hatten. Entsprechend freundlich war die Begrüßung, als er das Zimmer des Zentralinspectors betrat.

»Servus, Nechyba. Endlich sieht man dich wieder einmal. Komm, nimm bitte Platz!«

Nechyba setzte sich und begann mit Fuchs über dies und das zu plaudern. Beiläufig erzählte er ihm auch von dem Lungenkranken. Fuchs schüttelte den Kopf und murmelte:

»Ärgerlich, sehr ärgerlich. Nechyba, lass' mir bitte den Artikel zukommen. Der Sache werde ich nachgehen. Weil, so geht das nicht.«

Zischek brachte die Biere, die beiden Inspectoren prosteten einander zu und tranken einen kräftigen Schluck. Als Nechyba sich den Schaum aus dem Schnurrbart wischte, sagte Fuchs beiläufig:

»Der Grund, warum ich dich hab holen lassen, ist der Brand mit der Leiche am Getreidemarkt, wo du zufällig vor Ort warst. Ich hab deinen Bericht gelesen und betrau' dich jetzt offiziell mit den Ermittlungen. Weil du wohnst ja dort ums Eck. Du kennst die Leute, du hast Kontakte. Das ist sicher das G'scheiteste, wenn du das übernimmst.«

Mit einem Schlag war Nechyba dieser Montagvormittag endgültig zuwider. Kaum, dass er sich etwas entspannt und auf das baldige Mittagessen gefreut hatte, wurde ihm ein Mordfall samt Brandstiftung aufgehalst. Ein schöner Wochenanfang sah anders aus.

V.

»Es war Mord …«, zischte die Greislerin. Dabei schoss ihr Kopf raubvogelartig vor, so dass Aurelia Nechyba zurückzuckte. Trotzdem roch sie die seltsam penetrante Mischung aus Gewürzen, Selchwaren und ranzigem Fett, die das zu einem Knödel hochgesteckte Haupthaar der Greislerin verströmte.

»Der Oprschalek, dieser gottlose Sozialist, hat seine Frau eiskalt umgebracht. Wissen S', wie oft die arme Seele da bei mir im Geschäft g'standen ist und g'rert* hat? Da, wo Sie jetzt stehen, genau da, ist sie auch g'standen und die Tränen sind ihr nur so runterg'ronnen. Weil der Oprschalek, das ist ein ganz ein Unguter. Ein richtiges Viech! Wenn der in der Nacht vom Wirtshaus heimkommen ist und so richtig andudelt** war, hat er sie immer g'haut. Mein Lieber, die hat ganz schön was einstecken müssen, die Oprschalek … bevor er S' schlussendlich erschlagen hat. Ich sag Ihnen was: Für die arme Seele war das direkt eine Erlösung!«

»Na, aber jetzt versündigen Sie sich!«, protestierte Aurelia Nechyba. »Jede Kreatur, jedes Graserl, jedes Haserl und auch jedes Menschenkind ist froh, dass es lebt.«

---

* reren = weinen
** betrunken

»Ja, eh! So hab ich's ja auch nicht gemeint. Ich hab halt nur daran gedacht, wie die Oprschalek dag'standen ist in meinem Geschäft und wie's mir ihre blauen Flecken zeigt hat. Und das war nicht nur ein oder zwei Mal. Das hat in den letzten Jahren schon zum Einkaufen bei mir dazugehört: Das Herzeigen der blauen Flecken. Einmal, mein Gott war das genant*, hat sie sich im Sommer die Bluse aufgeknöpft und mir ihre Rippen zeigt. Unter ihrem hängenden Busen war eine richtig gebrochen. Das hat man mit bloßem Aug g'sehen. Die hat ihr wochenlang wehgetan. Nur am Rücken hat's schlafen können, die arme Seele. Aber jetzt ist sie dafür sicher bei unserem Herrgott im Himmel oben ...«, die Greislerin bekreuzigte sich und fragte dann unvermittelt: »Also, was hätt'ma denn gern, liebe Frau Aurelia?«

»Ein Kilo Mehl bräuchte ich ... zwei Muskatnüsse und sechs Eier. Ja, und ein Viertelkilo Butter bräucht' ich auch!«

Während die Greislerin in der Tiefe ihres Geschäftes verschwand, streifte Aurelias Blick über die Reihen von Flaschen und Konservengläsern, die vor ihr aufgebaut waren, und dann weiter über Erdäpfelsäcke, viereckige Blechkannen, Kakao- und Teebüchsen und Fässer mit Speiseöl, Gurken und Heringen. Selbst die Decke des Lokals diente der Aufbewahrung von Waren: Dort hingen Würste, geräucherte Fische, Speckseiten, Feigenkränze sowie Bündel von getrockneten ungarischen Kirschpaprikaschoten.

»Was koch' ma denn heut' Gutes?«, wollte die neugierige Landerl wissen – nicht ohne den schmeicheln-

---

* peinlich

den Zusatz zu vergessen: »Von Ihnen als Meisterköchin kann man ja immer 'was lernen …«

»Ich hab' am Naschmarkt unten einen schönen Kohlkopf und einen Karfiol* gefunden. Viel ist da ja jetzt im Winter nicht los. Das Wintergemüse halt …«

»Und was mach' ma damit?«

»Nachdem in Wien endlich wieder einmal Rindfleisch erhältlich ist, habe ich beim Fleischhauer ein halbes Kalb für die Familie Schmerda zur Seite legen lassen. Und deshalb gibt's heute ein in Kohlblätter gewickeltes Kalbszüngerl mit Karfiol.«

»Na, das klingt ja köstlich …«, seufzte die Landerl. »Wenn ich selbst nur mehr Zeit zum Kochen hätte. Aber so mach' ich halt immer etwas Schnelles. Eine Einbrennsuppe oder einen gekochten Kohl mit ein paar Würsteln. Und weil Sie das vorher erwähnt haben: Fleisch ist ja wirklich Mangelware in unserer Stadt geworden. Und wenn man ein schönes Stückerl erwischt, dann ist es sauteuer. Das verdanken wir alles nur den Ungarn und ihrem depperten Parlament. Seitdem die die Rindfleischlieferungen zu uns nach Wien blockieren, kann man sich das ganze Fleischzeug ja fast nicht mehr leisten. Abgesehen davon, dass man eh kaum eines bekommt …«

»Die letzte Lieferung von tiefgekühltem argentinischen Rindfleisch hat die Versorgungslage wenigstens ein bisserl verbessert. Davor hab ich mir wirklich schon jeden Tag den Kopf zerbrochen, was ich meiner Herrschaft auf den Tisch stellen soll. Weil der Hofrat Schmerda ist sehr heikel beim Essen. Das ist ein richtiger Gourmet …«

---

* Blumenkohl

»Darum hat er ja auch Sie als Köchin ...«

»Gehen S', schmeicheln S' mir net so. Das ist mir peinlich.«

»Na, immerhin haben Sie das Kochen in einem erzherzoglichen Haushalt gelernt. Im Gegensatz dazu sind die meisten anderen Wiener Köchinnen aus Böhmen zugewanderte Landpomerantschen[*], die nur daheim bei ihren Müttern in die Kochtöpfe geschaut haben.«

»Sagen S' nix gegen die böhmischen Köchinnen! In dem erzherzoglichen Haushalt war so eine Böhmin die rechte Hand des Küchenchefs. Die hat zwar kaum Deutsch können, dafür hat S' 'kocht wie eine Göttin ... Von der hab ich viel g'lernt.«

Die Greislerin grinste.

»Dass Sie die Bem[**] verteidigen, ist mir eh klar. Schließlich heißen S' ja jetzt auch Nechyba.«

Aurelia schnappte nach Luft, doch bevor sie etwas erwidern konnte, lenkte Lotte Landerl ein:

»Nix für ungut – wenn die Bem in unserem Staat alles so gut machen würden, wie ihre Köchinnen kochen, dann wär' mir um Österreich nicht bange. Leider sind die tschechischen Abgeordneten im Reichsrat nicht so tüchtig. Das Einzige, was die dort tun, ist streiten, randalieren und alles blockieren. Und die Unsrigen sind auch nicht g'scheiter. Statt dass sie etwas gegen die Teuerung und gegen all die anderen Missstände unternehmen, streiten sie untereinander und bringen nix weiter.«

Aurelia Nechyba seufzte, packte die Einkäufe in ihren Korb, zahlte, grüßte und ging. Die Greislerin aber war

---

[*] Junges Mädchen vom Land
[**] tschechischsprachige Böhmen

beim Politisieren so in Fahrt gekommen, dass sie ihr nachrief:

»Und noch etwas sag' ich Ihnen: Vom Parlament ist nichts zu erwarten, denn dieses gehört besser nach Stein-hof*!«

Kaum war sie draußen auf der Gasse, da fiel Aurelia ein, dass sie für die Brotsuppe noch zusätzlich Zwiebeln benötigte. Mit einem tiefen Seufzer ging sie, den ziemlich schweren Einkaufskorb mit sich schleppend, noch einmal zum Naschmarkt hinunter. An der Kreuzung Getreidemarkt und Linke Wienzeile bog gerade ein Straßenbahnzug mit quietschenden Rädern in ziemlich hohem Tempo links in die Wienzeile ab. Dabei rammte er einen von Pferden gezogenen Bierwagen. Es krachte gewaltig. Die Straßenbahngarnitur schleifte das Fuhrwerk ein Stück mit. Die Pferde wieherten ängstlich. Kutscher und Bierführer wurden vom Kutschbock geschleudert. Bierkisten fielen scheppernd zu Boden. Flaschen zersplitterten. Aurelia Nechyba ließ vor Schreck fast ihren Einkaufskorb fallen. Zitternd bekreuzigte sie sich, atmete tief durch und murmelte:

»Mir scheint, nicht nur unsere Politiker gehören nach Steinhof ...«

---

* Steinhof ist die psychiatrische Klinik der Stadt Wien. Das ist ein Originalzitat aus dem Jahr 1911. Der Huf- und Wagenschmied Engelbert Wolf wurde, weil er dies öffentlich sagte, wegen Beleidigung des Parlaments zu einer Geldstrafe von 60 Kronen verurteilt.

VI.

Eisiger Wind fegte über das winterlich düstere Wien. Als die Reste des Tageslichts den Schatten der Nacht wichen, gesellten sich Schneeflocken zu den Sturmböen. »Verdammt sollt ihr alle sein, die ihr jetzt daheim vor einem warmen Ofen sitzt«, murmelte Oprschalek in seinen nunmehr schon recht stattlichen, weil seit über zehn Tagen nicht mehr rasierten Bart. Vor fast zwei Wochen hatte er in Folge eines eskalierenden Ehestreits seine Frau erschlagen und danach die Wohnung angezündet. Nicht dass er es bereuen würde … Nein, seine immer nur keppelnde* Alte hatte das schon verdient. Wobei er ihr in seiner Wut ja nur eine kräftige ›Verkehrte‹** gegeben hatte. Dass sie umfiel und dabei mit dem Kopf auf dem gusseisernen Kanonenofen aufschlug, hatte er nicht beabsichtigt. Das blutende Loch in ihrem Schädel hatte ihm zuerst Angst gemacht. Nachdem er aber mehrere Schlucke aus der Schnapsflasche gemacht hatte, brüllte er: »Ich pfeif' d'rauf! Auf die Alte, auf die Wohnung, auf mein ganzes, hundsmiserables Leben!« Dann hatte er die Petroleumlampe genommen und sie voll Zorn auf seiner bewusstlos daliegenden Frau zertrümmert. Als die Flammen sich an ihren Kleidern hochfraßen, war er in die Küche

---

* keifende
** Schlag mit dem Handrücken ins Gesicht

gegangen und hatte dort das restliche Petroleum geholt und wie von Sinnen in der ganzen Wohnung verschüttet. Plötzlich war alles in Flammen gestanden und er hatte seine liebe Not gehabt, rechtzeitig die Wohnungstür zu erreichen und zu flüchten. Ein böses Grinsen verzerrte sein Gesicht, als er daran dachte, dass er damals um ein Haar selbst verbrannt wäre. Heute, in dem vermaledeiten Schneesturm, würde ihm ein bisschen Wärme guttun.

Endlich sah er vor sich im fahlen Licht einer Gaslaterne das ebenerdige Gebäude, an dessen Stirnseite groß ›Wärmestube gestiftet von Moritz Freiherrn Königswarter‹ prangte. Da die Eingangstür verschlossen war, musste er läuten. Nach einiger Zeit hörte er Schritte, ein massiger, älterer Kerl öffnete die Tür und musterte ihn kritisch.

»Hast noch einen Platz für mich?«

»An und für sich sind wir voll … aber von mir aus … komm' rein und dräng dich irgendwo dazu.«

Durch einen kurzen Gang wurde Oprschalek in einen großen, dämmrig beleuchteten Raum geführt, in dem es warm und stickig war. Die Ausdünstungen von rund hundert Menschen, die hier dicht gedrängt auf langen Bänken an groben Holztischen saßen, nahmen ihm fast den Atem. Aus den Augenwinkeln sah Oprschalek die Pförtnerklause, in der auf einem Tisch eine Zeitung aufgeschlagen lag. Außerdem stach ihm ein Werkzeugkasten ins Auge, der auf einem Regal stand. Ohne lange zu zögern setzte er sich in einem Eck des Obdachlosenasyls auf den Boden. Er nahm die Zeitung heraus, die er heute in einem Tschecherl* hatte mitgehen lassen und

---

* schäbiges Vorstadt-Café

die er sich zum Schutz vor der Kälte unter sein Sakko gestopft hatte. Sie war vom letzten Samstag. Da er nicht einschlafen konnte, begann er im flackernden Dämmerlicht den Leitartikel zu lesen:

Die wirtschaftliche Not der letzten Jahre hat alle Stände ergriffen und insbesondere in jüngster Zeit einen Höhepunkt erlangt, der zum raschesten Handeln gemahnt, wenn die Gefahr hintangehalten werden soll, dass eine ganze Reihe von bürgerlichen Existenzen dem Untergang preisgegeben ist.

Oprschalek dachte an den Streik der Schneidermeister, dem er sich so wie viele andere Schneidergesellen angeschlossen hatte. Dieser Ausstand war die Ursache für die Misere, in der er sich jetzt befand. Er war tagelang ohne Arbeit gewesen. Er war daheim herumgesessen, war zu Versammlungen gegangen, hatte sich betrunken und gehofft, dass die Bekleidungsfirmen, für die sein Meister und er arbeiteten, doch noch einlenken und ihre Leistungen ein bisschen besser bezahlen würden. Seine Frau hatte mittlerweile nervöse Zustände bekommen und ihm die Hölle heiß gemacht. Wann immer er daheim war, jammerte und schimpfte sie. Richtig hysterisch war sie vor lauter Angst geworden, delogiert zu werden, auf der Straße zu landen und zu verhungern. Vor nun fast zwei Wochen hatte er dann den Rappel bekommen und sie zum Schweigen gebracht. Endlich war Ruhe … Er rieb sich die Augen, die aufgrund der äußerst widrigen Lichtbedingungen tränten und las weiter:

Es unterliegt keinem Zweifel, dass gerade der Gewerbestand eine der wichtigsten Stützen des Staates ist, da er eine Menge von Steuerträgern vereint. Geht dieser

Mittelstand zugrunde, so ist die wirtschaftliche Not auf ihrem Höchstpunkte angelangt und für den Staat ist eine Berufsklasse verlorengegangen, die stets zu seinen treusten Anhängern zählt.

Der kleine Meister verschwindet immer mehr von der Bildfläche und mit ihm geht ein Stand verloren, der einst ein beredtes Zeugnis für ein gesundes, wohlsituiertes Bürgertum war. Sein Niedergang ist in der Hauptsache auf den Umstand zurückzuführen, dass die Werkstätten für kleine Meister in den Städten von Oesterreich und insbesondere in Wien rapid abnehmen und kein Ersatz dafür geschaffen wird.

Gerade in unserer Stadt werden in jüngster Zeit die alten Gebäude, in denen die kleinen Werkstätten untergebracht sind, demoliert und an ihrer Stelle Paläste erbaut, die nur große Lokalitäten enthalten, wofür Zinse eingehoben werden, die für einen kleinen Gewebetreibenden ganz unerschwinglich sind ...

»Dieser verdammte Kapitalismus ...«, murmelte Oprschalek und ließ die Zeitung sinken. Anzünden, alles anzünden. So sollten die Proletarier, die kleinen Gewerbetreibenden und die zehntausenden Unterstandslosen auf ihre miserable Situation reagieren. Die Paläste der Reichen anzünden und demolieren. Mit einer gewaltigen, reinigenden Feuersbrunst müsste man den Kapitalismus ausmerzen. Sein Blick wanderte durch den schummrig beleuchteten Raum. Er registrierte voll Wut und Verachtung all die Elendsgestalten, die hier an den Tischen hockten. Auf schmalen Holzbänken eng aneinandergedrängt, saßen sie nach vorne gebeugt und versuchten zu schlafen. Einige schnarchten laut. In einem Gebäude, das ein ›wohltätiger‹ Kapitalist gestiftet hatte und für dessen Betrieb er bezahlte. »Wohltätiger Kapitalist …«, murmelte Oprschalek und schüttelte sich vor Unwillen. Das war in etwa so wie ein vegetarischer Löwe oder ein schwarzer Schimmel. Ein Widerspruch in sich, eine Fabelgestalt, ein Märchen. Und plötzlich hatte er eine Vision. Wie in Trance stand er auf und schlich durch den Saal zum Ausgang. Keine Menschenseele beachtete ihn. Leise öffnete er die Tür zum Vorraum, wo der ältere Mann, der als Pförtner arbeitete, an einem Schreibtisch saß. Auch er war nach vorne gebeugt, eingeschlafen über einer Zeitung. Oprschalek schlich sich hinter ihn, packte ihn bei den fettigen Haaren und schlug seinen Schädel mit voller Wucht auf den Schreibtisch. Einmal, zweimal, dreimal. Nach den ersten beiden Schlägen hatte der Körper des Mannes noch gezuckt, dann hing er schlaff und leblos im Sessel. Das Gesicht des Mannes war blutverschmiert, die ehemals stattliche Nase ein blutiger Brei. Oprschalek zischte: »So wird es euch allen ergehen, euch Knechten des Kapitalismus …«. Angewidert wischte er die von den Haaren fettigen Finger am Gewand des Opfers ab. Dann widmete er sich dem Werkzeugkasten, den er leise und behutsam aufklappte. Was er sah, entzückte ihn: darin befanden sich unter anderem ein kurzer massiver Hammer – ein sogenanntes Maurerfäustel – sowie ein Stemmeisen. Genau das war es, was er für sein Vorhaben brauchte. Als er um sich blickte, entdeckte er, an einen Fuß des Schreibtisches gelehnt, eine alte, abgewetzte Ledertasche. Er öffnete sie, nahm ein schmutziges Menagereindl* sowie einen benutzten Esslöffel her-

---

* verschließbares Essgeschirr, in dem man Essen transportieren kann

40

aus und gab stattdessen die beiden Werkzeuge hinein. Dann untersuchte er die Hosentaschen seines Opfers. Er fand eine alte, labbrige Brieftasche. Geldscheine waren zwar keine drinnen, aber immerhin Münzen im Wert von rund 3 Kronen. Grinsend steckte er die Geldbörse ein, schnappte sich die Ledertasche und trat hinaus ins Schneetreiben.

Er stapfte durch den rutschigen Schnee, der nun Gehsteige und Straßen bedeckte. Feuchtigkeit sickerte durch seine alten, abgetretenen Schuhe, der Wind pfiff unbarmherzig, und er hätte viel für einen wärmenden Schal gegeben. Da er keinen Mantel besaß, hatte er den Kragen seines Sakkos hochgestellt und den Kopf zwischen den Schultern eingezogen. So hastete er die stille, menschenleere Erdbergerstraße entlang, von tausenden wirbelnden Schneeflocken umtanzt. Plötzlich hörte er ein Geräusch hinter sich: Ein leises Summen und Quietschen. Als er sich umdrehte, sah er in einiger Entfernung die Lichter einer sich nähernden Tramway der Linie J. Plötzlich kam ihm eine Idee. Der J-Wagen würde ihn sicher und trocken nahe an sein Ziel in Hernals bringen. Und für den Fahrschein hatte er ja das Kleingeld seines Opfers in der Tasche. Er hatte dies noch nicht ganz zu Ende gedacht, als er schon losrannte. Die nächste Haltestelle war gut 200 Meter entfernt. Schnaufend, rutschend und fluchend schaffte er es, die Haltestelle vor der Straßenbahn zu erreichen und dem Fahrer ein Zeichen zu geben. Dieser bremste unter Einsatz von ausgestreutem Schotter das aus Holz, Stahl und Glas bestehende Gefährt. Ein Schaffner öffnete ihm die Schiebetür und er sprang die Stufen hinauf, hinein ins trockene und warme Innere.

Gut durchgewärmt, stieg er in der Neulerchenfelderstraße aus, ging fünf Minuten und war an seinem Ziel: Vor ihm lag die Herrenkonfektionsfabrik Lischauer. Für den alten Lischauer, diesen gottverdammten Ausbeuter, hatte Oprschaleks Schneiderei gearbeitet. Und obwohl sie immer erstklassig genähte Herrenanzüge, Hosen, Sakkos und Mäntel abgeliefert hatten, hatte der alte Lischauer stets irgendeine Kleinigkeit beanstandet und seinem Meister nie die vorher vereinbarte Summe ausbezahlt. Als Oprschalek daran dachte, hatte er bereits Maurerfäustel und Stemmeisen aus der Ledertasche geholt. Ohne einen Gedanken an etwaige Passanten, die die Sicherheitswache rufen könnten, zu verschwenden, bearbeitete er mit seinen Werkzeugen die kleine Eingangstür, die sich neben dem Hauptportal befand. Krachend splitterte das Holz des Türstocks, das Schloss blieb unversehrt im aufschwingenden Türblatt hängen. Oprschalek trat ein, orientierte sich kurz und ging durch einen Gang in den Hof und dann weiter zum Lager. Auch hier musste er eine Tür aufbrechen. Dann stand er vor den langen Reihen erstklassig gearbeiteter Herrenkonfektion. Neugierig wandelte er durch das dunkle Lager, befühlte Stoffe und Nähte, nahm den einen oder anderen Anzug von der Stange und probierte schließlich einen Wollstoffanzug samt Weste, der ihm auf Anhieb passte. Grinsend hob er das Bündel seiner abgetragenen Kleidung auf, suchte sich noch einen warmen Mantel aus und ging dann über den Hof zurück ins Hauptgebäude. Dort stieg er in den ersten Stock. Das Büro des alten Lischauer war zwar auch verschlossen, doch gegen Oprschaleks Hammer und Stemmeisen wehrte sich die Eingangstür nur kurz. Zielstrebig ging er auf Lischauers Schreibtisch zu, öffnete ihn, nahm die Handkasse heraus, brach sie auf und lächelte zufrieden. Na also, hier fand er nicht nur Münzen, sondern auch einige 10- und 20-Kronen-Scheine sowie einen 100-Kronen-Schein. Er steckte alles in die Innentasche seines neuen Anzugs, suchte und fand dann einen Petroleumkanister, mit dem die Petroleumlampen im Büro befüllt wurden. Er zertrümmerte alle Lampen und sah mit Interesse zu, wie das Petroleum sich im Raum verteilte. Bei der Eingangstür angelangt, kramte er eine Schachtel Schwefelhölzer aus seiner alten Kleidung hervor, entflammte ein Hölzchen und warf es in Richtung der nächsten Petroleumlacke. Leider ging die Flamme während des kurzen Flugs aus. Leise fluchend entzündete er ein weiteres und warf wiederum. Diesmal erreichte es brennend die feuchte Stelle am Holzboden. Eine Stichflamme schoss empor, züngelnd wanderten die Flammen den Fußboden entlang und entzündeten nach und nach all die Stellen, an denen er Petroleumlampen zerschlagen hatte. Das Büro brannte. Oprschalek stieg nun, in einer Hand den Petroleumkanister und in der anderen die gestohlene Ledertasche, in der sein Werkzeug und seine alte Kleidung verstaut waren, die Stiegen in den Hof hinunter. Noch einmal stattete er dem Konfektionslager einen Besuch ab. Mit großer Sorgfalt benetzte er möglichst viele der in Reih und Glied hängenden Kleidungsstücke mit Petroleum. Als kein Tropfen mehr im Kanister war, ging er zurück zum Eingangstor. Dort entzündete er ein weiteres Schwefelhölzchen, warf es in die Lagerhalle und betrachtete mit großer Befriedigung die Stichflammen, die den Anfang vom Ende des Warenlagers der ›Herrenkonfektionsfabrik Lischauer‹ einleiteten. Er verließ die Fabrik und drehte sich in einiger Entfernung noch einmal um. Gerade zur rechten Zeit: Im Chefbüro im ersten Stock barsten die Fensterscheiben. Gierige Flammen züngelten hinaus in die kalte Winterluft. Eine Woge des Glücks durchströmte ihn, als er im dichten Schneetreiben der menschenleeren Kalvarienberggasse verschwand.

VII.

»Nix is' los in Wien, gar nix ...«, grantelte Leo Goldblatt, nachdem er vom Oberkellner des Café Landtmann mit einem gut gelaunten »Habe die Ehre, Herr
Doktor, na, was ist los in unserer Stadt?« begrüßt worden war. Er gab bei der Garderobe seinen neuen Mantel mit Innenpelz und Pelzkragen sowie seinen Hut
ab und begab sich zu seiner Loge. Sein Unmut wuchs,
als er sah, dass diese besetzt war. Der eilig herbeige-
eilte Oberkellner entschuldigte sich und dirigierte den
ungehaltenen Stammgast zu einer anderen Fensterloge.
Goldblatts Gemütsverfassung beruhigte sich erst, als er
seinen türkischen Kaffee mit einem Schuss Trebernen,
im Café bereits als ›Goldblatt‹ bekannt und auch von
anderen Gästen geschätzt, serviert bekam. Voll Behagen
schlürfte er das heiße, durch den Alkohol noch anregen-
dere Getränk und registrierte mit Genugtuung, wie sich
vom Magen aus ein angenehm warmes Gefühl in seinem
Körper ausbreitete. Er griff nach einer Zeitung, fing zu
blättern an und stellte fest, dass heute, am 26. Jänner,
wirklich nichts in Wien los war. Gott sei Dank hatte er
in der Früh seine Faulheit überwunden und war hinaus nach Hernals gefahren, als er von dem Brand in der
Kleiderfabrik gehört hatte. Gemeinsam mit dem Nach-
wuchsredakteur Buzek hatte er sich die Brandruine in

der Kalvarienberggasse angesehen. Der anwesende Polizeikommissär, ein alter Bekannter, hatte ihn über die Hintergründe informiert. Er erfuhr, dass der Brand ganz offensichtlich gelegt worden war und dass es zwei verschiedene Brandherde, im Büro einerseits und im Lager andererseits, gab. Buzek hatte alles notiert und war dann von Goldblatt in die Redaktion geschickt worden, um den Rohentwurf eines Artikels zu verfassen. Er, Goldblatt, würde nach Mittag in die Redaktion kommen und den Artikel ausfeilen und vollenden. Einzig der Aufhänger, die Schlagzeile, machte ihm noch Kopfzerbrechen. Er brauchte irgendetwas, das ins Auge sprang. Das außergewöhnlich spektakulär war und das den Brand in ein interessantes Licht rückte. An einem Tag, an dem nix passierte, war so eine Brandlegung für die Lokalberichterstattung Gold wert. Zufrieden saß er im wohlig warmen Kaffeehaus, dachte an die grausliche Kälte, die draußen herrschte, trank seinen ›Goldblatt‹ und döste kurz darauf ein. Er träumte von einem Kerl, der mit einer riesigen Fackel in der Hand durch Wien zog und Gebäude in Brand steckte. Er, Goldblatt, war diesem Verbrecher dicht auf den Fersen, konnte ihn jedoch nicht stellen. Als er ihm schließlich ganz nahe gekommen war, drehte sich der Kerl um und zündete seinen neuen, pelzgefütterten Wintermantel an. Lichterloh brennend warf sich Goldblatt zu Boden und wälzte sich im Schnee. Zum Glück wurde er nun durch ein lautes Räuspern aus seinem Traum gerissen. Er blinzelte und sah ein bulldoggenartiges Gesicht mit einem gewaltigen, aufgezwirbelten Schnurrbart vor sich. ›Nicht schon wieder‹, dachte Goldblatt, ›dauernd erwischt mich Nechyba, wenn ich im Kaffeehaus ein Nickerchen mache.‹ Er schämte sich, denn Nechyba stellte süffisant fest:

»Jetzt schlafen S' sogar schon vor'm Mittagessen im Kaffeehaus. Wenn S' so weitermachen, Goldblatt, dann werden S' in Ihrer Zeitungsredaktion nimmer lang die Chronik leiten. Dann wird man sie bestenfalls als Traumdeuter beschäftigen.«

Traumdeutung? Wie, zum Kuckuck, sollte er den Feuerteufel deuten … Aber ja! Das war es! ›Der Feuerteufel‹ war eine tolle Überschrift. Damit konnte er die ganze Geschichte mit der Brandstiftung perfekt aufmachen. Er gähnte zufrieden, streckte sich und erwiderte:

»Traumdeutung … Sie haben ja keine Ahnung, Nechyba. Wenn Sie wüssten, was in unseren Träumen alles steckt … Aber wenn Sie das wirklich interessiert, mach' ich Sie gerne mit dem Doktor Freud bekannt. Mit dem tarockiere ich gelegentlich. Der ist ein Spezialist bei der Deutung von Träumen. Hochinteressant, Nechyba. Sie sollten sich einmal damit beschäftigen.«

»Ich bin doch nicht meschugge, dass ich mich mit Träumereien beschäftige. Goldblatt, das überlass' ich Ihnen und Ihrem Doktor Freud.«

»Es brennt in Wien jetzt verdächtig oft, ist Ihnen das auch schon aufgefallen, Nechyba?«

»Auf was wollen Sie hinaus? Der einzige Brand, der mir untergekommen ist, war der bei den Oprschaleks. Aber das war ja ein Mord, so wie's ausschaut …«

»Meine ehemalige Putzfrau, die arme Anni Oprschalek … Dauernd hat's ›um Gottes willen‹ g'sagt. Eine fleißige und saubere Frau, die halt ein bisserl naiv war. Und die von ihrem Gatten brutal unterdrückt worden ist …«

»Der Oprschalek ist ein Mistvieh. Das stimmt schon. Aber sie hat's ihm ja auch heim'zahlt, indem s' ihn mit dem Gotthelf betrogen hat.«

»Das hat er nicht g'wusst. Weil da hätte er sie schon vor Jahren umgebracht. Aber ich meinte eigentlich nicht den Oprschalek-Mord. Ich hab an das Dachfeuer in der Radetzkystraße gedacht …«

»Da war ein deppertes Dienstmädel schuld. Die hat am Dachboden mit einer brennenden Petroleumlampe hantiert …«

»Na, und der Brand in der Feldapotheke vor einein- halb Wochen?«

»Da hat eine nicht minder depperte Bedienerin ein Fla- scherl Äther umg'schmissen. Der Äther ist ausgeflossen und hat sich am brennenden Gasofen entzündet.«

»Trotzdem, Nechyba, dafür, dass das Jahr gerade ange- fangen hat, hat's schon ganz schön oft in unserer Wie- nerstadt gebrannt.«

»Was wollen S' damit sagen?«

»Na, dass das alles vielleicht kein Zufall ist. Das hätte auch das Werk eines Feuerteufels sein können …«

»Geh, bitte! Goldblatt, ich flehe Sie an, schreiben S' ja nicht so einen Stuss*. Das bringt die Leut nur auf dumme Ideen. Wissen S', wo die wirklichen Feuerteufel sitzen? Die, die andauernd zündeln? Das sind die Preistreiber, die die Versorgungsschwierigkeiten unseres Staates aus- nützen, um sich eine goldene Nase zu verdienen. Was glauben S', was ich erst gestern oder vorgestern in der Zeitung gelesen hab'? Sogar die Würsteln sollen jetzt teurer werden. Die Wiener Fleischhauer haben ange-

---

* Unsinn

kündigt, den Preis der Würsteln einheitlich auf 14 Heller zu erhöhen. Es soll sogar schon ein Komitee gebildet worden sein, das die Einhaltung der erhöhten Verkaufspreise überwachen und jene Fleischermeister zur Raison bringen soll, die von einer Preiserhöhung nichts wissen wollen. Das sind die Leute, die in dieser Stadt zündeln. Das sind die wahren Feuerteufel, Goldblatt.«

Je länger Goldblatt dem Inspector beim Räsonieren über den Ausdruck ›Feuerteufel‹ zuhörte, desto sicherer war er, eine erstklassige Überschrift für seinen Artikel gefunden zu haben.

VIII.

FEUERTEUFEL! DIESE SCHLAGZEILE wirkte auf Oprschalek wie ein Blitzschlag aus heiterem Himmel. Er
erblickte sie zufällig, als er einem dahinspazierenden,
Zeitung lesenden Mann über die Schulter gesehen hatte.
Da noch einiges Geld in seiner Hosentasche klimperte,
kaufte er mit schweißfeuchten und zitternden Händen
das Blatt. Er trug es wie einen Schatz mit sich und eilte
in die ›Stadt Paris‹ am unteren Ende der Josefstädter
Straße. Hier gefiel es Oprschalek, denn in dem Lokal
verkehrten alle möglichen Typen. Da sich gleich vis-à-
vis, auf der gegenüberliegenden Seite der Auerspergs-
traße, eine Markthalle[*] befand, umgab ihn in der ›Stadt
Paris‹ das Flair von Marktfahrern, Kutschern, kleinen
Gewerbetreibenden, Tagträumern und Taugenichtsen.
Doch anders als in den Lokalen rund um den Naschmarkt kannte ihn hier keine Menschenseele. Außerdem
hatte er es von seinem Schlafplatz – er war seit gestern
Bettgeher bei einer Amtsratswitwe in der Neustiftgasse –
nicht weit hierher. Das Geld, das er bei dem Einbruch in
der Konfektionsfabrik erbeutet hatte, versprach ihm für's
Erste ein sorgloses Leben. Das Lokal war ziemlich gut
besucht, doch nachdem er sich umgeschaut hatte, fand

---

[*] Heute befindet sich an dieser Stelle ein in den 1970er Jahren errichtetes
Amtsgebäude

Oprschalek ein gemütliches Platzerl an einem Tisch an der Wand. Er teilte den Tisch mit einem kräftig gebauten Bäckermeister, der als Gabelfrühstück mit großem Appetit ein Gulasch verschlang und mit vollem Mund nuschelte:

»Wenn man so wie ich um vier in der Früh zum Arbeiten anfängt, hat man am Vormittag einen Mordshunger …«

»Lassen Sie es sich gut schmecken! Wie ich früher noch g'arbeitet hab', hab' ich um die Zeit meistens a schon an Hunger g'habt.«

»Ah, der Herr gehen nicht mehr arbeiten?«

Oprschalek grinste und dachte sich: ›Das G'wandl macht's Mandl‹. In der feinen, neuen Schal'n* vom Lischauer wirkte er wie ein besserer Herr. Sein neues gepflegtes Äußeres hatte ihm auch geholfen, bei der Witwe einen Schlafplatz zu finden. Dort standen ihm sogar ein eigenes Lavoir und ein kleiner Spiegel zur Verfügung, sodass er sich täglich rasieren konnte.

»Seit einiger Zeit nicht mehr. Seit Kurzem bin ich Privatier.«

»Herrgott!«, seufzte der Bäckermeister, »so gut sollte es mir auch einmal gehen. Darf man fragen, wie das gekommen ist? Haben S' im Zahlenlotto gewonnen? Oder gar eine Erbschaft g'macht?«

»Eine Erbschaft … ja, so könnte man es bezeichnen«, antwortete Oprschalek grinsend. Mit Genugtuung dachte er an die volle Handkasse in der Konfektionsfabrik. Gleichzeitig rechnete er kurz nach, wie lange das Geld wohl reichen würde. Und er begann zu über-

---

* Kleidung

legen, wann und wo er das nächste Mal einbrechen und Feuer legen könnte. Als das von ihm bestellte Krügel Bier kam, nahm er einen langen Schluck, dem ein zufriedenes »Ahhh!« folgte. Dann schlug er die Zeitung auf und blätterte voll Spannung zu dem Feuerteufel-Artikel. Er las ihn mehrere Male, nahm dazwischen immer wieder einen Schluck Bier und ließ schließlich das Blatt auf den Tisch sinken. Mit der ›Rezension‹ seiner Tat war er außerordentlich zufrieden.

»Jetzt hamma zu allem anderen Unglück auch noch einen Feuerteufel in Wien …«, nuschelte der Bäckermeister, während er mit einem Elfenbeinzahnstocher, den er aus einer kleinen silbernen Hülle gezogen hatte, die Faserreste des Gulaschfleisches aus den Zahnzwischenräumen entfernte.

»Ja, ja, der Feuerteufel …«, sinnierte Oprschalek, »der wird, und das spür' ich im Blut, keine Ruhe geben. Der wird bald wieder zuschlagen. Der kann nicht anders.«

»Das hab' ich a schon g'hört. Dass die Brandstifter, wenn's einmal zum Zündeln ang'fangen haben, nicht mehr aufhören können …«

Oprschalek wurde der Antwort enthoben, denn in diesem Augenblick betrat der Polizeiagent Drabek die Gastwirtschaft ›Zur Stadt Paris‹. Er bestellte an der Schank ein Seiterl Bier und eilte dann in Richtung WC. Geistesgegenwärtig hatte sich Oprschalek die Zeitung geschnappt und die Nase ganz tief hineingesteckt. Drabek konnte solchermaßen, falls er überhaupt mit seinem enormen Harndrang etwas anderes als die Pissoirtür im Blick hatte, nur die Hände und ein bisschen was von Oprschaleks Schädel sehen. In dessen Hirn überschlugen sich nun die Gedanken. Was sollte er tun? Schleunigst zahlen und das Lokal verlassen? Oder sich weiter hinter der Zeitung verstecken und warten, bis Drabek sein Seiterl getrunken hatte und verschwand? Oder aber …? Er stand ruckartig auf und ging ebenfalls aufs WC. Dort trat er hinter Drabek, der an einer Pissoirmuschel stand und sich gerade den Hosenladen zuknöpfte. Mit einem wuchtigen Schlag stieß er Drabeks Gesicht gegen die Wand. Der Polizeiagent stöhnte auf und sackte bewusstlos zusammen. Oprschalek packte ihn unter den Schultern und schleppte den Bewusstlosen in das freie Klokammerl. Dort positionierte er den reglosen Körper so, dass er sich gegen die Tür lehnte. Oprschaleks suchende Hand griff in Drabeks Sakko und fand dort dessen Brieftasche. Außerdem sah er eine goldene Uhrkette. Ohne zu zögern griff er in Drabeks Hosentasche und zog eine wunderschöne goldene Doppelmanteltaschenuhr hervor. Mit einem energischen Ruck riss er die Hosenschlaufe, an der Kette und Uhr hingen, ab. Die Beute verschwand in der Innentasche seines Sakkos. Dann zwängte er sich durch die Klotür, die hinter ihm von Drabeks Körpergewicht zugedrückt wurde. Gemütlich schlenderte er nun zurück in die Wirtsstube. An seinem Tisch trank er aus, nahm die Zeitung und verabschiedete sich vom Bäckermeister mit einem Augenzwinkern und einem jovialen »Na dann, bis zum nächsten Mal …«. Beim Hinausgehen drückte er dem Kellner ein paar Münzen in die Hand und sagte »Stimmt schon!«. Worauf dieser ein lautes »Habedieehre, Herr Doktor, und auf Wiedersehen!« von sich gab. Oprschalek spazierte in Richtung 9. Bezirk. Als er an einem alten Mietshaus vorbeikam, dessen Haustür offen stand, schlüpfte er rasch in den düsteren Flur. Im Dunkeln des Kellerabgangs nahm er die gestohlene Brieftasche, holte die darin enthaltenen Scheine und Münzen heraus und warf die leere Hülle die Kellerstiege hinunter. Zurück auf der Gasse raschelte und klimperte er fröhlich mit dem Geld in seiner Hosentasche. Er pfiff vor sich hin und dabei fiel ihm ein völlig unsinniger Reim ein, den er leise vor sich hin summte:

»Ja, ja, so ein Polizeiagent hat's net leicht am End …«

IX.

DIE LAMPE DER STRASSENBELEUCHTUNG schaukelte im
winterlichen Schneesturm. Da sie sich auf der Höhe seines im 2. Stock befindlichen Zimmers befand, verursachte sie abenteuerliche Licht- und Schattenspiele an
den Wänden. In seinem schmalen Bett wälzte er sich
hin und her. Er konnte nicht einschlafen. Stattdessen
beobachtete er die tanzenden Schemen, lauschte dem
orgelartigen Pfeifen des Wintersturms sowie dem fall-
weisen Quietschen der Tramway, die vor seinem Hotel
um die Ecke fuhr. Irgendwann hatte er das Herumwäl-
zen satt. Er stand auf, stieg in seine Hose, zog die Hosenträger hoch und schlüpfte ohne Socken in die Schuhe.
Budka öffnete die Tür seines Hotelzimmers, trat auf den
schmalen Gang, sperrte sorgfältig hinter sich ab und ging
zum Etagen-WC. Später, als er in sein Zimmer zurückgekehrt war, nahm er den Krug und schenkte sich ein
Glas Wasser ein. Müde trat er ans Fenster und blickte
ins Schneetreiben hinaus. Vor ihm lag der Radetzkyplatz, dessen einheitliche Schneedecke von einer einsamen Fußspur unterbrochen wurde. Ihn fröstelte. Tja,
das Hotel Hungaria war eben nicht das Grand Hotel.
Ergo dessen wurde hier in der Nacht nicht geheizt. Auch
dann nicht, wenn das Thermometer, so wie heute, 7 Grad
unter Null anzeigte. Er zog Schuhe und Hose aus und

kroch zurück ins warme Bett. Dankbarkeit und Zufriedenheit durchströmten ihn, dass er sich ein Dach über dem Kopf sowie ein eigenes Bett leisten konnte. Er zog die Decke bis über die Ohren hoch, genoss die wohlige Wärme und schlief ein.

Als er aufwachte, war es hell. Aus dem grauen Winterhimmel tanzten einige Schneeflocken, die der Wind durcheinanderwirbelte. Obwohl er weiterschlafen wollte, nötigte ihn der Druck seiner Blase aufzustehen. Ungeduldig schlüpfte er in Hose und Schuhe, wobei er ein paar Tropfen verlor. Wie er das hasste! »Wie ein alter Mann«, murmelte er. Budka bot alles, was er in seinem verschlafenen Zustand an Körperbeherrschung zustande brachte, auf, damit ihm dies auf dem Weg zum Etagen-WC nicht noch einmal passierte. Dort klappte er die Klobrille hoch und entleerte seine übervolle Blase mit einem Gefühl unendlicher Erleichterung. Zurück in seinem Zimmer schlüpfte er noch einmal ins Bett und überlegte, was er heute tun wollte. Von wollen konnte aber beim besten Willen keine Rede sein. Er musste sich endlich mit diesem Direktor Hubendorfer befassen. Wie sollte er ihn umbringen, wenn er außer Namen und Beruf nichts von ihm wusste? Es war höchste Zeit, dass sich Budka in die Zentrale des Ersten Wiener Consum-Vereins* begab und dort den Herrn Direktor auskundschaftete. Wie, das war ihm noch nicht klar. Darüber grübelte er nun schon fast eine Woche. Das war auch die Ursache dafür, dass er gestern nicht einschlafen konnte. Es half nichts.

---

* Wurde 1862 von Südbahnbeamten gegründet. 1938 fusionierte dieser bürgerliche Konsumverein mit der sozialdemokratischen Konsumgenossenschaft.

Er musste aus dem herrlich warmen Bett aufstehen und endlich Taten setzen. Voll Widerwillen setzte er seine nackten Füße auf den blank polierten Holzboden. So blieb er einige Zeit sitzen und stierte vor sich hin. Dabei kratzte er sich zwischen den Beinen. Es juckte nicht nur am Hodensack, sondern überall. Kruzitürken! Wenn er einem Herrn Direktor gegenübertreten wollte, musste er wie ein Herr auftreten. Und nicht wie ein ehemaliger Plattenbruder*, Totschläger und Häftling aus Stein. Das heißt, er musste sich rasieren, einen neuen Hemdkragen, seinen neuen, guten Anzug und seinen neuen Überzieher anziehen sowie den modischen Hut aufsetzen. Das alles würde aber nicht so richtig wirken. Um wie ein Herr aufzutreten, musste er sich vorher gründlich waschen. Als ihm das klar geworden war, klingelte er nach dem Hausmädchen. Dem jungen Ding, einem richtig drallen Trampl** aus Böhmen, gab er die Anweisung, ihm einen Krug mit heißem Wasser, ein neues Stück Seife sowie ein frisches, großes Handtuch zu bringen.

»Groß' Handtuch kost' extra …«, böhmakelte das Mädel, worauf er nur bestätigend grunzte. Mit einem Knicks verschwand sie und kehrte kurze Zeit später mit den bestellten Dingen zurück. Er winkte sie zu sich her, drückte ihr 10 Heller in die Hand und zwickte sie gleichzeitig in ihren wohlgerundeten böhmischen Hintern. Das Mädel kreischte laut, wobei es sich um eine Mischung aus Schmerz- und Lustschrei handelte. Bevor sie verschwand, knickste sie und sagte mit geröteten Wangen: »Gnädige Herr sein schlimm. Ganz, ganz schlimm …«

---

* Bandenmitglied
** dumme Weibsperson

Das brachte ihn zum Grinsen. Die Kleine war kein Kind von Traurigkeit, mit der konnte er sich durchaus einen fröhlichen Abend vorstellen … Solchermaßen aus seinen Grübeleien ins pralle Leben zurückgekehrt, wusch er sich voll Elan. Besondere Sorgfalt widmete er jenen Stellen, die zuvor durch einen nicht unbeträchtlichen Juckreiz auf sich aufmerksam gemacht hatten. Nach dem Waschen rasierte er sich sorgfältig, pomadisierte sein Haar und kämmte es straff zurück. Dann rief er noch einmal das Hausmädchen. Sie borgte ihm eine Kleiderbürste, mit der er Anzug und Mantel sorgsam abbürstete. Vor allem auf den Hosenbeinen und am Saum des Mantels gab es jede Menge Spritzer vom Straßenschmutz. Nachdem er Hemd, Krawatte, Hose und Sakko angezogen hatte, nahm er sich seine Schuhe vor. Liebevoll betrachtete er sie. Ein Paar handgemachte ›Budapester‹. Erstklassige Qualität. Und er erinnerte sich an den alten Herzberg, der ihm diese Schuhe vermacht hatte. Seinerzeit in der Haftanstalt Stein. Weil er den alten Mann vor Übergriffen beschützt hatte. Ja, der Samuel Herzberg war ein feiner Mensch gewesen. Das konnte man mit Fug und Recht sagen, obwohl er bei den Schwerverbrechern in Stein eingesessen hatte. Er war ein Kaufmann gewesen, der sehr viel Pech gehabt hatte. Durch alle möglichen Manöver hatte er versucht, den drohenden Konkurs abzuwenden. Dabei waren auch Lebensmittel, mit denen er gehandelt hatte, durch schwer gesundheitsschädigende Zutaten verunreinigt worden, nach deren Verzehr mehrere Menschen gestorben waren. Herzberg musste Konkurs anmelden und wurde wegen fahrlässiger Krida, schweren Betrugs sowie

der vorsätzlichen Tötung von Menschen zu einer mehr-
jährigen Haftstrafe verurteilt. Da es unter den Insassen
von Stein jede Menge Antisemiten gab, hatte der alte
Mann wenig zu lachen. Ohne seinen, Budkas, Schutz
wäre er verloren gewesen. Als Herzberg in der Haft
starb, hatte er ihm seine Habseligkeiten vermacht: vor
allem diese handgenähten ›Budapester‹. Anfangs waren
sie ihm eine Spur zu eng gewesen, aber er hatte sie zu
einem Schuster getragen, der die Schuhe auf einen größeren Leisten gespannt und tagelang gedehnt hatte. Nun
passten sie wie angegossen. Budka holte sein Schuh-
putzzeug hervor: Eine Dose Schmoll Schuhpasta, eine
kleine Bürste für das Auftragen der Schuhcreme sowie
eine große Bürste für das Glänzen der Schuhe. Liebevoll cremte er das Leder ein und polierte es danach mit
gekonnten Schwüngen. Ja, so sahen sie – obgleich das
Leder schon dort und da Risse hatte – wieder salonfähig
aus. Er schlüpfte hinein, band die Schuhbänder, stand
auf, ribbelte sich mit warmem Seifenwasser die Schuhcreme von den Händen, trocknete die Hände ab und sah
sich prüfend im Spiegel an. Was er sah, beruhigte ihn:
ein Herr vom Scheitel bis zur Sohle.

Die Gehsteige waren, wie immer, wenn viel Schnee
fiel, schlecht geräumt. Da seine Schuhe frisch eingefet-
tet waren, drang keine Nässe durch das Leder. Er ging
flotten Schrittes, so gut es bei diesem Wetter möglich
war, Richtung Innenstadt. Aufgrund der körperlichen
Bewegung und der fortgeschrittenen Tageszeit, es war
bereits halb eins, machte sich Hungergefühl in seinem
Magen breit. Sein Weg führte ihn vorbei am Bahnhof
Hauptzollamt und dem Österreichischen Kunstgewer-

bemuseum*. Ecke Stubenring und Wollzeile** erblickte er das Café Prückl. Da sein ursprünglicher Tatendrang fast gänzlich verschwunden war und einem hilflosen Zaudern Platz gemacht hatte, beschloss er, sich im Kaffeehaus ein spätes Frühstück zu gönnen. Er bestellte eine Eierspeise*** aus drei Eiern und verzehrte dazu zwei Buttersemmerln. Danach angelte er sich eine Zeitung und blätterte sie durch. Wohlig gesättigt, nickte er schließlich kurz ein. Heftiges Diskutieren eines Paares am Nebentisch holte ihn abrupt in die Kaffeehauswirklichkeit zurück. Die Frau zeterte in einem fort, der Mann wehrte sich hin und wieder. Zuerst wollte Budka diesem Streitgespräch gar nicht zuhören. Doch als er mitbekam, dass es um Geld ging, spitzte er die Ohren. Die Frau warf ihrem Herrn Gemahl vor, dass dieser seine Waren viel zu billig anbieten würde. Deshalb sei seine Firma schon einmal am Rande des Konkurses gewesen. Er mache mit seiner Handelstätigkeit so wenig Gewinn, dass das ihr übergebene Haushaltsgeld nie ausreiche. Und jetzt, wo sie ausnahmsweise nach Wien mitgekommen war, könne sie sich hier nicht einmal eine neue Frühjahrsgarderobe schneidern lassen. Nur weil er ein so gutmütiger Depp sei, der nicht gescheit kalkulieren könne und der sich zusätzlich noch von Kunden über den Tisch ziehen lasse. Der Mann hatte jegliche Gegenwehr aufgegeben. Mit gesenktem Kopf ließ er die Vorwürfe auf sich niederprasseln. Schließlich stand er auf und ging wortlos in Richtung WC. Die Frau

---

* Der Bahnhof Hauptzollamt heißt heute Bahnhof Wien Mitte, das Österreichische Kunstgewerbe Museum ist heute das MAK (Museum für Angewandte Kunst)
** Damals ging die Wollzeile noch bis zum Ring vor. Erst 1926 wurde das letzte Stück vor dem Stubenring in Dr.-Karl-Lueger-Platz umbenannt.
*** Rührei

erhob sich ebenfalls und holte sich vom Zeitungsständer die neuesten Klatschblätter. Auf dem nun unbeaufsichtigten Tischchen lag eine offene Ledermappe mit mehreren Preislisten sowie einem kleinen Stoß Visitenkarten. Plötzlich hatte Budka eine Idee! Blitzschnell stand er auf, ging am Nebentisch vorbei und schnappte sich, verdeckt durch die Zeitung, die er in der linken Hand hielt, eine Preisliste sowie einige Geschäftskarten. Beides verschwand blitzartig in der Innentasche seines Sakkos. Dann ging er ebenfalls aufs WC. Dort sperrte er sich in eines der Kabäuschen ein, setzte sich bequem hin und sichtete das Diebesgut. Es waren Unterlagen der Firma Giuseppe Hmelak, Delikatessen-, Konserven- u. frische Meeresfische-, Kolonialwaren-, Südfrüchte- und Gemüse-Handlung. Das Unternehmen war in Graz, in der Sporgasse 15, daheim. Zufrieden grinsend betrachtete er seine Beute. Jetzt wusste er, wie er den Herrn Direktor Hubendorfer kennen lernen würde. Als er an seinen Kaffeehaustisch zurückgekehrt war, rief er dem Ober »Zahlen!« zu. Er packte seinen Mantel, schlüpfte voll Elan hinein, setzte den Hut auf, musterte zufrieden seine adrette Erscheinung in einem Spiegel, zahlte und ging. Die Vereinskanzlei des Ersten Wiener Consum-Vereins befand sich mehr oder minder um die Ecke vom Café Prückl: in der Stubenbastei 12. Er betrat das Haus, ging zum Portier und sagte würdevoll:

»Gott zum Gruße! Mein Name ist Giuseppe Hmelak, ich komme aus Graz und habe einen Termin beim Herrn Direktor Hubendorfer.«

Der Portier schickte ihn in den ersten Stock zum Sekretariat des Herrn Direktor. Nach zaghaftem Klopfen trat er ein und wurde von dem fragenden Blick eines mittelalten, dicklichen Bürofräuleins empfangen. Elegant lüftete er seinen Hut und stellte sich aufs Neue vor. Die Vorzimmerdame machte große, kugelrunde Augen und stammelte:

»Aber mir is' nix bekannt, dass der Herr Direktor heute einen Termin mit Ihnen hat …«

Er verbeugte sich noch einmal, lächelte charmant, aber auch ein bisschen traurig und sagte leise:

»Das ist aber schade. Da bin ich extra aus Graz angereist … Und jetzt hat der Herr Direktor keine Zeit für mich. Das ist bedauerlich. Wo ich meinen Besuch doch telefonisch angekündigt habe …«

»So? Telefonisch haben S' ihn angekündigt? Aber unseren Telefonapparat hebe normalerweise ich ab. Und ich kann mich nicht erinnern … Obwohl, ich war jetzt ein paar Tage krank, da ist vielleicht irgendetwas nicht weitergeleitet worden. Wissen S' was, nehmen S' doch einfach Platz. Ich werde schaun, was sich machen lässt. Schließlich sind S' ja einen weiten Weg von Graz zu uns her gekommen …«

Sie stand auf, klopfte an eine Tür und verschwand dann im Nebenraum. Kurz darauf kam sie mit einem schlanken Bürschlein ins Zimmer zurück. ›Das kann aber nicht der Hubendorfer sein‹, dachte sich Budka. Und so war es auch. Der Jüngling wurde ihm als der Sekretär des Herrn Direktor vorgestellt. Er würde sich mit dem Anliegen des Besuchers aus Graz befassen. Eine gewaltige Wut stieg in Budka auf. So knapp vorm Ziel scheiterte er an einem Lausbuben, der sich hier als Sekretär gebärdete. Jetzt half nichts anderes als ein Frontalangriff! Unvermittelt brüllte er los:

»Das ist eine unglaubliche Unverschämtheit! Da kommt man extra aus Graz nach Wien und wird dann nicht empfangen. Obwohl man einen Termin vereinbart hatte! Nein, das kann man mit mir, mit Giuseppe Hmelak, nicht machen!«

Und damit schob er den Sekretär zur Seite, öffnete die Tür zum Nebenzimmer, das nichts weiter als ein kleines Kammerl mit einem großen Schreibtisch war. Dahinter gab es eine weitere Tür. Er schritt entschlossen auf sie zu, klopfte und öffnete energisch, ohne eine Antwort abzuwarten. Hinter ihm folgten in einem Respektabstand der Sekretärsjüngling und die Vorzimmerdame. Und plötzlich stand er Aug in Aug mit einem würdevoll aussehenden Herrn mit dichtem, an den Schläfen grau werdendem blondem Haar und sorgfältig gestutztem Oberlippenbart.

»Was ist das für ein Aufruhr? Was geht hier vor?«

»Herr Direktor Hubendorfer?«

Der Angesprochene nickte und runzelte die Augenbrauen. Budka aber verbeugte sich und sagte:

»Giuseppe Hmelak, Delikatessen-, Konserven-, frische Meeresfische-, Kolonialwaren-, Südfrüchte- und Gemüse-Händler aus Graz. Habe telefonisch einen Termin für heute Nachmittag mit Ihrem Sekretariat vereinbart. Aber anscheinend wurde da irgendetwas verwechselt …«

Die strenge Miene Hubendorfers entspannte sich. Ein mildes, verzeihendes Lächeln erschien stattdessen auf seinem Gesicht.

»Te-le-fonisch … haben Sie den Termin vereinbart? Ach, wissen Sie, die moderne Technik …«, er machte eine wegwerfende Handbewegung, »… auf die ist doch kein Verlass. Von wo kommen Sie? Von Graz? Na, das ist ja ein ganz schön weiter Weg, nicht wahr? Da werden wir Sie jetzt nicht wieder wegschicken. Kommen S', nehmen S' Platz und erzählen S' mir, was Sie so alles in Ihrem Sortiment haben. Haben S' vielleicht auch eine Preisliste mit?«

Budka setzte sich, überreichte die Preisliste und plauderte mit Hubendorfer eine Zeit lang. Plötzlich sah der Direktor auf die Uhr, sprang auf und entschuldigte sich, dass er nun gehen müsse. Eine dringende Verabredung. Budka bedankte sich bei Hubendorfer für das Gespräch und dieser versicherte ihm, seinerseits die Angebote und Preise zu prüfen. Vielleicht werde man miteinander ins Geschäft kommen …

Einem Gefühl folgend, wartete Budka vis-à-vis des Hauses, bis kurze Zeit später auch Hubendorfer das Gebäude verließ. Vielleicht hatte er jetzt eine Verabredung mit seinem Pantscherl*, mit der Friederike Nemec? Irgendwie war Hubendorfer freudig erregt gewesen, als er vorhin von seinem ›Termin‹ gesprochen hatte. Budka folgte dem Direktor unauffällig, als dieser von der Stubenbastei zur nächsten Stadtbahnstation ging und von dort bis zur Pilgramgasse fuhr. Im Verschleißmagazin des Ersten Österreichischen Consum-Vereins in der Pilgramgasse 16 holte er eine junge, sehr fesche Verkäuferin ab. Mit ihr ging er in das Gasthaus ›Zur Goldenen Glocke‹, wo sich die beiden in ein dunkles Eck setzten und verliebt Händchen hielten. Budka, der sich im Lokal ein Plätzchen ausgesucht hatte, wo er die beiden aus siche-

---

* Liebschaft

rer Entfernung beobachten konnte, trank zufrieden sein Bier und grinste: Innerhalb weniger Stunden hatte er nun beide Mordopfer kennengelernt. Sozusagen zwei Flie-gen mit einem Schlag erwischt.

X.

Frantisek Oprschalek hatte ein flaues Gefühl im Bauch, als er am frühen Abend das Café Dobner betrat. Schließlich hatte er hier ums Eck mit seiner Alten über ein Jahrzehnt lang gewohnt. Da es draußen kalt und stürmisch war, hatte er den Mantelkragen hochgeschlagen und den Hut tief ins Gesicht gezogen. Daran änderte er auch im Kaffeehaus nichts. Er setzte sich an ein Tischchen in einem Raum, wo hauptsächlich Gäste vom benachbarten Theater an der Wien saßen. Künstler, Bühnenarbeiter und Statisten diskutierten hier über Aufführungen, Besetzungen und geplante Premieren, tratschten über Vorkommnisse auf und hinter der Bühne und zerrissen sich die Mäuler über nicht anwesende Kolleginnen und Kollegen. Hier kannte ihn niemand. Er entspannte sich, knöpfte den Mantel auf, schlug den Kragen um. Beim Kellner bestellte er einen Tee mit Rum. Als der Pikkolo ihm das heiße Getränk servierte, gab er ihm den Auftrag, beim Marqueur*, bei der Sitzkassierin sowie beim Cafetier nachzufragen, ob es eine Nachricht für den Herrn Frantisek gäbe. Der Pikkolo schaute zuerst groß, als er aber 10 Heller in die Hand gedrückt bekam, eilte er dienstfertig davon. Kurze Zeit später kreuzte er sehr geschäftig mit roten Ohren auf, überreichte ein kleines Kuvert und krähte:

---

* Zahlkellner

»Gnä' Herr, das wurde vor zwei Wochen bei der Sitzkassierin abgegeben …«

»Ich dank' dir recht schön. Geh, ruf mir den Marqueur,
ich möchte nämlich gleich zahlen.«

»Sofort, der Herr!«, rief der Pikkolo und verschwand.
Oprschalek riss das zugeklebte Couvert auf, nahm einen
Zettel heraus, auf dem mit ungelenker Hand gekritzelt
stand: Radetzkystraße 14, Hotel Hungaria. Er grinste
zufrieden, steckte das Couvert ein, zahlte den Tee und
verließ eiligen Schrittes das Kaffeehaus. In seiner Eupho-
rie merkte er nicht, dass ihm jemand folgte.

Da ein eisiger Nordwind blies, der immer wieder einige
Schneeflocken vor sich herwirbelte, stellte er, als er
über den Karlsplatz ging, wieder den Mantelkragen auf.
Gleichzeitig zog er das Genick ein und verfluchte seine
Blödheit, dass er bei seinem Einbruch in der Kleiderfabrik nicht auch einen warmen Schal mitgehen hatte lassen. Trotzdem, der Mantel war von bester Wollqualität,
die ihm durchaus Wärme sowie Schutz vor dem Sauwet-
ter bot. Sein Weg führte ihn über den Schwarzenberg-
platz, den Heumarkt entlang und dann durch die Inva-
liden- und die Hauptzollamtsstraße. Letztere mündete
in die Radetzkystraße. Hier musste er sich orientieren:
Sollte er nach rechts oder links gehen? Nachdem er sich
kurz nach links gewendet und gesehen hatte, dass hier die
Hausnummern niedriger wurden, kehrte er um. Er kam
auf den Radetzkyplatz und sah vor sich ein hohes Eckge-
bäude, in dessen Erdgeschoss sich ein Café namens ›Hungaria‹ befand. Über der Fensterreihe des 2. Stocks prangte
der Schriftzug ›Hotel Hungaria‹. Wieder grinste Oprsch-

alek. War ja gar nicht so schwer zu finden gewesen. Er betrat das Entree des Hotels, klopfte sich den Schnee vom Hut und ging gemessenen Schrittes zur Rezeption. Die Halle machte, so wie das ganze Hotel, einen etwas abgewohnten, schäbigen Eindruck. Er betätigte die Klingel, die sich auf dem Rezeptionspult befand und wartete. Nichts geschah. Nun läutete er mehrmals hintereinander. Keiner kam. Als er ziemlich ratlos dastand, hörte er plötzlich ein Rumoren in dem Raum hinter der Rezeption. Eine junge, blonde Frau erschien. Sie richtete sich die zerknitterte Bluse, die einmal weiß gewesen sein musste, rieb sich die Augen und gähnte herzhaft. Desinteressiert fragte sie:

»Der Herr wünschen?«

»Ich hätte gerne den Herrn Budka gesprochen. Der logiert doch bei Ihnen?«

»Budka, Budka …«, murmelte sie und blätterte gedankenverloren im Gästebuch. »Ah! Da haben wir ihn: Budka, Zimmer 211. Aber warten S', ich glaub',er ist nicht auf seinem Zimmer. Wenn ich mich net täusch', ist Herr Budka ausgegangen … vor circa einer Stunde.«

»Wissen Sie vielleicht zufällig, wohin?«

»Woher soll ich das wissen? Ich kann net hellsehen …«

»Hat er vielleicht ein Stammlokal in der Gegend?«

»Na, schaun S' vielleicht einmal ins Kaffeehaus vorne am Eck. Oder drüben in die Weinhalle. Vielleicht ist er dort.«

Oprschalek bedankte sich und ging hinaus ins nächtliche Schneetreiben. Er schaute kurz in das Café Hungaria, das ziemlich leer war und in dem sich Budka leider nicht aufhielt. Nun überquerte er den Radetzkyplatz und betrat die Weinhalle, deren Geräume extrem weitläufig waren. Als er schon fast resignieren und umdrehen wollte, entdeckte er an einem etwas abgeschiedenen Tisch den Gesuchten, der sich gerade eine Zigarette ansteckte. Lächelnd ging er auf ihn zu und sagte:

»Na, haben der Herr gut gespeist?«

Budka blickte irritiert auf, grinste aber dann auch. Er schob Oprschalek mit dem Fuß einen Sessel hin und deutete ihm mit einer einladenden Handbewegung, Platz zu nehmen.

»Frantisek ... Endlich hast meine Nachricht gelesen. Ich hab schon g'laubt, du hast dich päulisiert*.«

»Geh! Wo soll i denn hin? Ich hab mich halt a Zeit lang versteckt. Aber das wird auf die Dauer auch fad.«

»Herst, du bist g'schalnt**! Wie ein Firmling ... Ehrlich, wie ein richtiger Herr schaust aus. Ich hätt' dich fast net erkannt.«

Oprschalek bestellte sich ein Bier und einen Becherovka***. Dann erzählte er mit leiser Stimme von seinem Einbruch und der Brandlegung. Budka hörte lächelnd zu und gratulierte zur gelungenen Tat. Als Oprschalek erwähnte, dass er einen Polizeiagenten niedergeschlagen und ausgeraubt hatte, merkte er, wie Budka ihn ungläubig ansah. Er nahm einen langen Schluck, bestellte beim Ober ein weiteres Bier und zog dann ganz ruhig Drabeks goldene Uhr aus der Tasche. Er drückte sie dem verblüfften Budka in die Hand und sagte:

»Schau, das is die Uhr. Die möcht i loswerden. Weil,

---

* wegrennen, fliehen
** gekleidet
*** Karlsbader Kräuterbitter

wenn mich die Schmier* damit erwischt, wissen s' sofort, dass i der war, der was den Drabek niederg'schlagen hat.«

Budka nahm nun ebenfalls einen kräftigen Schluck Bier. Sorgfältig sah er sich die Taschenuhr an, klappte beide Deckel auf und betrachtete das tickende Uhrwerk. Leise sagte er:

»Brauchst an Hehler, gell?«

Oprschalek nickte. Budka trank die Schaumkrone von seinem Bier, strich sich über den Oberlippenbart und beugte sich dann zu seinem Gegenüber:

»Seinerzeit, beim Couvertmachen**, hat mir einer erzählt, dass der Uhrmacher in der Servitengasse im 9. Hieb*** eine gute Adresse is. Da musst nur einegehen und sagen, dass du für den Herrn Köllmer eine Zustellung hast.«

Oprschalek nickte verstehend, nahm die Uhr und steckte sie ein. Dann bestellte er noch eine Runde Bier und Becherovka für sich und Budka. Es wurde ein gemütlicher Abend, an dem sich die beiden ziemlich betranken. Als Oprschalek dann heimwärts Richtung siebenter Bezirk wankte, dachte er sich: ›Der Budka ist wirklich ein Blitzgneißer****. Der weiß, wo's langgeht. Zum Glück hat der damals die Idee mit dem Brieferl und dem Café Dobner gehabt, wie ich ihm erzählt hab', dass ich meine Alte erschlagen und Feuer g'legt hab'. Dem war klar, dass ich werd' untertauchen müssen … Trotzdem wollt' er mich nicht aus den Augen verlieren. Ja, der Budka … Mit dem kann man halt Pferde stehlen …‹

---

* Polizei
** Kuvertproduktion in der Strafanstalt Stein in Niederösterreich
*** Bezirk
**** helles Köpfchen

Bereits am nächsten Vormittag ging Oprschalek in den 9. Bezirk, in die Servitengasse. Dort befand sich auf Nummer 1 das Geschäft des Uhrmachers Wilhelm Köllmer. Er betrachtete eine Zeit lang die recht große Auslage und ging dann in ein nahes Kaffeehaus. Dort bestellte er sich als spätes Frühstück und frühes Mittagessen eine Eierspeise aus drei Eiern. Nach dem Essen las er alle möglichen Zeitungen und machte schließlich ein angenehmes Schläfchen. Er wachte gegen 4 Uhr nachmittags auf, bestellte einen doppelten Mokka und verließ schließlich gegen 5 Uhr das Kaffeehaus. Er schlenderte die Servitengasse auf und ab und beobachtete dabei das Uhrmachergeschäft. Schließlich, kurz bevor der Uhrmacher zusperrte, betrat er es. Ein Gehilfe begrüßte ihn und fragte nach seinen Wünschen. Wie von Budka instruiert, sagte er, dass er eine Zustellung für Herrn Köllmer hätte. Der junge Mann verbeugte sich höflich und bat ihn, sich einen Augenblick zu gedulden. Kurze Zeit später kam er mit einem distinguierten Herrn, den eine auffallend gelackte Frisur sowie ein sorgfältig gestutzter Kinnbart zierten, zurück.

»Sie haben nach mir verlangt, mein Herr?«

»Herr Köllmer? Ich hab' eine Zustellung für Sie.«

Der geschniegelte Uhrmachermeister musterte ihn einige Sekunden lang und bat ihn dann, ihm in die rückwärtigen Geschäftsräume zu folgen. Der junge Mann blieb im Verkaufsraum. Oprschalek und Köllmer nahmen einander gegenüber an einem Arbeitstisch Platz. Hier lagen einige zerlegte Uhren, Lupen sowie allerlei feinmechanisches Werkzeug. Köllmer räusperte sich und fragte sehr distanziert:

»Darf ich die Lieferung sehen?«

Oprschalek griff in seine innere Sakkotasche, nahm die Uhr heraus und reichte sie ihm wortlos. Köllmer öffnete die Deckel mit geübten Fingern, klemmte sich eine Lupe ins Auge und besah sich das Uhrwerk. Dann klappte er die Uhr wieder zu, nahm die runde Lupe vom Auge und sagte:

»Wie viel stellen Sie sich vor?«

Oprschalek war überrascht. Er hatte eigentlich gedacht, dass der Uhrmacher ihm ein Angebot machen würde. Er holte tief Luft und sagte:

»200 Kronen …«

Köllmer sah ihn kalt an, gab ihm die Uhr zurück und meinte:

»Mein lieber Herr, behalten Sie das gute Stück.«

Oprschalek stammelte verblüfft: »Wie viel … wie viel würden denn Sie mir dafür geben?«

Der Uhrmacher zuckte mit den Achseln, lehnte sich zurück und verzog geringschätzig den Mund:

»Ein Zehntel. Maximal.«

»Was? Nur 20 Kronen? Sie, das ist eine echte goldene Uhr.«

»20 Kronen. Und keinen Heller mehr.«

Oprschalek schwitzte aus allen Poren. Er atmete tief durch und murmelte schließlich: »Von mir aus …«

Köllmer öffnete eine Lade seines Arbeitstisches, hob eine Metallkassa heraus. Aus der Hosentasche zog er einen dicken Schlüsselbund hervor, wählte einen kleinen Schlüssel aus und öffnete damit die Kassa. Er nahm einen 20-Kronenschein heraus und schob ihn Oprschalek über den Tisch. Gleichzeitig nahm er die Taschenuhr und verstaute sie in einer anderen Lade. Oprschalek steckte den Geldschein in die Brieftasche, die sich in der abgewetzten Ledertasche zusammen mit dem Stemmeisen befand. Das blanke Metall funkelte im Dunkeln. Wie unter Zwang griff seine Hand danach. Angenehme Kühle durchströmte sie. Die Hand schnellte hoch und schlug dem Uhrmacher das Stemmeisen an die Stirn. Die scharfe Schneide verursachte eine stark blutende Wunde. Die nächsten Hiebe trafen den Hehler an der Schläfe und am Hals, aus dem sofort das Blut in einem dicken Strahl hervorquoll. Der Körper des Uhrmachers kippte auf die Seite und rutschte zu Boden. Das hörte der junge Gehilfe im Verkaufsraum. Als er zögernd den Werkstättenraum betrat, attackierte ihn Oprschalek ebenfalls mit dem Stemmeisen. Hier reichte ein gezielter Schlag an die Schläfe.

»Blutsauger, Ausbeuter, Kapitalistenschwein ...«, murmelte Oprschalek wütend. Dann ging er zu dem runden Metallofen, der in der Ecke stand. In ihm brannte fröhlich knackend ein Feuer. Mit einem mächtigen Fußtritt kippte er den Ofen um. Dessen vordere Tür ging auf und glühende Kohlen purzelten auf die mit Linoleum ausgelegten Dielenbretter. Der Bodenbelag fing sofort zu stinken an, kleine bläuliche Flämmchen stiegen auf. Oprschalek ging zu einem Regal, in dem sich fein säuberlich aufgestapelt Türme von Geschäftsunterlagen befanden. Mit energischen Bewegungen warf er alles zu Boden. Die vorerst zarten Flammen begannen sich gierig in das Papier zu fressen. Binnen weniger Minuten stand der Fußboden des gesamten Zimmers in Flammen. Aus der offenen Kassa nahm Oprschalek mehrere hundert Kronen. Den 20-Kronenschein aber stopfte er dem bewusst-losen Köllmer in den offenen Mund. Dann drehte er den Kopf seines Opfers so, dass der Schein ebenfalls zu bren-nen anfing. Zufrieden trat er zurück und beobachtete sein Werk. Wie in Trance murmelte er abermals: »Blut-sauger, Ausbeuter, Kapitalistenschwein …«. Schließlich gab er sich einen Ruck und verließ mit ruhigem Schritt den Uhrmacherladen. Nicht ohne aber die Türe zwischen Verkaufsraum und Werkstätte sowie die Eingangstüre des Ladens offen zu lassen. Damit es schön zog und das Feuer ordentlich Frischluft bekam …

XI.

GÄHNENDE LEERE EMPFING SIE, als sie ihre Lieblings-
fleischhauerei in der Gumpendorfer Straße betrat. An
den Wänden hingen keine zerteilten Stücke von Rind,
Kalb und Schwein, sondern nur einige Dauerwürste sowie
etwas Selchfleisch. Aurelia Nechyba wollte bereits auf
dem Absatz kehrtmachen, als Vinzenz Mostbichler aus
den hinteren Räumen hervorkam und rief:

»Küss die Hand, habe die Ehre! Frau Litzels ... äh, Frau
Nechyba! Womit kann ich dienen? Ein Kranzerl Dürre*
für ein saftiges Erdäpfelgulasch oder ein Selchripperl? Das
passt vorzüglich zu einem Erbsenpüree! Ein geräuchertes
Rindszüngerl hätte ich auch noch da. Und frisch g'schlag-
ene Kaninchen von meinem Herrn Schwager. Und von
meiner Erbtante am Land hab ich gestern ganz frische
Henderln bekommen ...«

Aurelia wurde hellhörig. Frische Henderln vom Land?
Das war eine Idee! Eigentlich wollte sie sich erkundigen,
ob es noch etwas von dem argentinischen Rindfleisch gäbe,
das vor ein paar Wochen in Wien eingetroffen war. Aber ein
saftiges Hendl hatte auch schon längere Zeit nicht auf dem
Speisezettel gestanden. Wenn es nun aufgrund der Versor-
gungskrise kein Rindfleisch gab, musste man eben aus-
weichen. Sie runzelte die Stirn und sagte in strengem Ton:

---

* deftige Brühwurst

»Und? Darf ich diese Viecher einmal sehen? Weil alte, ozahde* Hendeln nehm' ich auf keinen Fall. Das muss schon erstklassige, frische Ware sein.«

»Aber gern doch! Liebe Frau Nechyba, da schaun S' ... Sind das net Prachtviecher? Und schon gerupft ... Sie brauchen S' nur mehr in den Ofen schieben ...«

Aurelia Nechyba schüttelte unwillig den Kopf. Denn sie erinnerte sich plötzlich an ein Rezept, das sie vor vielen, vielen Jahren das letzte Mal zubereitet hatte: Ein Hühner Poupeton von Reis. Damals hatte sie noch als Hilfsköchin im Haushalt von Erzherzog Ludwig Viktor gearbeitet. Sie inspizierte die beiden Hühner, die wirklich recht jung und zart waren.

»In Ordnung! Packen S' mir s' ein.«

»Und? Werden S' die zarten, jungen Viecherln braten?«

»Aber geh! Wenn ich dem Hofrat Schmerda ein simples Brathenderl serviere, fragt er mich, ob ich krank bin. Nein, der Herr Hofrat will immer was ganz Ausgefallenes. Deshalb werd ich ihm ein Hühner-Poupeton von Reis machen.«

»A was?«

»Das ist ein Hühnerfrikassee mit Champignons in einer Reishülle, die dann noch überbacken wird.«

»Na geh! So was! Sachen gibt's ...«

»Übrigens, Herr Mostbichler, wissen Sie, dass Ihr ehemaliger Geselle, der Anastasius Schöberl, jetzt Filme macht. Wissen S' eh, die laufenden Bilder, die s' in den Kinematographen zeigen ...«

Das ohnehin rötliche Gesicht Mostbichlers nahm

---

* ausgemergelt

plötzlich eine dunkelrote Farbe an. Der anbiedernde Tonfall war weg und er raunzte seine Kundin grantig an:

»Hören S' ma auf mit dem Schöberl. Diese Kanaille* hat mich mit meiner Frau betrogen. Am liebsten hätt' ich ihn damals derschlag'n! Gleich da auf dem Hackstock!«

Voll Wut ließ er das Hackbeil auf den Holzblock niedersausen. Verbissen starrte er vor sich hin. Aurelia Nechyba biss sich auf die Lippen, ›Ui! Das war ein Fauxpas!‹, dachte sie und murmelte entschuldigend:

»Aber geh, das ist doch schon so lange her …«.

Ohne sie anzusehen, nannte ihr Mostbichler den Preis für die Hühner. Sie zahlte und verließ schleunigst das Geschäft. Draußen atmete sie tief durch: ›Was manche Menschen für Zwiderwurzn** sind …‹

In der Schmerda'schen Wohnung angekommen, wurde Aurelia selbst zur Zwiderwurzn. Denn sie überraschte das Dienstmädel, wie es mit hochgelagerten Beinen neben dem Herd saß und einen Kolportage-Roman las. Sie riss dem Mädchen das Heftl aus der Hand und schlug es ihm mehrmals um die Ohren.

»Was liest denn da für einen Dreck? ›Um der Liebe willen verstoßen und geächtet‹ … So ein Blödsinn!«

Voll Zorn holte sie abermals aus und schlug wieder links und rechts zu.

»Wennst wenigstens meine Kochbücher lesen würdest … Oder das Haushaltsbuch, damit du was lernst. Aber nein! So einen Stuss liest!«

---

* schlechter, boshafter Mensch
** missmutiger Mensch

Und damit öffnete die Köchin die Tür des Herdes und warf das Heft in die Glut. Gerti schrie auf. Aurelia drehte sich um und gab dem Dienstmädel als Zugabe noch eine schallende Ohrfeige.

»Das Feuer im Herd hast fast ausgehen lassen! Wie soll ich da für Mittag ein Essen kochen? Leg sofort Holz nach! Aber sei vorsichtig, mach mir ja nicht die Glut kaputt!«

Gerti rannen Tränen über die dicken Wangen ihres Bauerngesichts. Dort, wo Aurelias Ohrfeige getroffen hatte, war die Haut stark gerötet. Mit zitternden Händen öffnete sie die Herdtür und begann vorsichtig Holz nachzulegen. Die Köchin, die sich nun wieder beruhigt hatte, bedauerte ihren Ausbruch, als sie mit gekonnten Griffen die beiden Hühner tranchierte. Das dicke, laut schluchzende Häufchen Elend, das nun vor dem Herd kniete und zuerst kleine Holzspäne nachlegte, und, nachdem diese Feuer gefangen hatten, dickere Holzscheite darüber schlichtete, tat der Köchin leid. Deshalb sagte sie, als Gerti mit dem Nachschlichten fertig war, mit ruhiger Stimme:

»Gut hast das g'macht, Gerti. Nimm jetzt die Champignons und eine Bürste und putz sie unterm Wasserstrahl. Die sauberen legst du dann auf ein Tuch zum Trocknen. Davor stellst aber noch 40 Deka Reis zum Kochen auf. Nimm den klebrigen, italienischen Reis.«

Das Dienstmädchen errötete ob des unerwarteten Lobs, zog lautstark den Rotz auf und wischte sich mit dem Schürzenzipfel die Tränen ab. Inzwischen nahm sich die Köchin des Wurzelwerks an. Mit flinken Handgriffen putzte sie die Karotten und gelben Rüben, die

Petersilienwurzeln und den Sellerie. Dem Dienstmädchen trug sie auf, einen Topf mit Wasser auf die nun wieder heiß werdende Herdplatte zu stellen. Sie selbst wusch das geputzte Gemüse. Dann salzte sie die appetitlich zerlegten Hühnerfleischstücke. Gemeinsam mit den beiden Hühnerlebern stellte sie alles bis zur Weiterverarbeitung in die Speisekammer. In das kochende Wasser gab sie das geputzte Wurzelwerk sowie die Herzen und Mägen der beiden Hühner. Als sie die gebürsteten Champignons kontrollierte, klopfte es an der Küchentür. Aurelia Nechyba, die dieses schüchterne Klopfen kannte, rief:

»Komm ruhig rein, Alphonse! Du störst nicht.«

Alphonse Schmerda betrat die Küche, grüßte die Köchin höflich und nickte dem Dienstmädchen freundlich zu. Dann setzte er sich auf den Stuhl, der im hintersten Kücheneck stand und auf dem vor vielen Jahren Joseph Maria Nechyba zu sitzen pflegte. Seit damals nannte Aurelia den wackeligen Sessel ›Besucherloge‹.

»Was bekommen wir denn heute Gutes zum Essen, Frau Aurelia?«

»Ein Hühner-Poupeton von Reis.«

»Poupeton? Poupeton von Reis? Das haben Sie aber schon sehr lange nicht mehr gemacht. Übrigens: Bei Brillat-Savarin habe ich unlängst von einem Poupeton gelesen ...«

Aurelia schmunzelte:

»Du liest die ›Physiologie des Geschmacks‹? Hast du dir das von deinem Herrn Papa ausgeborgt?«

»Ich hab's mir einfach aus seinem Bücherschrank genommen. Weil, wenn ich ihn darum gebeten hätte,

hätte er mir geantwortet, dass ich meine Nase lieber in juristische Bücher und in meine Skripten stecken soll …«

»Womit er ja nicht unrecht hat …«

Alphonses Miene verdüsterte sich. Er machte ein Schnoferl* und raunzte:

»Aber, Frau Aurelia! Sie wissen doch, dass ich für die ganze Juristerei nix übrig habe. Das studier' ich doch nur, weil der Papa es wünscht …«

»Und? Was macht deine große Liebe? Die Schauspielerei?«

Alphonse begann zu strahlen und auf dem wackeligen Sessel so temperamentvoll hin und her zu rutschen, dass dieser bedenklich krachte.

»Soll ich Ihnen ein Geheimnis verraten? Aber Sie müssen mir versprechen, es niemandem, wirklich niemandem zu sagen …«

»Alphonse … Du weißt doch, dass ich nix weitererzähl'.«

Er wandte sich an Gerti und forderte sie auf:

»Und du, du musst mir schwören, dass du den Mund hältst!«

Gerti bekam rote Ohren, hob zwei Finger in die Höhe und murmelte feierlich:

»Ich schwör's, Herr Alphonse, ich schwör's …«

Alphonse Schmerda beugte sich vor und sagte mit leuchtenden Augen:

»Gestern Abend hab ich meine erste Statistenrolle im Theater an der Wien ergattert. Bei der übernächsten Premiere bin ich schon dabei!«

Aurelia Nechyba, die gerade die Vorspeise, eine Kohl-

---

* beleidigter Gesichtsausdruck

rübensuppe, zubereitete, hielt erstaunt in ihrer Arbeit
inne:

»Aber hat dir das denn dein Herr Papa erlaubt?«

Alphonse Schmerdas Begeisterung war augenblicklich verschwunden. Mit düsterer Miene antwortete er:

»Der Herr Papa, der Herr Papa ... Natürlich weiß der
nix davon. Und er darf es auch nicht erfahren ...«

Die Köchin wischte sich die Hände an der Schürze ab,
trat zu dem jungen Mann hin und streichelte ihm müt-
terlich übers Haar:

»Weiß es wenigstens deine Frau Mama?«

»Geh! Die hat doch dauernd Kopfschmerzen und
melancholische Zustände. Wenn ich ihr das erzähl', wird
sie vollkommen trübsinnig. Übrigens: Ich war vorher
bei ihr. Sie hat mich gebeten, Ihnen zu sagen, dass die
Gerti bei Gelegenheit in ihr Zimmer kommen und dort
aufräumen soll. Sie wird heute im Bett bleiben. Ihr ist
nicht wohl ...«

Aurelia seufzte und schickte Gerti ins Zimmer der
Gnädigen Frau. Als sie mit Alphonse allein war, fragte
sie ihn:

»Hast du keine Angst, dass dich Bekannte oder Ver-
wandte im Theater sehen? Wenn die das deinem Vater
erzählen, schlägt er dich tot ...«

Und während sie in einer Kasserolle Butter zerließ, die
Hühnerstücke samt den Lebern aus der Speisekammer
holte, sie dazugab, kurz anröstete und dann mit etwas
Gemüsesuppe aufgoss, haderte Alphonse mit seinem
Schicksal, das ihm so einen Vater beschert hatte. Die
Köchin gab nun die Champignons in die Kasserolle dazu
und ließ alles zusammen weich dünsten. Danach fischte

sie Fleisch und Pilze heraus und stellte beides warm. Den Saft aber entfettete sie und machte mit diesem Fett und mit einem Esslöffel Mehl eine Einbrenn*. Die goss sie unter ständigem Rühren mit dem Saft auf und würzte mit Pfeffer, Muskatnuss und Zitronensaft. Danach legierte sie die Sauce noch mit zwei Eidottern und gab das Hühnerfleisch und die Champignons dazu. Aus dem mittlerweile fertig gekochten Reis formte sie auf einer feuerfesten Platte einen circa 2 cm dicken und 6 cm hohen Reisring. In dessen Mitte füllte sie nun die Sauce mit den Hühnerstücken und den Champignons. Diese Fülle wurde mit einer circa 1 cm dicken Reisschicht bedeckt. Den Reis glättete sie mit einer in zerschlagenes Ei getauchten, flachen Messerklinge, sodass die Reishülle eine schöne Tortenform bekam. Diesen Poupeton bestreute sie nun mit einem Parmesan-Brösel-Gemisch und schob ihn in das heiße Backrohr, um die Oberfläche knusprig zu backen. Als sie noch einige Holzscheite nachlegte, trat Alphonse neben sie und starrte in die Flammen.

»Am liebsten würde ich das Haus hier mitsamt meinem Vater anzünden und lichterloh abbrennen! Verkohlen soll er, der Alte …«

»Aber, Alphonse! So was sagt man nicht. Du machst mir direkt Angst …«

Alphonses Gesichtszüge entspannten sich und er lächelte wieder:

»Keine Angst, allein schon wegen Ihnen tu ich es nicht. Aber verstehen kann ich es schon, wenn ein Mensch wie der Oprschalek seine Wohnung und seine Alte anzündet …«

---

* Mehlschwitze

»Wie kommst denn auf den Oprschalek?«

»Den kenn ich vom Naschmarkt, seit vielen Jahren.
Der hat mir als Bub damals mein erstes Bier spendiert.
Der ist an sich ein leiwandes Haus*. Neulich hab ich ihn
im Café Dobner gesehen. Dort hat er sich nach irgend-
wem erkundigt und ist dann gleich wieder weg. Da ich
neugierig war, bin ich ihm gefolgt. Er ist hinüber in den 3.
Bezirk gegangen, auf den Radetzkyplatz. Dort gibt es ein
Hotel Hungaria. Zuerst ist er kurz da hinein und danach
ist er in ein Weinhaus gegenüber vom Hotel gegangen.
Dort hat er sich dann mit jemandem getroffen. Ich hab'
mir überlegt, ob ich das der Polizei melden soll. Aber
da ich ja mit der Polizei im Allgemeinen und mit Ihrem
Herrn Gemahl im Besonderen schlechte Erfahrungen
gemacht hab', hab' ich es dann bleiben lassen ...«

---

* netter Kerl

XII.

»Herr Inspector! Drüben am Karmelitermarkt ist ein Aufruhr!«

Zischek, der Adjutant des Zentralinspectors Fuchs, hatte die Tür aufgerissen und sprudelte los:

»Das Kommissariat Leopoldstadt hat grad bei uns im Zentralinspectorat angerufen, ob ma ein paar Leut' rüberschicken können.«

Nechyba stand ohne eine Miene zu verziehen auf, klappte die Akten zu, die er gerade gemeinsam mit Pospischil bearbeitet hatte, schnappte Überzieher und Melone und brummte: »Gemma …«

Pospischil eilte in das Nebenzimmer, um sich ebenfalls Hut und Mantel zu holen. Nechyba warf einen Blick in das fast leere Dienstzimmer und sah, dass von seinen Polizeiagenten nur der lange Paul und der Fraczyk anwesend waren.

»Paul, du haltest die Stellung da. Fraczyk, du gehst mit. Komm schon, zah' an*!«

Im Davoneilen rief er Zischek zu:

»Sagen S' dem Herrn Zentralinspector, wir sind schon unterwegs, und dass ich mich persönlich drum kümmere!«

---

* beeil dich

Vom Polizeigebäude in der Elisabethpromenade aus hatten sie es wirklich nicht weit: Ihr Weg führte sie über die Augartenbrücke und dann ein Stück den Donaukanal entlang. Über die Schiffamtsgasse und Im Werd gelangten sie zum Karmelitermarkt. Hier war bereits die Menschenmenge zu sehen, die sich vor einem der angrenzenden Häuser versammelt hatte. Zwei berittene Polizisten und vier Sicherheitswachebeamten versuchten, die Schaulustigen abzudrängen. Steine flogen, es wurde geschrien und geschimpft. Nechyba und seine Leute drängten sich durch die Menge, einen Steinewerfer packten sie im Vorbeigehen beim Kragen und schleiften ihn zu den uniformierten Polizisten. Das ließ Ruhe einkehren. Bedrohliche Stille breitete sich aus. Die Berittenen gruppierten sich um die drei Polizeiagenten und den Verhafteten. Nechyba holte tief Luft und brüllte:

»Seid Ihr alle narrisch geworden? Was ist denn los?«

Eine Frau in einem abgetragenen Kleid, einer abgewetzten Schürze und einem Wollumhang drängte sich vor. An ihren Kittel klammerten sich drei verängstigt dreinschauende Kinder.

»Euer Gnaden, bitte, net bös' sein. Aber unser Hausherr hat uns g'rad delogiert. Und ich weiß net, wo ich mit meinen Kindern, den drei kleinen und den beiden großen, die was beim Handwagerl mit unser'n Siebensachen stehen, hin soll. Ich hab' mich halt g'wehrt, als mich der Grobian von einem Hausherrn an den Haaren auf die Strass'n gezogen hat. Dabei hamma so viel Aufsehen erregt, dass jetzt der Bahöö* beinander is.«

---

* Aufruhr

Ein dicker Mann in Anzug, Mantel und Hut stieß die Frau grob zur Seite und schrie mit hochrotem Kopf:

»Ein Grobian soll ich sein? Was bildet sich diese Person ein? Es ist mein gutes Recht als Hausherr, dass ich Leute, die die Miete nicht zahlen, an die frische Luft setze!«

Dabei machte er den Fehler, Nechyba direkt ins Gesicht zu brüllen. Der Inspector packte ihn hart an der Schulter und stieß ihn einen Schritt zurück.

»Beherrschen Sie sich gefälligst! Sonst kommen S'gleich mit aufs Polizeigebäude.«

Der Hausherr ließ sich nicht einschüchtern. Wie von einer Sprungfeder getrieben, stand er schon wieder Aug in Aug mit Nechyba und schrie:

»Ich bin da der Hausherr und ich mach', was ich will! Ich …«

Weiter kam er nicht, denn das war eindeutig eine Insultierung eines k.k. Beamten. Das konnte Pospischil nicht durchgehen lassen. Der zniachtige* Polizeiagent holte mit seinem Totschläger aus und landete einen wuchtigen Hieb auf dem Buckel des Dicken. Dem verschlug es die Sprache. Im nächsten Moment bekam er von Nechyba einen dermaßen gewaltigen Rempler**, dass er das Gleichgewicht verlor und es ihn auf den Hintern setzte. Mit einem Aufschrei stob die Menge auseinander. Zwei grobschlächtige Männer, einer sah mit seiner Schürze und seinem Kapperl wie der Hausmeister des betroffenen Hauses aus, eilten dem Gestürzten zu Hilfe. Nechyba trat vor den Hauherrn hin und schnauzte ihn an:

---

* schmächtige
** Stoß

»Zeigen S' mir Ihren Ausweis! Den werd ich mir im Polizeigebäude ganz genau anschauen … Inzwischen können Sie sich dort in einer Zelle beruhigen. Ich verhafte Sie wegen Widerstand gegen die Staatsgewalt, wegen Verursachung eines öffentlichen Aufruhrs, wegen Körperverletzung einer hilflosen Frau und wegen Amtsehrenbeleidigung.«

Applaus brandete auf. Nechyba war das peinlich. Schließlich agierte er hier nicht als Mitwirkender einer fahrenden Komödiantentruppe, sondern als Sicherheitsorgan. Grantig rief er der versammelten Menschenmenge zu:

»Schluss! Aus! Ende der Vorstellung. Geht's heim! Geht's weiter, schleicht's euch*!«

Und als er in die sich langsam auflösende Menschenmenge sah, erblickte er plötzlich den Oprschalek. Nach einer Schrecksekunde des beiderseitigen Erkennens machte sich der am äußersten Rand stehende Oprschalek fluchtartig aus dem Staub. Nechyba rief dem neben ihm stehenden berittenen Polizisten zu:

»Schnappen Sie sich den da hinten! Den such ma, des is a Mörder!«

Der Berittene beugte sich zu ihm runter und schrie:

»Wen? Herr Inspector, wen?«

»Na, den, der da wegrennt!«

Doch als er dem Polizisten den flüchtenden Oprschalek zeigen wollte, war der verschwunden.

»Er ist in Richtung Taborstraße gerannt. A ganz a dürre Gestalt, ziemlich groß. Einen modischen Mantel hat er ang'habt.«

---

* verschwindet

Der Berittene nickte und lenkte sein nervös tänzelndes Pferd geschickt durch die Menschenmenge. Nechyba sah ihm nach. Plötzlich zupfte ihn jemand am Ärmel. Er sah in das verhärmte Gesicht der delogierten Frau.

»Danke, Euer Gnaden! Danke …«, murmelte sie »dass Sie nicht uns, sondern den Grobian verhaftet haben.«

»Ich bin ka Grobian!«, brüllte der Hausherr und wollte sich auf die Frau stürzen. Doch Pospischil und Fraczyk packten ihn links und rechts am Kragen und rissen ihn zurück. Pospischil trat ihm zur Sicherheit noch in die Kniekehle, halblaut knurrte er: »Kusch!«

Nechyba gab seinen Agenten den Befehl, den Hausherrn abzuführen. Er selbst baute sich nun vor dem verängstigten Hausmeister auf.

»Er ist also der Hausmeister in dem Haus da?«

»Sie sagen es, Exzellenz. Zu Diensten, Euer Gnaden …«

»Sie sind also auch gegen diese Frau da gewalttätig geworden?«

Der Hausmeister wurde blass, er verkrümmte buckelnd seinen Körper und rieb sich unsicher die Hände. ›Eine widerwärtige Kreatur‹, dachte Nechyba, ›ein Arschkriecher nach oben und ein Arschtreter nach unten.‹ Nervös stotterte der Hausmeister:

»Aber nicht … nicht doch, Exzellenz. Nicht so … so wie Sie denken. Ein bi… bisserl g'schubst hab ich s' viel… vielleicht. Sie werden mich doch nicht ein… einsperren?«

Nechyba sah ihn böse an. Er trat auf ihn zu, packte ihn beim Hemdkragen und zog ihn ganz nahe zu sich her. Dann flüsterte er ihm zu:

»Soll ich dich auch ein bisserl schubsen? Im Verhör-
zimmer bei uns?«

Der Hausmeister begann nun wie ein frisch gestürz-
tes Sülzchen zu zittern. Ganz leise fuhr Nechyba fort:

»Du kennst doch sicher den einen oder anderen Hausmeister in den Nachbarhäusern da?«

»Ja, Exzellenz, selbstverständlich, Exzellenz.«

»Und? Hat einer von denen eine billige Wohnung frei?
Für die Frau und die Kinder?«

Die hausmeisterliche Kreatur verdrehte die Augen.
Nechyba nahm nun die zweite Hand zu Hilfe, packte
die andere Seite des Hemdkragens und drückte langsam,
ganz langsam zu.

»Und?«

»Mein Schwa… Mein Schwager, der was … der Hausmeister in der Floßgasse ist, könnt was frei haben …«

»Könnte oder hat er was frei?«

»Hat … hat was frei …«

Nechyba ließ ihn los. Der Hausmeister rang nach Luft,
hustete und spuckte. Der Inspector winkte die Frau zu
sich:

»Kommen S'! Gemma in die Floßgasse.«

Mit einem knappen Gruß verabschiedete er sich von
den Uniformierten und wollte gerade losgehen, als der
berittene Polizist zurückkam.

»Herr Inspector, melde gehorsamst, habe kein Subjekt, so wie von Ihnen beschrieben, ausfindig machen
können!«

Jössas! Der Oprschalek! Auf ihn hatte Nechyba völlig
vergessen. Eine Schande! Eigentlich hätte er dem Berittenen hinterhereilen müssen. Gemeinsam wäre ihnen der

gesuchte Mörder vielleicht nicht entwischt. Und weil er vor lauter Ärger Dampf ablassen musste, haute er mit der flachen Hand dem Hausmeister eine Fürchterliche auf den Buckel und sagte mit falscher Freundlichkeit:

»Gemma! Jetzt beschaff ma der Frau und den Kindern eine neue Wohnung.«

Als er abends daheim mit seiner Frau Aurelia in der Küche saß und einen wunderbaren Stefaniebraten verzehrte, erzählte er ihr von der ganzen Angelegenheit. Er beschrieb, wie er den anderen Hausmeister unter Androhung körperlicher Gewalt zwingen musste, die Familie einziehen zu lassen. Da ihm aber klar war, dass der die Familie unter solchen Umständen keine Woche lang in seinem Haus dulden würde, war er mit ihm in einen dunklen Winkel des Hofes gegangen. Dort hatte er ihn gefragt, wie viel er normalerweise Provision von neuen Mietern bekomme. Nach einigem Sträuben hatte der Hausmeister »zwei Kronen« gesagt.[*]

»Das hab' ich ihm dann aus meiner eigenen Tasche bezahlt. Dafür hat er mir versprochen, dass er die Familie nicht gleich wieder hinausekeln wird.«

Aurelia seufzte. 2 Kronen waren viel Geld. Doch sie sagte kein Wort. Irgendwie war sie sogar stolz auf ihren Nechyba. So ein Riesenmannsbild und so ein weiches Herz. Außerdem hätte sie in dieser Situation wahrscheinlich genauso gehandelt …

---

[*] Da viele Wiener Hausherren sich nicht um die Vermietung persönlich kümmern wollten, überließen sie es ihren Hausmeistern. In Zeiten extremer Wohnungsnot machten diese mit den Provisionen, die sie einstriffen, ein lukratives Geschäft.

XIII.

Fröhlich pfeifend wie ein Lausbub verließ sie am
Abend des 11. März das Verschleißmagazin des Ersten Wiener Consum-Vereins in der Pilgramgasse. Hinter sich hörte sie das Knattern des blechernen Rollbal-
kens, den der Leiter des Verkaufslokals herunterließ und
absperrte. Beschwingten Schrittes ging Fritzi Nemec
Richtung Wiental. Eigentlich hatte sie Lust, noch irgendetwas zu unternehmen. Das Wetter war wunderbar mild
und es lag schon ein Hauch von Frühling in der Abend-
luft. Schade, dass Engelbert heute keine Zeit hatte. Aber
als Direktor des Ersten Wiener Consum-Vereins musste
er immer wieder an Vorstandssitzungen der Genossenschaft teilnehmen, die oft bis spät in die Nacht hinein
dauerten. Flott ging sie die Hofmühlgasse hinauf, bog
nach rechts in die Gumpendorfer Straße, bis sie sich dann
bei der Windmühlgasse nach links wandte. Als sie vor
der Überquerung der stark befahrenen Mariahilfer Straße
kurz innehielt, hörte sie hinter sich ein Räuspern. Neugierig schielte sie nach rückwärts und gewahrte einen
kräftigen, etwa 50-jährigen, gutangezogenen Mann, der
recht gepflegt aussah. Er bemerkte ihren Blick, lächelte,
bot ihr den Arm und sagte galant:

»Gnädiges Fräulein, gestatten Sie, dass ich Sie über
die Straße geleite?«

Gut gelaunt wie Fritzi war, nahm sie das Angebot des Fremden an, der sie daraufhin ziemlich kühn durch das Gewirr von Straßenbahnen, Kutschen, Pferdefuhrwerken und Passanten auf die andere Straßenseite lotste. Dort hielt er mit seiner rechten Hand ihren eingehakten Arm fest und fragte schmunzelnd.

»Wollen S' mir nicht noch ein bisserl Gesellschaft leisten? Heut' ist so ein wunderbarer Abend … Endlich ist der Frühling da. Darf ich Sie auf ein Glaserl Wein und ein kleines, feines Abendessen einladen?«

Fritzi war verblüfft ob der Unverfrorenheit des Fremden. So unverschämt war sie noch nie von einem Mann angeredet worden. Und trotzdem! Gerade das gefiel ihr. Außerdem war sie nach dem langen Arbeitstag, an dem sie nichts außer einem Stück Milchstollen mit Rosinen gegessen hatte, ziemlich hungrig. Deshalb nickte sie zustimmend und spazierte schweigend am Arm des Fremden durch den siebten Bezirk. Auch er sprach nicht viel, bis sie am unteren Ende der Josefstädter Straße angekommen waren, wo sie die hell erleuchteten Fenster der Gastwirtschaft ›Zur Stadt Paris‹ vor sich sahen.

»Schaun S', da sind wir schon. Da werden wir jetzt was Gutes essen und diesen wunderbaren Abend genießen. Darf ich mich übrigens vorstellen: Leopold Löwenstein.«

Viel später, als er in sein Zimmer im Hotel Hungaria zurückgekehrt war, lächelte Budka stolz. Der Name Löwenstein war ihm spontan eingefallen und hatte bei der kleinen Friederike ganz schön Eindruck gemacht.

Vor allem als er ihr versicherte, dass er aus einer alten, ursprünglich aus Tirol kommenden Familie stammte. Als typisches Wiener Mädel, das in kleinbürgerlichen Verhältnissen aufgewachsen war, hatte Fritzi nämlich Angst gehabt, dass er Jude sei, wie der Name vielleicht hätte vermuten lassen. Der Schmäh mit den Tiroler Vorfahren reichte aber aus, um sie von seiner nichtjüdischen Abstammung zu überzeugen. Über die Dummheit der Wiener und deren Vorurteile den Juden gegenüber musste Budka immer wieder den Kopf schütteln. In den nunmehr über fünf Jahrzehnten seines Lebens hatte er nie einen Unterschied zwischen Juden und Nichtjuden erkennen können. Mörder, Gauner und Verbrecher gab es da wie dort. Diesbezüglich kannte er sich wirklich gut aus. Denn im Zuchthaus, in dem er fast 20 Jahre seines Lebens verbracht hatte, gab es solche und solche Mitgefangene. Und diesem absurden Judenhass, den der im letzten Jahr verstorbene Bürgermeister Lueger jahrzehntelang in Wien geschürt hatte, konnte er nichts abgewinnen. Genauso, wie er für das christlich-soziale Pack, das Wien seit nunmehr fast 15 Jahren regierte und das sich hier alle Pfründe gesichert hatte, keine Sympathien empfand. Als er sich im Lavoir Gesicht und Hände wusch und sich in dem Spiegel an der Wand betrachtete, musste er wieder lächeln. Im Schein der flackernden Kerze sah er richtig diabolisch aus. Er dachte an Engelbert Hubendorfer, Direktor des Ersten Wiener Consum-Vereins. Das war ein allseits geachteter Bürger und tadelloser Katholik, der sonntags mit seiner Frau in die Kirche und wochentags mit der Fritzi Nemec ins Bett ging. Ein sogenannter anständiger Mann, der in der Genossenschaft Karriere gemacht hatte. Aber auch solche Herren mussten irgendwann einmal sterben. Und demnächst war der feine Direktor Hubendorfer dran …

XIV.

Diesmal richtete sich **die grosse, blonde Frau** nicht die Bluse, sondern ihren Rock. Genauer gesagt, machte sie sich mit einiger Mühe die Haftln* am Rockbund zu. Vom hochgesteckten Haar hingen ihr einige Strähnen links und rechts auf die Schultern. Sie rieb sich die Augen und gähnte herzhaft.

»Wenn S' den Herrn Budka suchen, der ist net da.«

Er registrierte, als sie die Haarsträhnen hochsteckte, dass sich ein recht beachtlicher Busen unter den mannigfaltigen Rüschen ihrer Bluse wölbte. Sich zusammenreißend, sah er ihr direkt in die verschlafenen Augen und sagte:

»Machen S' schon wieder Nachtdienst? Gibt's hier keinen Nachtportier?«

Sie schaute ihn kurz an, zuckte die Achseln und sagte:

»Der Gabor, der Nachtportier is, is krank …«

»Sie Arme. Na ja, bei dem Wetter ist es auch kein Wunder, wenn man krank wird. Ein paar Tage war's so schön frühlingshaft und jetzt regnet's schon wieder Schusterbuben**.«

Sie schmunzelte ob seiner Bemerkung und sagte in einem vertraulicheren Ton, bei dem man plötzlich ihre böhmische Herkunft heraushörte:

---

* Verschlusshäkchen
** es regnet sehr stark

»Unsereiner, was nur Hilfskraft is, kann nix aussuchen. Wenn Chef sagt: Du springst für Nachtportier ein, dann ich Nachtportier ...«

»Und was macht das gnädige Fräulein sonst in diesem Haus?«

»Ach ... Ich Mädchen für alles. Sekretärin, Buchhalterin und bei Bedarf auch Nachtportier. Chef sagt: Ich seine rechte Hand.«

»Er scheint Ihnen zu vertrauen, Ihr Chef ...«

»Ach, der Chef ...«, sie seufzte und sagte dann in geschäftsmäßigem Ton: »Herr Budka hat nix g'sagt, wann er wiederkommt. Wenn S' wollen, können S' eine Nachricht dalassen. Oder Sie warten bisserl im Café nebenan. Meistens kommt Herr Budka gar nicht so spät zurück ins Hotel.«

Oprschalek, der unbedingt mit Budka sprechen wollte, überlegte kurz und entschied sich für die Kaffeehausvariante. Mit einem vertraulichen Augenzwinkern und einem freundlichen »Adieu, bis später ...« verabschiedete er sich.

Durch stürmische Regenschauer eilte er ins Café Hungaria, wo er sich mit einer Zeitung in einem gemütlichen Eckerl niederließ. Außer einigen Tarockspielern und einigen Zeitung lesenden Gästen war hier nicht viel los. Bei dem, erst nach geraumer Zeit daherkommenden, gelangweilt dreinschauenden Ober bestellte er einen ›Margiloman‹. Der Ober stutzte. Er dachte kurz nach und nuschelte dann:

»Einen Mokka mit Kognak gespritzt für den Herrn?«

Oprschalek nickte grinsend und der Kellner entfernte

sich. Er blätterte in der Zeitung. Dies und das lesend, fiel
ihm plötzlich, da er ja im Café Hungaria saß, ein Artikel mit der Überschrift ›Magyarische Anmaßung‹ auf.
Es wurde über ein Fußballspiel zwischen dem Wiener
Athletiksportklub und dem Wiener Associationsfuß-
ballklub im Prater berichtet:

In der Mannschaft des WAC spielten einige aus mag-
yarischen Klubs importierte Leute, welche während des
Wettspieles sich durch herausfordernd laute magyarische
Zurufe verständigten; die eigenen Klubkollegen muss-
ten sogar diese Spieler, um mit ihnen in Kontakt zu blei-
ben, in magyarischer Sprache anrufen. Aber nicht genug,
dass die Athletiker auf diese Weise ganz magyarisiert
sind, unter der nach tausenden zählenden Zuschauer-
menge befanden sich einige Hundert Magyaren, wel-
che auf unverschämteste Weise Lärm schlugen, wenn
einer ihrer Landsleute etwas benachteiligt wurde und
die – man höre und staune! – den Wiener Athletiksport-
klub lebhaft – durch magyarische Zurufe natürlich –
anfeuerten. Das anständige Publikum, welches über
das wüste Geschrei der Magyaren empört war, emp-
fand es als Genugtuung, dass die Athletiker, trotz ihrer
magyarischen Hilfskräfte, eine so empfindliche Nieder-
lage erlitten, wie sie eine ähnliche noch nie zu verzeich-
nen hatten. Es ist ein Skandal, dass ein Wiener Klub,
der noch dazu in finanzieller Hinsicht an erster Stelle
der Wiener Sportvereine steht, den Pratersportplatz zu
einem magyarischen Viertel umwandeln will. Man baut
halt da wieder auf den gutmütigen Wiener, der sich
alles gefallen lässt. Die Athletiker, die nächsten Sonn-
tag in Budapest spielen, werden sich als Errichter eines

magyarischen Bollwerks in Wien dort eines begeister-
ten Empfangs erfreuen, und die Klubleitung wird nicht
versäumen, bei dieser Gelegenheit neue Einkäufe zu
machen, um auch den letzten Wiener in ihrer Mann-
schaft unmöglich zu machen – Pfui!

Oprschalek nahm einen Schluck von dem alkohol-
haltigen Kaffee, schüttelte den Kopf und murmelte: »In
Wien geht's zu ... Als Wiener fühlt man sich bald nicht
mehr daheim da.« Dabei übersah er geflissentlich, dass
seine Großeltern aus Böhmen zugewandert waren und
Zeit ihres Lebens fast ausschließlich Tschechisch gesprochen hatten. Auch seine Eltern waren noch zweispra-
chig. Erst er und seine Geschwister sprachen, bis auf ein
paar tschechische Brocken, die sie aufgeschnappt hatten, Deutsch und fühlten sich als waschechte Wiener. Er
streckte sich, gähnte und musste plötzlich an die gewaltigen Brüste denken, die sich ihm vor etwa einer halben
Stunde entgegengereckt hatten. Etwas kribbelte in ihm
und er registrierte ein Verlangen, das er schon ziemlich
lange nicht mehr verspürt hatte. Verwundert kratzte er
sich am Kopf und fasste einen Entschluss. Er zog sich
seinen Mantel an, ging zu dem Ober, der bei der Sitzkassierin lehnte und gelangweilt Schmäh führte. Er orderte
zwei Margiloman sowie eine Portion Schlagobers. Beim
Zahlen trug er dem Ober auf, das Bestellte nach nebenan
ins Hotel zu bringen. Dieser reagierte zuerst verblüfft,
dann pfiff er einmal laut. Aus der Kaffeeküche tauchte
ein Piccolo mit nassen, roten Händen auf. Offensichtlich hatte er gerade Geschirr abgewaschen.

»Franzl, wisch dir die Händ' ab und trag' dem Herrn
das ins Hotel rüber.« Widerwillig griff der Bub zu dem

Tuch, das ihm der Ober reichte, wischte sich die Finger ab und maulte:

»I heiß nicht Franzl. I heiß Karli.«

Der Ober gab ihm ein Kopfstück und knurrte: »Kusch! Bei mir bist der Franzl. Und jetzt tragst dem Herrn den Kaffee ume!«

Die Hotelhalle war menschenleer wie immer. Oprschalek befahl dem Piccolo, das Tablett auf das Rezeptionspult zu stellen. Dann gab er ihm 10 Heller Trinkgeld, was ein Lächeln auf das schmale Bubengesicht zauberte. »Dankschön, Gnä' Herr«, krähte der Kleine und machte sich aus dem Staub. Oprschalek aber trat hinter das Pult und schnappte sich das Tablett. Vorsichtig öffnete er die Schwenktüre, die in den dahinterliegenden Raum führte. Und da lag sie in ihrer ganzen Pracht. Leise näherte er sich und stellte das Tablett auf ein Tischchen beim Kopfende des Diwans ab. Leise klirrten die Schalen und die Wassergläser. Verschlafen schlug sie die Augen auf, blickte ihn mit verschleiertem Blick an und setzte sich dann ruckartig auf.

»Was zum Teifel machen S' denn da?«

»Sie verwöhnen mein Fräulein … Erlauben Sie, dass ich Sie mit einem Schluck Kaffee labe?«

»Aber wie kommen S' denn dazu?«

»Mit oder ohne Schlag?«

»Mit …«

Er applizierte einen kräftigen Gupf Schlagobers auf einem der beiden Kaffees und reichte ihr die Schale. Seufzend nahm sie einen Schluck, dann noch einen und sah ihn forschend an.

»Möchten S' mich machen besoffen? Da is ja Kognak im Kaffee ...« Schlürfend antwortete er:

»Aber ich bitte Sie! Das bisserl Kognak ... Das ist gut gegen Verkühlung. Bei dem grauslichen Wetter da draußen stärkt das die Abwehrkräfte. Ich sorge mich halt um Ihr Wohlergehen ...«

Dabei legte er wie zufällig eine Hand auf ihren mit einer Stiefelette bekleideten Fuß. Sie genoss sichtlich das heiße Getränk, bat ihn um noch etwas Schlagobers sowie schließlich um einen Löffel, mit dem sie das restliche Obers aus der Kaffeeschale löffelte. Diese reichte sie ihm dann wortlos, ließ sich mit einem zufriedenen Seufzer zurück auf den Diwan fallen und schloss die Augen. Vorsichtig streichelte seine Hand ihr Schienbein entlang, und da sie keinerlei abwehrende Bewegungen machte, erreichte seine Hand bald ihr Knie sowie kurz darauf das nackte, heiße Fleisch oberhalb ihrer Strümpfe. Sie seufzte erneut und breitete die Arme aus. Diese einladende Geste verwandelte Oprschalek, dieses versoffene, lendenlahme Subjekt, in einen lustbesessenen Faun. Und er spürte plötzlich, wie die Kraft des Frühlings in ihm aufkeimte ...

Heftig läutete die Klingel des Portierpults. Oprschalek und die junge Frau schreckten aus ihrem postkoitalen Nickerchen auf. Sie deutete ihm, still zu sein, stand auf, richtete sich ihre recht ramponierte Kleidung und ging durch die Schwingtür hinaus. Gleich darauf hörte er Budkas Stimme, die ungewöhnlich fröhlich klang:

»Na, Fräulein Bozena, hamma die Sperrstunde verschlafen? Es ist schon 40 Minuten nach 10 Uhr und die

Hoteltür ist noch immer nicht verschlossen. Ich sag's Ihnen nur ... damit S' keinen Ärger mit dem Chef kriegen.«

»Dank recht schön, Herr Budka. Wollen S' morgen früh geweckt werden?«

»Das ist nicht nötig. Ich sag' immer: Den Seinen gibt's der Herr im Schlaf. Darum steh ich auch net früher auf, als ich muss. Wünsche eine gesegnete Nachtruhe ...«

Seine Schritte entfernten sich. Als Nächstes hörte Oprschalek, wie die Hoteltür zugesperrt wurde. Schließlich kam Bozena zurück. Sie kuschelte sich an ihn, rollte sich wie eine junge Katze ein und schlief sofort weiter.

Mit schmerzendem Kreuz wachte er auf. Kein Wunder, schließlich lag er völlig verdreht auf dem Diwan. Allerdings allein. Er setzte sich auf, gähnte, glättete mit der Hand notdürftig seinen Anzug und sein Haar. Vom Boden hob er Mantel und Hut auf. Danach öffnete er die Schwingtür einen Spalt und lugte vorsichtig in die menschenleere Portiersloge und Hotelhalle. Er ging hinaus und betätigte die Klingel. Aus dem ersten Stock hörte er Bozenas Stimme:

»Momenterl, bitteschen! Komme gleich!«

Als sie schließlich die Hoteltreppe heruntergeeilt kam, dachte er: ›Was für ein fesches Weib ...‹. Mit nervös klimpernden Augenlidern und seltsam steifer Haltung sagte sie:

»Wünsche schenen guten Morgen, der Herr!«

Oprschalek musste schmunzeln. Galant nahm er ihre Hand und hauchte einen Kuss darauf, zog sie dann mit einem Ruck an sich und küsste sie auf den Mund. Er spürte, wie ihr Körper ganz weich in seinen Armen wurde und hörte sie flüstern:

»Net jetzt! Chef oder Gäste können kommen.«

Er ließ sie los, strich sich über den Schnurrbart und fragte:

»Liebe Bozena, darf ich dich mit einem Morgenkaffee verwöhnen? Was darf's denn sein? Eine Melange* oder ein Kapuziner**? Mehr hell oder mehr dunkel?«

Sie strahlte ihn an und sagte leise:

»Gibt's auch Kaffee verkehrt***?«

»Na, das wird sich doch machen lassen, denk ich. Also: Ich bin nebenan im Café und wart' dort auf den Budka. Wenn du ihm bitte dieses Zetterl mit einer Nachricht unter seiner Zimmertür durchstecken lasst. Und was den Kaffee betrifft: Den bringt dir gleich der Piccolo. Ja ... und das Kaffeegeschirr von gestern wird er bei dieser Gelegenheit auch gleich mitnehmen ...«

»Psst! Net so laut. Chef hört sonst.«

Oprschalek gab ihr ein Busserl auf die Wange und verschwand. Im Kaffeehaus nebenan wurde er vom Piccolo mit einem fröhlichen »Guten Morgen, Gnä' Herr!« begrüßt. Er winkte ihn zu sich und instruierte ihn bezüglich des ›Kaffees verkehrt‹. Für sich bestellte er einen doppelten Mokka, zwei Butterbrote sowie gebratenen Schinken mit drei Eiern. Nun griff er nach einer Zeitung und setzte sich an einen Tisch, von wo aus er den gesamten Radetzkyplatz überblicken konnte. Verträumt betrachtete er das rege Treiben. Und als er das Frühstück

---

* Ein etwas verlängerter Mokka mit warmer Milch und Milchschaumhaube
** Doppelter Mokka mit Schlagobers
*** Altwiener Bezeichnung für Caffè Latte

serviert bekam, machte er sich mit einem wahren Bären-
hunger darüber her. Danach blätterte er desinteressiert in
der Zeitung und nickte schließlich ein. Mit einem sanften
Ruck wurde er geweckt. Grinsend stand Budka vor ihm.

»Frantisek, was is denn los? Ein ordentlicher Mensch
schlaft vormittags net.«

Oprschalek antwortete gähnend:

»Seit wann bin i a anständiger Mensch?«

Budka setzte sich und betrachtete ihn eindringlich.

»Sag, täusch ich mich oder hast du da am Hals einen
Zuzelfleck*? Außerdem hast darüber noch a rote Stelle.
Die schaut aus, wie wenn dich ein Mädel dort bissen
hätt ... Was machst denn für Sachen, Frantisek?«

Oprschalek wurde rot. Er wischte mehrfach mit der
Hand über besagte Stellen und rutschte auf der Kaffee-
hausbank unruhig hin und her.

»Na komm! Spann mich net so auf die Folter. Mit wem
hast denn heute Nacht geditschkerlt**?«

Mit einem verlegenen Grinsen erzählte Oprschalek
nun, was letzte Nacht vorgefallen war. Budka schmunzelte und begann sich mit ihm über die Weiber im Allgemeinen zu unterhalten. Irgendwann fragte er:

»Sag, weswegen wolltest mich gestern sprechen?«

»Ah, des hätt' ich fast vergessen ... Stell dir vor, ich
bin unlängst über den Karmelitermarkt spaziert und da
hätt mich fast der blade Polizeiinspector, der Nechyba,
festgenommen. Der hat mir sogar einen berittenen Polizisten nachg'schickt. Ich bin um mein Leben g'rannt ...«

»Was tust du denn am Karmelitermarkt?«

---

* Knutschfleck
** geschlafen

»Naja, weißt eh … ich mag die Märkte. Und da ich nimmer in der Neustiftgasse wohn', hab ich mich im Karmeliterviertel nach einer Schlafgelegenheit umg'schaut. Übrigens: Ich hab' Glück im Unglück g'habt. Wie mir die He* auf den Fersen war, bin ich in einen kleinen Buchladen hinein und hab' den Besitzer g'fragt, ob ich aufs Klo gehen darf, weil's mir so pressiert. Danach hab ich den Buchhändler, Lhotsky heißt er, g'fragt, ob er jemanden in der Gegend weiß, der ein Zimmer zu vermieten hat. Und da bin ich dann sehr schnell mit ihm selbst handelseins g'worden. Weil der Lhotsky hat eh einen Untermieter g'sucht …«

»Warum wohnst denn nimmer bei der Amtsratswitwe in der Neustiftgasse?«

Oprschalek rührte in seinem Mokka herum, wandte den Blick zum Fenster und sagte beiläufig:

»Weil ich S' derschlagen hab'.«

»Was? Davon is ja noch gar nix in der Zeitung g'standen.«

»Eh net. Die Alte liegt in ihrer Wohnung. Die hat keine Verwandten und Bekannten g'habt, dafür aber einen Haufen Schotter**. Den hab' ich mir eing'naht***.«

Nach einem weiteren Schluck Kaffee schaute er Budka an und lachte:

»Bis die wer findet, ist sie wahrscheinlich schon vermodert.«

*** Polizei
* Geld
*** einnähen = an sich nehmen

XV.

GOLDBLATT SASS IN SEINEM REDAKTIONSZIMMER und
sah zum Fenster hinaus. Ein strahlend schöner Frühlings-
vormittag lockte, einen Spaziergang zu machen. Und da
Goldblatt solchen Versuchungen nur schwer widerstehen
konnte, packte er kurzerhand seine Schreibutensilien in
die Manteltasche und verließ fast fluchtartig das Redak-
tionsgebäude. Sein Weg führte ihn hinunter zum Donaukanal. Er spazierte den Fluss entlang bis zur Augartenbrücke, die er überquerte. Es zog ihn in Richtung seiner
alten Heimat, der Leopoldstadt. Sonnenstrahlen wärm-
ten ihn wohlig. Er tauchte in das Gewirr der Gässchen
des Karmeliterviertels ein, das zu einem guten Teil von
Juden bewohnt wurde.

In den engen Gassen roch es nach feuchten Kellern und
nicht minder feuchten Wohnungen, nach Moder und
Schimmel, nach Petroleum und dem Rauch alter, undich-
ter Kanonenöfen, nach eingelegten Fischen und eingeleg-
tem Kraut, nach Knoblauch und Zwiebel und manchmal
auch nach Seife und frisch gewaschener Wäsche. Auf den
Gassen und Straßen waren zahlreiche Ostjuden unterwegs, Männer und Burschen im langen, schwarzen Kaf-
tan, mit schwarzem Hut und Schläfenlocken. Die vor-
herrschende Sprache war hier nicht Deutsch, sondern

Jiddisch. Goldblatt, der nicht weit von hier in der Taborsstraße aufgewachsen war, erinnerte sich an Szenen aus seiner Kindheit. Und als er so gedankenverloren dahin schlenderte, fand er sich plötzlich auf einem großen Platz wieder: Auf dem Karmelitermarkt. Vor ihm ein Gewurl* von Menschen, die mit den Fratschlerinnen** feilschten, plauderten oder auch erbittert stritten. Goldblatt schreckte plötzlich auf und murmelte: »Ach Gott, die Mama …«

Sein schlechtes Gewissen hatte sich gemeldet. Und es bedrückte ihn die Tatsache, dass er die hochbetagte Dame seit Chanukka, beziehungsweise Weihnachten, nicht mehr besucht hatte. Wobei ihm, Leo Goldblatt, sowohl Chanukka als auch Weihnachten völlig wurscht waren. Als überzeugter Atheist hatte er eine Aversion gegen religiöse Festtage. Seine Mutter allerdings, die mittlerweile 85 – oder gar schon 86? – Jahre zählte, hatte mit zunehmendem Alter zum jüdischen Glauben zurückgefunden. Wenn das der Papa wüsste, dachte sich Leo Goldblatt, der würde im Grab rotieren. Denn sein Vater, der Kinderarzt Dr. David Goldblatt, war ein klassischer Liberaler gewesen, der jegliche Form von Religiosität kategorisch abgelehnt hatte. Als er gerade seine Schritte in Richtung Taborstraße lenken wollte, zupfte ihn jemand am Ärmel. Goldblatt drehte sich um und sah in das lachende Gesicht des Leib Abramovic.

»Na, so was! Sieht man den Jingel wieder amal in der Leopoldstadt!«

»Servus, Onkel Leo …«, murmelte Goldblatt. Da

_____

* Gewimmel
** Marktfrauen

sein Vater den typisch jüdischen Vornamen Leib nicht mochte, hatte er den jüngsten Bruder seiner Frau immer Leo genannt. Überhaupt hatte er die Sippe seiner Frau nicht besonders gut leiden können. Es waren in den 1860er Jahren zugezogene Ostjuden, die er als unkultiviert empfunden hatte und deren traditionelle Bräuche ihm zutiefst peinlich gewesen waren. Diese väterliche Abneigung hatte sich auf den Sohn übertragen, der sich nun dachte: ›Was bin ich nur für ein Rindvieh, dass ich in dieser Gegend spazieren gehe …‹. Als der alte Abramovic den pikierten Gesichtsausdruck seines Neffen sah, legte er ihm gutmütig die Hand auf den Oberarm und sagte:

»Nix für ungut, Jingel. Hab mich gefreut, dich zu sehen. Muss weiter, Geschäfte machen …«

Weil er sich plötzlich ziemlich schäbig vorkam, gab sich Goldblatt einen Ruck und sagte:

»Onkel Leo, wart einen Augenblick! Willst nicht mit mir auf einen Kaffee gehen? Ich lad' dich ein …«

»Na, kannst du dir das auch leisten?«

Goldblatt musste grinsen. Er nahm den Alten beim Arm und sagte:

»Wenn ich nicht genug Geld einstecken hab', lass' ich anschreiben und du wirst für mich bürgen …«

Nun lächelte auch der Alte. Sie gingen in das Café Geissler, das sich am Rande des Marktes befand. Drinnen wurde gerade ein Tisch an einem Fenster frei und Leo Goldblatt setzte sich so, dass er dem bunten Treiben auf dem Markt in Ruhe zuschauen konnte. Hier war alles ärmlicher und einfacher als am Naschmarkt: Nicht nur die Kleidung der Kundinnen und der Fratschlerinnen, sondern auch das Warenangebot und die Art der Präsentation. Während am nobleren Naschmarkt das Gemüse meist in Körben und Steigen feilgeboten wurde, lag es hier in Haufen am Erdboden: Erdäpfel, Zwiebeln, Kraut und Rüben, alles in einem ziemlichen Durcheinander. Zur Abwechslung und weil er sich umständliche Erklärungen ersparen wollte, trank er keinen ›Goldblatt‹, sondern einen ganz normalen türkischen Kaffee. Sein Onkel Leo hatte sich ein Glas heiße Milch bestellt, das er mit Genuss schlürfte. Goldblatt beobachtete den Alten nun mit neu erwachtem Interesse: ein Wanderhändler, wie er leibte und lebte. Auf dem Kopf trug er drei Hüte übereinandergestapelt, die Taschen seiner Jacke waren prall gefüllt mit allerlei Zeug, und neben den Kaffeehaustisch hatte der Alte einen Sack hingestellt, aus dem Hosen, Sakkos und Stiefel hervorlugten. Voll plötzlicher Anteilnahme am Schicksal des Alten fragte Goldblatt:

»Na, und wie gehen die Geschäfte?«

»Ach herrjeh! Nicht genug jammern könnt’ man … Die Zeiten sind schlecht, sehr schlecht, Jingel.«

»Aber du bist doch, wie ich sehe, in Sachen Herrenausstattung unterwegs. Einen Hut, eine Hose oder ein Sakko braucht man doch immer.«

»Ach! Das ist doch alles Schmonzes … Lauter Schmonzes … Lauter Zeug für arme Leit. Kannst kein Geld damit verdienen.«

»Brauchst du Geld? Soll ich dir welches borgen?«

»Na, so schlecht gehen die Geschäfte auch wieder nicht …«

Goldblatt musste schmunzeln. Er dachte an das alte Sprichwort ›Jammern ist des Kaufmanns Gruß‹ und fragte seinen Onkel, wie es denn der Familie gehe. Während dieser nachdenklich den Kopf hin und her wiegte und vor der Antwort einen kräftigen Schluck Milch machte, sah Goldblatt aus den Augenwinkeln Oprschalek am Café vorbeigehen. Wie von einer Tarantel gestochen sprang er auf, kramte in seinen Taschen, fand in der Eile nur einen 10-Kronen-Schein, drückte diesen seinem Onkel in die Hand, verabschiedete sich von ihm und war schon bei der Tür draußen. Der Alte schaute den Geldschein an, sah dann seinem Neffen nach, schüttelte den Kopf und murmelte:

»Redakteur hätt' man werden müssen ... Redakteur ...«

Goldblatt hatte seine liebe Not, im Gewühl des Marktes Oprschalek nicht aus den Augen zu verlieren. Der ging schnurstracks Richtung Taborstraße und diese dann stadteinwärts. Goldblatt folgte mit einigem Abstand und überlegte, wie er ihn ansprechen sollte. Plötzlich war Oprschalek verschwunden. Der Redakteur blieb stehen, schaute sich suchend um und ging dann ratlos Richtung Innenstadt weiter. Plötzlich packte ihn ein kräftiger Arm beim Krawattl* und zerrte ihn in einen menschenleeren Hauseingang. Goldblatt fühlte sich von dem großen, kräftigen Oprschalek wie ein Blatt Papier an die Wand gepresst. Der ehemalige Hausbesorger roch nach Alkohol und Schweiß. Außerdem hatte er einen üblen Mundgeruch.

»Sie mieser Redakteur, Sie! Sie werden mich nicht an die Polizei verraten!«

_____

* an der Krawatte

Goldblatt schluckte. Nichts lag ihm ferner als das. Die Hand an seinem Kragen drückte fester zu. Er rang nach Luft und keuchte:

»Herr Oprschalek! Ich bitt' Sie …!«

»Bitten hilft nimmer … nur mehr beten …«

»Hören S' mir zu … Ich schlag Ihnen a G'schäft vor!«

Der Griff an Goldblatts Gurgel lockerte sich.

»Was für ein G'schäft? Wenn ich Sie jetzt erwürg', g'hört Ihre Brieftasche sowieso mir.«

»Ein Gespräch … ein bezahltes Gespräch …«, keuchte Goldblatt und, siehe da, plötzlich ließ ihn die Hand los. Der Redakteur musste fürchterlich husten. Oprschalek betrachtete ihn wie ein Forscher ein zu sezierendes Objekt. Doch statt das Seziermesser zu zücken, stellte er Goldblatt folgende Frage:

»Sie haben doch den Artikel über den Feuerteufel geschrieben?«

Goldblatt nickte und massierte sich den malträtierten Hals.

»Der war gut … sehr gut sogar … Wollen S' eine Fortsetzung schreiben?«

Goldblatt nickte. Allmählich erholte er sich. Auch seine Stimme funktionierte wieder:

»Ich zahl Ihnen 10 Kronen. Mehr hab ich nicht dabei. Dafür erzählen Sie mir, wie das so ist, wenn man seine Frau erschlägt und seine Wohnung in Brand steckt. Einverstanden?«

Oprschalek dachte kurz nach, grinste und sagte:

»Ich erzähl's Ihnen bei einem Bier. Aber auf das müssen Sie mich einladen.«

Da Goldblatt noch etwas Kleingeld in der Hosentasche hatte, war das kein Problem. Und so setzte er sich mit Oprschalek in ein Beisl in der Taborstraße, trank einige Biere und erfuhr, dass der Mord an seiner ehemaligen Putzfrau eigentlich ein Unfall in Folge eines Ehestreits gewesen war. Dann schilderte ihm Oprschalek das befreiende Gefühl, wenn man etwas in Brand steckt. Feuerreinigung nannte er das. Und schließlich hielt er einen elendslangen Monolog über die kapitalistische Ausbeutergesellschaft und darüber, dass der Zorn der arbeitenden Massen alle Kapitalisten mit Feuer und Schwert ausmerzen werde.

Auf dem Weg zurück in die Redaktion überlegte Goldblatt die Überschrift des Artikels: ›Was ein Feuerteufel zu sagen hat‹. Oder: ›Der Feuerteufel erzählt‹. Doch dann fiel ihm ›Der Feuerteufel und die Feuerreinigung‹ ein. Das war genial! Der Artikel über das Gespräch mit Oprschalek würde spektakulär werden. Als er an das Gesicht des dicken Nechyba bei der Lektüre dieses Geständnisses dachte, musste er schmunzeln. Sicher würde Nechyba ihm wieder einmal die Freundschaft aufkündigen. Vielleicht würde er ihn im Kaffeehaus sogar ignorieren und so tun, als ob man einander nicht kannte? Oder er würde völlig die Contenance verlieren und ihn vor allen Leuten anbrüllen … Mein Gott, der dicke Nechyba. Vor ein paar Tagen hatte der ihm im Café Landtmann erzählt, wie ihm der Oprschalek durch die Lappen gegangen war. Und morgen würde er dann in der Zeitung lesen, dass es gar nicht so schwierig gewesen war, den flüchtigen Brandstifter zu finden.

XVI.

WIE EIN REPTIL, das regungslos auf das Erscheinen seiner Beute lauerte, lehnte er im Dunkel eines Hauseinganges. Budka hatte das ungeliebte Gewand an, in dem er früher Tag und Nacht gelebt hatte. Es war alt, abgerissen und schmutzig. Er hasste es. Um aber als Schundroman-Kolporteur glaubwürdig zu sein, musste er es tragen. Tja, wie sich die Zeiten geändert hatten ... Heute schlüpfte er nur mehr in die Rolle, um seinen Auftraggeber nicht vor den Kopf zu stoßen. Er machte nur noch eine Verkaufsrunde pro Woche. Und zwar diejenige, an deren Ende der Blumentopf im Halbgeschoss zwischen 1. Stock und dem Mezzanin auf ihn wartete. Heute, es war wieder ein Monat vergangen, hatte er unter dem widerlichen und ihn erneut kratzenden Kaktus die vorletzte Tranche der Anzahlung seines Mordlohnes gefunden. Zwei rosarote 50-Kronen-Scheine und einen Zettel, auf dem ein einziges Wort stand: Wann? Er las es und es gab ihm einen Stich ins Herz. Nein, um den Herrn Direktor Hubendorfer war es ihm nicht leid. Im Gegenteil. Er hasste ihn mittlerweile aus tiefstem Herzen. Dieser Kerl hatte seine hohe Stellung skrupellos ausgenutzt, um die Fritzi Nemec zu verführen und auf die schiefe Bahn zu bringen. Der Hund, der! Bei dem Gedanken an Fritzi verspürte er wiederum einen Stich. Den Hubendorfer würde er mit

Genuss umbringen … Er schwankte nur noch, ob er ihn zu Tode prügeln oder bei lebendigem Leibe verbrennen sollte. Aber die Fritzi … Mit feuchten Augen und zittriger Hand hatte er schließlich folgende Antwort auf den Zettel geschrieben: Ende Julei is alles vorbei. Und obwohl er stolz auf den Reim war, war ihm ganz und gar nicht danach zu Mute, darüber zu schmunzeln. Ja, die Fritzi … die süße, kleine Fritzi … Er hatte sich in das Mädel richtig verliebt. Und sie mochte ihn auch. In ihrer kindlichen Sorglosigkeit hatte sie begonnen, sich regelmäßig mit dem Herrn Löwenstein zu treffen. Beim Heurigen draußen in Nussdorf waren sie dann per Du geworden und hatten wie narrisch geschmust. Dann hatte er die Gelegenheit beim Schopf gepackt, schließlich war er schon seit Jahren mit keiner Frau mehr intim gewesen und war mit ihr in ein Hotel in der Naschmarktgegend gefahren, das stundenweise Zimmer vermietete. Und obwohl die Polster, Vorhänge und Teppiche nach Staub gerochen hatten und die Leintücher des Bettes nicht ganz sauber waren, hatte sie sich ihm ohne großen Widerstand hingegeben. Er erinnerte sich, wie er ihren weißen Körper aus der Kleidung geschält und dann die vielen weichen, mit einem zarten, blonden Flaum bedeckten Stellen ihres Körpers geküsst und gestreichelt hatte. Er hatte sie zu einem verzückten Stöhnen und Wimmern gebracht. Und als er schließlich vorsichtig in sie eingedrungen war, hatte sie ihn mit einer Leidenschaft und Gier umschlungen, die er bis dahin nicht gekannt hatte.

Ein Schauer überrieselte ihn. Er zwang sich, aus diesem mit wohligen Erinnerungen gespickten Tagtraum aufzuwachen und sich auf die Haustür schräg vis-à-vis zu konzentrieren. »Kruzitürken!«, fluchte er. »Ich hab die Fritzi wirklich lieb, aber es hilft nix. Sterben muss sie.« Schließlich hatte er für ihre Ermordung bereits 200 Kronen im Voraus kassiert. Zusammen mit den ebenfalls angezahlten 200 Kronen für die Ermordung Hubendorfers ergab das stattliche 400 Kronen. In Summe würde er mit dem Doppelmord 1000 Kronen verdienen. Unglaublich! Wer war so wahnsinnig, für die Ermordung zweier Menschen so viel zu bezahlen? Wenn er einen solchen Betrag zur freien Verfügung hätte, würde er ihn auf andere Art ausgeben. Zum Beispiel für einen Kuraufenthalt in Meran oder eine mehrmonatige Reise nach Paris … Seit er im Kaffeehaus in einem Journal Beiträge über diese beiden Städte gelesen hatte, kreisten seine Gedanken ständig darum.

Eine ältere Dame kam die Gasse entlang und steuerte auf das von ihm observierte Gebäude zu. Als die Frau hinter der Haustür verschwand, lief er ihr hinterher. Sie stieg die geschwungene Treppe hinauf. Er folgte ihr auf Zehenspitzen. Sie hatte den Mezzanin* bereits erreicht und stieg schon weiter die Stufen empor. Jetzt! Jetzt müsste sie doch einmal kurz inne halten … Doch nein. Zügig setzte die Dame ihren Weg in den ersten und dann in den zweiten Stock fort. Dort blieb sie stehen. Er hörte, wie eine Tür aufgesperrt wurde. Leise hastete er die Stiegen hinauf in den Halbstock, stach sich an dem Kaktus und fluchte leise. Das Brieferl befand sich nach wie vor an seinem Platz.

Flink huschte er die Stiegen hinunter, doch da hörte er unten die Haustür aufgehen und Männerschritte. Auf

---

* Halbstock, besonders in alten Wiener Häusern zu finden

Zehenspitzen zog er sich in den ersten Stock zurück, bereit, weiter hinaufzueilen. Doch der Mann war bereits im Mezzanin zu Hause. Nach einigen Schrecksekunden lief Budka die Stiegen hinunter und aus dem Haus hinaus. In dem Hauseingang vis-à-vis bezog er wieder seinen Beobachtungsposten. Als er neuerlich ins Grübeln und Tagträumen verfallen wollte, hörte er hinter sich Schritte im Hausflur. Er schreckte aus den Gedanken hoch, überquerte schlendernden Schrittes die Gasse und wandte sich der St. Ulrichs-Kirche zu. Über die Schulter sah er, dass ein Dienstmädchen mit einem Einkaufskorb in der Hand aus dem Haustor eilte. Kaum war sie aus seinem Blickfeld verschwunden, machte er auf dem Absatz kehrt und ging zurück. Wieder lehnte er im Schatten des Hauseingangs. Plötzlich verspürte er drückende Müdigkeit. Er gähnte herzhaft und rieb sich die Augen. Die Fritzi, dieses wunderbare Wesen … Sie mochte ihn zweifellos. In letzter Zeit hatte sie sogar ein paar Mal den Herrn Direktor Hubendorfer versetzt und war stattdessen mit ihm ausgegangen. Zu oft, so erklärte sie ihm aber, dürfe sie sich das nicht leisten, weil sonst der Engelbert ganz bös werden und sie am Ende ihre Arbeit verlieren könnte. Er hatte nur geseufzt und gesagt: »Denk' ma nicht an das, was wäre. Gib mir lieber ein Busserl und genieß' ma den Augenblick.« Da hatte Fritzi laut gelacht, ihn geküsst, und sie hatten einen weiteren wunderbaren Abend miteinander verbracht.

Wieder wurde im Hausflur hinter ihm eine Tür aufgemacht. Müde Schritte näherten sich. Neuerlich schlenderte er quer über die Gasse in Richtung Ulrichsplatz. Aus den Augenwinkeln sah er, dass ein älterer Mann in Schlapfen* aus dem Haustor trat. Um seinen dicken Bauch hatte er eine schmutzige Schürze gebunden. Auf seinem Kopf befand sich ein Käppi, aus dem rundlichen Gesicht leuchtete eine rote Nase. Es war der Mann, der ihm im Winter das erste Mal ein Kuvert mit Geld zugesteckt hatte. In diesem Briefumschlag hatte sich dann der erste Mordauftrag befunden sowie der Hinweis, dass zu Beginn eines jeden Monats eine Anzahlungsrate unter dem Blumengeschirr des Kaktus auf ihn warten würde. Der Mann schlurfte zu dem von Budka beobachteten Hauseingang, drückte die schwere Haustür auf und verschwand dahinter. Nach kurzem Zögern eilte er ihm nach, öffnete das Tor einen Spalt und lauschte. Die mühevollen Schritte und das Schnaufen des alten Mannes waren deutlich zu hören. Er befand sich nun im Mezzanin und stieg die Stiege weiter empor. Bei jedem Schritt hörte Budka einen Schnaufer. Plötzlich war es still. Dann vernahm er das Verschieben eines keramischen Gegenstandes sowie ein kurzes »Au!«. Budka grinste. Nicht nur ihm setzte der verdammte Kaktus zu … Blitzschnell versteckte er sich in dem Stiegenabgang zum Keller. Von dort beobachtete er, wie der Hausmeister die Stiegen herunterschlapfte, an einem Finger der rechten Hand lutschte und in der linken Hand das Brieferl hielt. Er ließ dem alten Mann einen kleinen Vorsprung und betrat erst den Gehweg, als dieser gegenüber im Haustor verschwunden war. Im Sturmschritt lief er über den Platz ins andere Haus. Er hörte, wie der Hausmeister seine Wohnung im Parterre aufsperrte. Kurz darauf fiel die Tür ins Schloss. Budka schlich zur Wohnungstür des Haus-

---

* Pantoffeln

116

meisters, lauschte, hörte im Inneren Stimmen und legte sein Ohr an das Türblatt.

»Wo warst denn? Was hast dir denn da gemacht? Du hast ja einen Stachel im Daumen …«

»Es is' nix … I hab nur eine Besorgung g'macht«, grantelte der Alte und dann war Ruhe. Budka entfernte sich von der Tür und überlegte. Dass der Hausmeister sein Auftraggeber war, hielt er für ausgeschlossen. So viel Geld hatte der noch nie in seinem Leben besessen. Außerdem hatte er ja gesagt, dass er eine Besorgung gemacht hätte. Aber für wen? Wahrscheinlich für eine Partei im Haus. Wer von den Hausbewohnern hatte so viel Geld? Er würde es herausfinden … Dem alten Mann bräuchte er ja nur auflauern und diese Information aus ihm herausquetschen. Budka grinste böse und murmelte: »Und wenn er's mir nicht sagen will, frisst er seine Schlapfen. Einen nach dem anderen. Aber ohne Essig und Öl …«

XVII.

Knirschend brachen die Knochen der Hand. György Friedmann schrie auf. Oprschalek riss die Schreibtischlade kurz auf. Der Malträtierte versuchte die Hand herauszuziehen, doch die Schreibtischlade wurde blitzschnell wieder zugedrückt. Nun brachen Friedmanns Finger. Grinsend beugte sich Oprschalek über den käsebleichen Hotelier und sagte:

»Jetzt hör mir einmal zu, Herr Hoteldirektor. Ich geh' ja schon einige Zeit in deinem Hotel aus und ein, weil ich mit der Bozena ein Pantscherl hab. Gestern hast aber den Fehler g'macht, mich aus Bozenas Zimmer rauszuschmeißen. Dafür wirst bezahlen ... Mir ist nämlich aufg'fallen, dass du des Öfteren blutjunge Mädeln auf deinem Zimmer hast. Also hab ich mich ein bisserl umgehört. Und weißt was? Das ist strafbar ...«

Er lockerte den Druck auf die Lade etwas. Friedmann versuchte nun nicht mehr die Hand herauszuziehen, sondern atmete nur erleichtert durch. Schweißperlen standen ihm auf der Stirne, die Augen waren vor Schreck geweitet.

»Ich hab' gehört, dass der feine Herr Meyerowicz gemeinsam mit mehreren Mädeln aus Galizien in deinem Hotel logiert. Soll ich die Sicherheitswache holen? Den Polizisten könnte ich auch gleich die Kleine in deinem Bett zeigen … Die ist sicher noch keine 14 … Also, was ist? Soll ich die He rufen oder mach' ma a G'schäft?«

»Mach' ma a G'schäft! Aber lassen S' bitte meine Hand frei. Des tut narrisch weh …«

Oprschalek lächelte generös und ließ endlich die Schreibtischlade los. Langsam, ganz langsam zog Friedmann die verletzte Hand heraus und umklammerte sie mit der anderen. Mit ängstlichem Blick lehnte er sich zurück und fixierte Oprschalek. Dieser blieb entspannt am Schreibtisch sitzen, baumelte mit den Beinen und starrte so lange zurück, bis der Direktor den Blick senkte. Mit Abscheu hatte Oprschalek in den letzten Wochen Friedmanns Vorliebe für blutjunge Mädchen beobachtet. Zusätzlich war ihm aufgefallen, dass das Hotel offenbar ein Treffpunkt für internationale Mädchenhändler war, die Kinder von bitterarmen Familien aus Galizien und der Bukowina sowohl an heimische Bordelle als auch nach Argentinien, Ägypten und China verkauften. Als er Bozena darauf angesprochen hatte, hatte sie nur mit der Schulter gezuckt. Später erzählte sie ihm dann, dass sie mit 11 Jahren von ihren Eltern an einen fahrenden Händler verschachert worden war. Der hatte sie ins Hotel Hungaria gebracht, wo der Direktor Gefallen an ihr gefunden und sie dem Händler abgekauft hatte. Als sie nach zwei Jahren für Friedmanns Gelüste zu alt geworden war, behielt er sie als »Mädchen für alles« im Hotel. Seit Oprschalek das wusste, hatte er das dringende Bedürfnis gehabt, diesem Schweinkerl wehzutun. Am liebsten hätte er ihn und sein vermaledeites Hotel in Brand gesteckt. Aber das ging leider nicht. Wegen Bozena. Und wegen Budka. Außerdem waren das Hotel

Hungaria und Bozenas kleines Zimmer ein willkommener Unterschlupf. Leider hatte ihn Friedmann gestern Abend aus diesem Refugium hinausgeschmissen. Nicht einmal die Hosen hatte er anziehen dürfen. In Unterhemd und Unterhose hatte er ihn vom Hausknecht auf die Straße setzen lassen. Eine Schande und eine Demütigung. Aber nun wurde abgerechnet: zuerst Friedmann, dann der Hausknecht. Letzteren würde er in den Kohlenkeller locken und mit der Schaufel erschlagen. Dessen hässlichen Kadaver würde er anschließend im Heizkessel verbrennen. Oprschalek lächelte.

»Was … was für ein Geschäft schlagen Sie vor?«, stammelte Friedmann. Oprschaleks Lächeln verschwand. Er durchsuchte die Laden des Schreibtisches und platzierte einen Bogen Briefpapier sowie Feder und Tintenfass in der Mitte des Tisches.

»Damit unser Geschäft auch gut abgesichert ist, mach' ma eine schriftliche Erklärung. Also, Herr Direktor, nimm die Feder in die Hand und schreib …«

Friedmann rückte mit seinem Sessel zum Schreibtisch und griff mit seiner rechten, unversehrten Hand zur Feder. Oprschalek diktierte:

»Ich, György Friedmann, Eigentümer und Betreiber des Hotels Hungaria, gestehe, dass ich seit vielen Jahren junge Mädel, die allesamt unter 14 Jahre alt waren, zur außerehelichen Beiwohnung gezwungen habe. Diese Mädchen wurden mir von Agenten zugeführt, die gewerbsmäßigen Mädchenhandel betreiben …«

Friedmann hatte nach dem ersten Satz aufgehört zu schreiben, sich zurückgelehnt und zu protestieren begonnen:

»Ich bin doch nicht meschugge ... So einen Schitoch[*] schreib ich nicht! Kommt nicht in Frage!«

Oprschalek riss den Kopf seines Opfers an den Haaren nach hinten. Seine zweite Hand fixierte Friedmanns Kopf in dieser unbequemen Position, indem sie den mittleren Teil des Gesichtes umklammerte und weiterhin kräftig nach hinten drückte. Gleichzeitig stemmte sich Oprschalek gegen den Stuhl, damit dieser nicht umflog. Er ließ Friedmanns Haare los und griff nach dem offenen Tintenfläschchen. Da seine andere Hand Friedmanns Nase zuhielt, atmete dieser durch den weit geöffneten Mund. Dort goss Oprschalek nun Tinte hinein. Friedman hustete und spuckte. Als ihm schließlich auch noch das rechteckige Tintenfläschchen in den Mund gestopft wurde, musste er erbrechen. Oprschalek ließ ihn los und sah emotionslos zu, wie sich der Direktor des Hotels Hungaria vor ihm auf dem Boden wand, hustete und spie. Ganz ruhig fragte er:

»Schreiben wir jetzt weiter, Herr Direktor?«

Blitzschnell drehte sich Friedmann um und versuchte, auf allen vieren zu fliehen. Oprschalek beobachtete ihn amüsiert. Als er fast die Tür erreicht hatte, eilte ihm Oprschalek nach und trat so lange zu, bis Friedmann nur mehr ein sich am Boden krümmendes, wimmerndes Bündel war.

Zufrieden verließ Oprschalek Friedmanns Arbeitszimmer. In der Innentasche seines Sakkos hatte er säuberlich zusammengefaltet ein umfassendes, handschriftliches Geständnis. Weiters besaß er ein Schreiben, das

---

[*] Seltener jiddischer Ausdruck für Blödsinn, Unsinn, Schmarrn

bestätigte, dass er ab sofort für Ordnung und Sicherheit im Hotel Hungaria zuständig war und die Angestellten des Hauses seinen Anordnungen Folge zu leisten hatten. Dafür zahlte ihm Friedmann einen Wochenlohn von 20 Kronen. Zusätzlich hatte er die Erlaubnis, bis auf Weiteres in Bozenas Zimmer zu logieren. Nachdem er den Hausknecht aus dem Schlaf geklopft hatte, zeigte er ihm Friedmanns Ermächtigungsschreiben und lockte ihn unter dem Vorwand, dass eingebrochen worden sei und er des Hausknechts Hilfe benötige, in den Keller. Eine Stunde später, als er bei der auf das Angenehmste überraschten Bozena unter die warme Tuchent* schlüpfte, verbrannte im Heizkessel des Hotels bereits die Leiche des Hausknechts.

Am nächsten Tag schlief er lange. Als er aufwachte, war Bozena schon längst aus den Federn und bei der Arbeit. Zufrieden streckte er sich und blinzelte in die wenigen Sonnenstrahlen, die sich in die Dienstbotenkammer verirrten. Er wusch sich im Lavoir, zog sich an und stolzierte die Treppe ins Erdgeschoss hinunter, wo sich Friedmanns Büro befand. Ohne anzuklopfen trat er ein. Bozena saß an einem Seitenschreibtisch über diverse Listen gebeugt, die sie ausfüllte. Sie blickte auf und errötete. Friedmann duckte sich in seinem Bürosessel und hätte sich offensichtlich am liebsten ins nächste Mauseloch verkrochen. Oprschalek ging zu Bozena und gab ihr ein Guten-Morgen-Busserl auf die Stirne. Dann wandte er sich an Friedmann:

»Na, Herr Direktor, was gibt es Neues?«

_____

* mit Daunen gefüllte Bettdecke

Der schwieg, dafür aber antwortete Bozena:

»Der Ladi, unser Hausknecht, ist wie vom Erdboden verschluckt.«

»Na, so was … Vielleicht hat er sich irgendwo versoffen …«

»Der Ladi säuft nicht«, knurrte Friedmann.

»Vielleicht is' er bei irgendeinem Hurenmensch picken geblieben?«

»Der Ladi geht zu keinen Huren«, erklärte Friedmann in renitentem Tonfall.

»Stimmt!«, bemerkte Bozena trocken, »der mag auch nur Kinder.«

Oprschalek lehnte sich an den Schreibtisch, packte Friedmann beim Kinn und drehte dessen Kopf zu sich. Er sah in dessen grün und blau geschlagene Visage und sagte mit leiser Stimme:

»Na, dann hat ihn wahrscheinlich die Polizei erwischt … wie er ein kleines Mädl geditschkerlt hat …«

Friedmann stammelte: »Aber wir brauchen einen Hausknecht! Irgendwer muss ja den Gästen das Gepäck tragen und den Warmwasserkessel im Keller beheizen. Könnten Sie nicht, wo Sie jetzt mein Angestellter sind, einen Ersatz auftreiben?«

Oprschalek ließ Friedmanns Gesicht los, stand auf, breitete die Arme aus und lachte:

»Nichts lieber als das, Herr Direktor. Dafür bezahlst du mich ja. Apropos: Ich hab' diese Woche noch keinen Lohn bekommen …«

Friedmann öffnete ein seitliches Schreibtischfach und holte die Handkasse hervor. Ohne eine Miene zu verziehen, nahm er einen 20-Kronen-Schein heraus und schob

ihn Oprschalek hin. Der steckte ihn mit einer angedeu-
teten Verbeugung ein.

»Vergelt's Gott, Herr Direktor! Gibt's sonst noch was
im Haus, was ich erledigen soll, bevor ich mich auf die
Suche nach einem neuen Hausknecht mach'?«

Friedmann grunzte verächtlich und schüttelte den
Kopf. Oprschalek wandte sich Bozena zu, küsste sie neuerlich auf die Stirne, winkte Friedmann lässig zu und verließ mit einem fröhlichen »Adieu!« das Büro.

Draußen schien die Sonne. Er schlenderte über den
Radetzkyplatz und witterte plötzlich den würzigen
Geruch von Gulasch. Da es früher Nachmittag war und er
noch nicht einmal gefrühstückt hatte, übermannte ihn der
Hunger. Zielstrebig lenkte er seine Schritte in das Wein-
haus, von wo der Geruch herrührte. Und tatsächlich: Als
Tagesgericht gab es Zigeuner-Gulasch*. Nachdem er diese
Köstlichkeit gemeinsam mit einer Portion Erdäpfel ver-
schlungen hatte, entspannte er sich. Zum Gulasch hatte er
eine Flasche Bier getrunken, nun hatte er Gusto auf Wein.
Er bestellte sich einen samtigen Roten aus der Vöslauer
Gegend, und nach dem zweiten Viertel ging in seinem
Gemüt die Sonne auf. Das Leben war herrlich! Er hatte
ein wunderbares Mädel, ein Dach über dem Kopf, eine
Anstellung, bei der er nicht allzu viel arbeiten brauchte,
sowie Geld in der Tasche. Da ihm nun sein Arbeitsauf-
trag in den Sinn kam, es jedoch Samstagnachmittag war

---

* Gulasch wird heute meist aus Rind- oder Kalbfleisch zubereitet.
  Beim Zigeuner-Gulasch hingegen wird, nachdem die Zwiebeln
  in Fett angeröstet, mit Paprika bestreut und mit Essig abgelöscht
  wurden, Kalb-, Lamm-, Schweine- und Rindfleisch zu gleichen Teilen
  dazugegeben. Wenn das Fleisch eine Zeit gedünstet hat, wird mit Suppe
  aufgegossen und das Fleisch weich gekocht. Der Saft sollte sämig sein.

und er in den Dienstbotenbüros wahrscheinlich keinen geeigneten Hausknecht mehr finden würde, sah er sich im Lokal um. An der Theke standen neben einigen Gruppen, die lautstark miteinander diskutierten, zwei einsame Trinker. Der eine machte einen durchaus bürgerlichen Eindruck und schied deshalb für seine Überlegungen aus. Der andere aber hatte stark abgetragene Kleidung sowie brüchiges, schon längere Zeit nicht mehr vom Schuster geflicktes Schuhwerk an. Oprschalek beobachtete den Mann während der nächsten halben Stunde und ihm fiel auf, dass er kaum von seinem Glas trank. Damit war die Sachlage klar: Er hatte zu wenig Geld, um sich zu besaufen. Oprschalek winkte dem Kellner und bestellte für den einsamen Zecher ein Glas Wein. Als der Kellner es ihm hinstellte, lehnte der Mann erschrocken ab. Erst als der Kellner ihm erklärte, dass er darauf eingeladen war, akzeptierte er es. Der Fremde sah zu Oprschalek und der prostete ihm zu. Danach trank der Mann den letzten Schluck des ersten Glases gierig aus und nippte vom zweiten. Oprschalek grinste. Und als der andere wieder einmal zu seinem Tisch hersah, winkte er ihn zu sich. Mit einer einladenden Handbewegung forderte Oprschalek ihn auf, sich niederzusetzen.

»So ein schöner Tag heute … Der Frühling kommt! Das muss man feiern. Deshalb hab' ich mir gedacht, ich lad' Sie ein. Weil S' so mutterseelenallein an der Theke g'standen sind.«

»Ergebendsten Dank, der Herr. Sehr liebenswürdig, der Herr …«

Oprschalek nahm einen kräftigen Schluck und taxierte seinen Tischnachbarn. Ein drahtiger, mittelgroßer Kerl.

Der würde Koffer schleppen, Holz hacken und Kohle schaufeln können. Oprschalek verwickelte ihn in ein Gespräch über die Preise, die andauernd stiegen, sowie über die mangelnden Arbeitsplätze. Da er merkte, dass der andere Hunger hatte, lud er ihn auf ein Zigeuner-Gulasch ein. Schließlich unterbreitete er ihm das Angebot, als Hausknecht im Hotel vis-à-vis zu arbeiten.

»Wann würd' die Stelle denn frei werden?«

»Was heißt würde? Die ist frei! Weil der alte Hausknecht verschwunden ist, hat mich der Hoteldirektor beauftragt, so schnell wie möglich einen Ersatzmann zu finden. Also, worauf wartest noch? 'Zahlt hab' ich, gemma!«

Der andere stürzte den letzten Schluck hinunter und gemeinsam verließen die beiden Männer das Weinhaus. Draußen zauberte die nun schon ziemlich tief stehende Sonne lange Schatten über den Radetzkyplatz. Oprschalek legte gönnerhaft seine Hand auf die Schulter des anderen und sagte:

»Als Sozialdemokrat bin i mit jedem Hackler* per Du. Also, ich haß Frantisek …«

Der andere grinste und antwortete:

»I bin der Ferdinand … der Ferdinand Mayrleeb. Und a Sozi bin i aa. Solange i denken kann …«

Der nächste Tag war ein total verregneter Sonntag. Oprschalek verbrachte den meisten Teil des Tages im Bett. Nur zu Mittag stand er auf und ging ins Café Hungaria frühstücken. Abends half er dann dem Mayrleeb, das Glumpert** des alten Hausknechts in den Keller

---

* Arbeiter
** Ramsch, unnützes Zeug

zu verfrachten. Danach beschlossen die beiden, etwas trinken zu gehen. Ihr Weg führte sie in die Stadt, in den Esterhazy Keller im Haarhof. Über steile Treppen stiegen sie in den Untergrund. Das labyrinthartige Kellergewölbe war spärlich beleuchtet und vom Ruß der Petroleumlampen und vom Rauch der Gäste an Decke und Wänden geschwärzt. Hier im Herzen der Stadt trafen sich Menschen aller Stände und Schichten: schwere Alkoholiker und Gelegenheitstrinker, kleine Beamte und große Gauner, Arbeitslose und Hausherren, lose Weibsbilder, die einen Kren* suchten, sowie abenteuerlustige Dienstmädeln. Hier trafen sie Freunde von Mayrleeb. Es waren dies der Lagergehilfe Wojtek Kaminsky, der Lohnschreiber Franz Schottek sowie ein Bekannter der beiden, ein junges, aus Dalmatien stammendes Bürscherl namens Nikolaus Njegusch. Nach den ersten Vierteln Wein, die die Gruppe getrunken hatte, taute die Stimmung auf. Mayrleeb und Oprschalek begannen, politische Reden zu halten, bei denen vor allem der junge Njegusch ganz rote Ohren bekam. Er unterbrach die beiden immer wieder mit Fragen, und Oprschalek musste ihm von seinen Begegnungen mit dem Wiener Arbeiterführer Franz Schuhmeier erzählen. Als die Gruppe zur Sperrstunde aus dem verrauchten Keller hinausgeschmissen wurde, zogen sie weiter in die Franzensbrückengasse, in ein Nachtcafé, in dem sich Praterhuren und deren Strizzis** aufhielten. Dort soffen sie, bis der Morgen dämmerte. Im Vollrausch lallte Kaminsky:

---

* Freier, betuchter Verehrer
** Zuhälter

»Jetzt wird's schon hell und i muss in die Hack'n …
So ein Schas … Am liebsten tät i alles anzünden!«

Oprschalek, der vor sich hindöste, war plötzlich hellwach. Er beugte sich zu Kaminsky über den Tisch und fragte lauernd:

»Was willst anzünden?«

»Na den Holzplatz, wo i arbeit' … So viel Holz. Schad d'rum. Des tät so schön brennen …«

»Geh, hör auf zu phantasieren!«, schaltete sich Mayrleeb ein. »Am besten gehst jetzt hin und tust so, wie wennst mit der Arbeit beginnen würdest. Später, wenn keiner schaut, suchst dir ein ruhiges Platzerl und schlafst deinen Rausch aus.«

»Das sind mir die richtigen Genossen«, höhnte Oprschalek. »Radikal am Wirtshaustisch, aber sonst brav wie die Lamperln …«

»Geh, Frantisek, des bringt doch nix, so einen Holzplatz abzufackeln! Wem g'hört der überhaupt?«

»Meinem Chef, dem Baumeister Schmeykal. Der is' ordentlich g'stopft. Der hat sogar a riesige Villa. Aber unsereinem zahlt er g'rade so viel, dass man net verhungert.«

»Anzünden! Alles anzünden!«, schrie Njegusch mit rotem Schädel. Die Unterhaltung im Café erstarb und alle starrten auf den Tisch mit den fünf Männern. Mayrleeb stand abrupt auf und rief: »Zahlen!«, dann verabschiedete er sich von den anderen mit den Worten »Macht's keinen Blödsinn!« und ging. Die restlichen vier steckten die Köpfe zusammen und tuschelten eine Zeit lang. Dann zahlten sie ebenfalls und gingen wankend hinaus in die frische Luft. Sie wanderten den Donaukanal entlang flussaufwärts, überquerten die Stephaniebrücke und spazierten ein Stück weiter bis zur Oberen Donaustraße. Dort kratzten sie ihre letzten Heller zusammen und lösten im 31er vier Fahrkarten. In Floridsdorf stiegen sie aus der Tramway aus und gingen durch das Zentrum des Industrievorortes in die Kaiserin Elisabeth-Straße, wo sich neben der Nordbahn das Holzlager des Baumeisters Schmeykal befand. Es war kurz vor 6.00 Uhr früh und die Straßen waren menschenleer. Der Lagergehilfe sperrte das Schloss einer kleinen Eingangstür neben dem noch verschlossenen Haupttor des Lagerplatzes auf. Sie huschten hinein und folgten ihm zu der Holzbaracke, die als Büro diente. Auch hier sperrte Kaminsky auf. Er hatte allerdings keinen Schlüssel für das Büro des Lagerleiters. Oprschalek trat die Tür ein und durchsuchte das Büro. Die verschlossene Handkasse knackte er mit Werkzeug, das Kaminsky herbeigeschafft hatte. Die anderen beiden hatte er mittlerweile um Petroleum geschickt. Als sie ein Petroleumfass ins Büro rollten, ließ er sie eine Petroleumspur durch die Baracke hindurch hinaus zu den gelagerten Holzstapeln legen. Aus der Weste seines Anzugs nahm er eine Schachtel Schwefelhölzer, entzündete eines, hielt es einen Augenblick brennend in die Luft und warf es dann in die Lacke zu seinen Füßen. Mit einer fauchenden Stichflamme begann das Petroleum zu brennen. Fasziniert betrachteten die vier Männer, wie das Feuer die Petroleumspur entlangkroch. Oprschalek griff in die Sakkotasche, nahm ein Bündel Kronen-Scheine heraus und teilte sie unter den Anwesenden auf. Dann sagte er aufgekratzt:

»So, meine Herren! Hier hamma alles erledigt. Gemma!«

XVIII.

Nechyba war grantig. Er hatte Leo Goldblatts Interview mit Oprschalek gelesen. Dies war in den Räumlichkeiten des Café Landtmann geschehen, zu einem Zeitpunkt, als Goldblatt ausnahmsweise einmal nicht anwesend war. Nechyba hatte mit einem Schnaufer der Entrüstung die Zeitung zugeschlagen, mit dröhnender Stimme »Zahlen!« gerufen und sodann mit wehendem Mantel das Kaffeehaus verlassen. Mit einer mächtigen Wut im Bauch stapfte er dahin. Sein Weg führte ihn durch den Volksgarten, den Ring entlang zum Karlsplatz und dann weiter zum Naschmarkt. Hier herrschte nachmittägliche Stille, denn viele Fratschlerinnen hatten ihre Stände bereits abgebaut. Es gab aber auch noch einige, die in der Nachmittagssonne vor sich hin dösten. Da es in den letzten Tagen ausgiebig geregnet hatte, war es sehr schwül. Vor lauter Wut wäre Nechyba am liebsten aus der Haut gefahren. Doch so sehr er auch suchte, er fand einfach niemanden, an dem er sich im Zuge einer Amtshandlung abreagieren hätte können. Und als er so missmutig über den Markt stapfte, erinnerte er sich daran, wie er seinerzeit den halbwüchsigen Alphonse Schmerda beim Stehlen von Äpfeln erwischt hatte. Das war auch schon wieder fast zehn Jahre her ... Mein Gott, wie die Zeit verging! Die Erinnerung an seine damalige Amtshandlung stimmte ihn etwas milder. Wenn er damals den Alphonse besser gekannt hätte, hätte er nie so brutal agiert. Heute tat ihm das leid. Und als er sich für sein damaliges Verhalten zu genieren begann, war plötzlich auch die drückende Wut verschwunden. Nun, da er sich beruhigt hatte, fiel ihm ein Bauernweiblein mit einem Riesenkopftuch auf, das gerade einen Korb Eier zusammenpackte. Skeptisch fragte er:

»Sind die frisch? Oder fangen s' schon zum Leben an, wenn man s' aufschlagt?«

»Aber, mein Herr! Ich bitt' Sie! Die hab ich heut Morgen auf unserem Hof in Rohrau eigenhändig aufgesammelt.«

»Was? So vü Hendln haben Sie?«

»Na, net so vü! Die Eier san von mir und meinen Nachbarinnen. Wir wechseln uns allwäu* ab ... bei der Fahrt auf Wean**.«

Nechyba schmunzelte und kaufte 10 Eier. Denn plötzlich hatte ihn ein Gusto auf Eiernockerln gepackt. Was er sonst noch brauchte? Einen ordentlichen frischen Salat sowie eine Zwiebel. Weiters würde er ein Stück Speck benötigen, denn Eiernockerln bereitete er grundsätzlich mit Speck zu. Und als er das Stanitzel mit den Eiern in seinen Pranken hielt, sah er plötzlich den Oprschalek von schräg hinten. Fast hätte er das Stanitzel fallen lassen. Er drückte es der verdutzten Bäuerin in die Hand, rief »Bitt' schön, halten S' mir das einen Augenblick« und eilte dem Mann nach. Als Nechyba ganz knapp hinter ihm war, blieb der lange, knochige Kerl stehen, drehte sich

---

* immer
** nach Wien

um und sah den keuchenden Inspector fragend an. Der verharrte ruckartig in seiner Bewegung und stammelte: »T'schuldigen … T'schuldigen vielmals. Hab' Sie verwechselt. Ich hab' gedacht, Sie sind der Frantisek Oprschalek, den wir suchen tun …«

»Oprschalek? Kenn i net! I haß Ferdinand Müllner. Mit einem Oprschalek hab' i nix zu tun.«

Nechyba nickte und wandte sich ab. Nachdenklich ging er zu der Bauersfrau zurück. Er hatte den Eindruck, dass sich der Oprschalek allmählich zu einer fixen Idee in seinem Kopf entwickelt hatte. Und plötzlich war er sich gar nicht mehr sicher, ob er damals am Karmelitermarkt den echten Oprschalek oder nur einen Doppelgänger gesehen hatte. Seufzend bedankte er sich bei der Fratschlerin und nahm die Eier. Bei einem anderen Standel kaufte er ein Häuptel Salat sowie eine rote Zwiebel. Danach spazierte er zu seinem Fleischhauer auf der Gumpendorfer Straße, um ein Stück Speck zu erstehen.

Daheim, in seiner Wohnung in der Papagenogasse, zog er sich als Erstes Schuhe und Socken aus. Das Linoleum kühlte angenehm die verschwitzten und von der Hitze verschwollenen Füße. Nachdem er einen kräftigen Schluck Wasser getrunken hatte, stand er ächzend auf und griff sich einige Holzscheite sowie Zündspäne und machte Feuer im gemauerten Herd. Da es sowieso etwas dauerte, bis das Feuer den Herd erwärmte, setzte er sich wieder nieder und grübelte. Alles hatten er und seine Männer versucht. Sie hatten Oprschaleks Meister befragt, und auch die Konfektionsfabriken, für die beide gearbeitet hatten, waren von seinen Polizeiagenten abgeklappert worden. Außerdem hatten sie mit Gewerkschaftern und mit Funktionären der Sozialdemokratischen Partei gesprochen. Seine Leute frequentierten laufend deren Versammlungen und Nechyba hatte höchstpersönlich den Arbeiterführer Franz Schuhmeier nach Oprschalek befragt. Doch überall erfuhren sie nur das, was sie selbst schon wussten: Dass Frantisek Oprschalek seit dem Mord an seiner Frau wie vom Erdboden verschwunden war. Er schien alle alten Freunde und insbesondere seine Parteifreunde zu meiden. Nechyba stand ächzend auf, die Herdplatte wurde allmählich heiß. Er legte weitere Holzscheite nach, holte in einem Krug frisches Wasser von der Bassena am Gang und stellte es in einem großen Topf auf den Herd. Er salzte das Wasser und verrührte dann sechs Eier in einer Schüssel. Plötzlich hatte er Lust auf einen Schluck Wein. Aus dem hintersten Winkel seiner Küche, dort wo es das ganze Jahr über kühl und ein bisschen feucht war, holte er eine Flasche Nussberger hervor. Mit Genuss kostete er von diesem fruchtig-herben Wein, seufzte diesmal wohlig, griff zu einem scharfen Messer und dem Brett und begann den Speck in kleine Würferln zu schneiden. Einige davon steckte er sich mit spitzbübischem Grinsen in den Mund und spülte mit einem Schluck Grünen Veltliner nach. Ja, das war was! So ein resches Tröpferl vom Nussberg und ein Stückerl Speck …

›Der depperte Oprschalek soll mir den Buckel 'runterrutschen!‹, dachte Nechyba und schenkte sich Wein nach. Hin und wieder nahm er einen Schluck und schaute ansonsten ins Narrenkastl*. Als das Wasser endlich zu

---

* geistesabwesend vor sich hinstarren

kochen begann, stand er auf und schob die Kasserolle von der Feuerstelle weg. Auf eine Stelle des Herdes, wo es warm blieb, aber nicht weiterkochte. Er schenkte sich neuerdings vom Wein ein, setzte sich nieder, schob ein paar Speckwürferln in den Mund und nahm einen Schluck Wein. Dann seufzte er zufrieden, verschränkte die Arme und schlief ein.

Als er aufwachte, wusste er zuerst nicht, wo er war. Sein Kreuz schmerzte und er stand mühevoll vom Küchen-sessel auf. Als er sich streckte, krachten die Wirbel in sei-nem Rücken. Er tapste zum Lavoir und wusch sich das Gesicht mit kaltem Wasser. Dann angelte er die Taschen-uhr aus der Hosentasche und erschrak. Es war 10 Minu-ten vor 8 Uhr. Um 8 Uhr hatte seine Frau Dienstschluss im Haushalt des Hofrats Schmerda. Dann dauerte es 7 bis 8 Minuten, bis sie bei ihm daheim war. Er stürzte zum Herd und sah, dass es zum Glück noch eine schöne Glut gab. Er schob Holzscheite nach und hob die noch immer warme Kasserolle mit dem Wasser zurück auf die große Herdplatte. Nun begann er, den Nockerlteig zuzu-bereiten. Er vermischte in einem Weidling Eier, Milch und etwas zerlassene Butter, dann arbeitete er ordent-lich Mehl ein, bis es einen schön klebrigen Teig ergab. Mit pickenden* Fingern suchte er das Nockerlsieb, das er über das nun wieder kochende Wasser legte. Mit einer Spachtel drückte er den Teig durch die runden Öffnun-gen des Siebes. Danach wusch er sich die Finger und sah mit großer Befriedigung zu, wie die Nockerln im leise wallenden Wasser tanzten. Nun schnitt er den Strunk

---

* klebrigen

des Salats ab, entfernte die äußeren welken Blätter und wusch den Rest in der Bassena. Die inzwischen fertig gekochten Nockerl goss er ebenfalls über dem Wasserbecken am Gang ab. ›Zum Glück hab ich die Bassena neben meiner Wohnungstür‹, dachte Nechyba, als er die leere Kasserolle auf die glühend heiße Herdplatte stellte und die Speckwürferl hineingab. Knisternd gaben die Speckwürferl Fett ab, Nechyba rührte mit dem Kochlöffel ein paar Mal um, gab dann die Nockerln dazu und vermischte sie mit dem Speck. Als er den Topf von der Herdplatte nahm und einen Deckel draufgab, wurde die Wohnungstür geöffnet. Seine Frau trat ein, gab ihm ein Busserl und sagte:

»Was kochst denn da, Nechyba?«

»Eiernockerl mit grünem Salat …«

»Ahh … und einen Wein hast auch aufgemacht?«

Nechyba hielt beim Schneiden der Zwiebelringe inne, ging zur Küchenkredenz, nahm ein zweites Weinglas heraus und schenkte seiner Frau ein. Dann prostete er ihr zu: »Auf uns, mein Rehlein …« Aurelia runzelte die Stirn, da sie diese Verniedlichung ihres Vornamens gar nicht mochte. Allerdings war sein Tonfall so zärtlich, dass sie ihrem Nechyba die plumpe Vertraulichkeit verzieh. Dann erzählte er ihr von seinem Ärger mit Oprschalek und gestand ihr, dass er bisher nicht Alphonse Schmerdas Hinweisen bezüglich des Hotels Hungaria nachgegangen war. Seine Frau hatte ihm von Alphonses Beobachtungen schon vor einiger Zeit erzählt. Nechyba seufzte:

»Vielleicht ist da doch etwas dran … Glaubst, kann ich morgen einmal mit ihm reden?«

Aurelia Nechyba seufzte nun ebenfalls. Dann erzählte sie ihrem Mann, dass es gestern Abend einen fürchterlichen Streit zwischen dem Hofrat Schmerda und seinem Sohn gegeben hatte. Und dass Alphonse seitdem verschwunden war. Niemand wusste, wo er sich aufhielt. Seine Mutter und seine Schwestern waren mit den Nerven völlig am Ende. Der Hofrat versuchte zwar Haltung zu bewahren, aber Aurelia hatte beobachtet, dass der Dr. Schmerda, der sonst immer über einen gesegneten Appetit verfügte, heute das Abendessen kaum angerührt hatte.

Nachdem Nechyba den Salat mariniert und mit Zwiebelringen dekoriert hatte, sprudelte er nochmals die Eier auf und goss sie über die heißen Nockerln. Er verrührte alles und richtete zwei kräftige Portionen an. Während er und seine Frau schweigend aßen, dachte er sich: ›Manchmal rennt man überall nur gegen eine Wand ...‹ Nach dem Essen und einem kräftigen Schluck Wein streichelte Aurelia Nechyba über seine mächtigen Pranken und sagte:

»Mach dir net so viele Sorgen. Irgendwie wirst du den Fall schon lösen.«

Und nach einem weiteren Schluck fügte sie neckend hinzu:

»Wer so gute Eiernockerl machen kann, der kann auch einen Oprschalek fangen.«

Voll Tatendrang betrat Joseph Maria Nechyba am nächsten Morgen sein Büro. Er rief die Polizeiagenten seiner Gruppe zusammen und erklärte ihnen, dass es vielleicht eine neue Spur im Fall Oprschalek gäbe.

»Meine Herren, ich habe Informationen, dass sich der Gesuchte im 3. Bezirk herumtreibt. Das heißt, dass wir ihn ab sofort nicht mehr nur im Karmeliterviertel und in Ottakring bei seinen Genossen, sondern auch im gesamten 3. Bezirk suchen. Wir werden dort alle Hotels und Weinhäuser überprüfen. Restaurants, Beisln, Kaffeehäuser, Tschecherln, Brandineser* et cetera lassen wir vorerst einmal aus.«

Der Polizeiagent Paul, ein langes, dürres Elend, matschgerte**:

»Warum denn grad die? Dort könnt er sich ja auch herumtreiben …«

Nechyba sah ihn streng an und replizierte:

»Weil ich es so will.«

Nechyba dachte nicht im Traum daran, seinen Untergebenen die Hintergründe zu erklären. Sollte er ihnen vielleicht sagen, dass er den Hinweis von seiner Frau bekommen hatte? Und dass sie es von einem verwirrten Jus-Studenten erfahren hatte, der sich einbildete, Schauspieler zu sein, und der gerade abgetaucht war?

Nein, da würde er sich eher auf die Zunge beißen, als so etwas laut vor seinen Leuten auszusprechen. Zurück in seinem Büro zündete er sich eine Virginier*** an, sah die eingegangenen Akten durch und rief schließlich Pospischil zu sich ins Büro.

»Es ist zwar noch ein bisserl früh, aber des is ma wurscht. Ich brauch jetzt mein Gabelfrühstück.«

Er gab Pospischil eine Münze und dieser machte sich auf den Weg, das obligate Krügel Bier aus dem Beisl am

---

* Branntweinkneipe
** maulte
*** längliche Zigarre

Eck zu holen. Nechyba packte inzwischen ein knuspriges Kaisersemmerl aus, das dick mit Krakauer* gefüllt war. Voll Genuss biss er hinein, schloss die Augen und lehnte sich zufrieden kauend zurück. Just in diesem Moment klopfte es, die Tür wurde, ohne auf eine Antwort zu warten, aufgemacht und Zentralinspector Fuchs trat ein. Nechyba dachte sich: ›Net einmal einen Augenblick lang hat man a Ruh …‹ Roman Fuchs sah Nechyba kauen und lachte:

»Na, Joseph, bist schon wieder bei deiner Lieblingsbeschäftigung, beim Essen?«

»Geh, Roman, sei net so. Das Essen macht dir ja auch Spaß …«

»Freilich, freilich … man sieht's ja auch«, lachte Fuchs und strich sich über seinen Bauch. »Sag, seit wann gibt's bei dir zum Gabelfrühstück kein Bier?«

»Ich hab ihn g'rad runtergeschickt, den Pospischil. Allerdings nur um ein Bier. Hab ja nicht gewusst, dass du mich mit deinem Besuch beehrst. Aber das hamma gleich …«

Mit der Faust klopfte er gegen die Wand, aus dem Nebenraum erscholl ein »Jawohl, Herr Inspector!«, und Augenblicke später wurde die Tür aufgerissen und der lange Paul trat ein. Als er den Zentralinspector vor Nechybas Schreibtisch sitzen sah, nahm er Haltung an und grüßte förmlich. Nechyba brummte:

»Ist schon gut, Paul. Lauf runter ins Eckbeisl, dort ist gerade der Pospischil. Sag ihm, er soll nicht ein, sondern zwei Krügeln Bier mitnehmen. Und außerdem ein Salzstangerl, damit der Herr Zentralinspector das Bier nicht ohne Begleitung hinunterwürgen muss.«

---

* Schinkenwurst

»Famose Idee, Joseph. Famose Idee!«

Fuchs strahlte, und während Paul eiligst das Zimmer verließ, holte er eine silberne Tabatiere hervor und zündete sich eine Zigarette an. Dann begann er mit Nechyba über dies und das zu plaudern. Als Pospischil die Biere und das Salzstangerl brachte, genossen die beiden Inspectoren ihr Gabelfrühstück. Nachdem Pospischil die leeren Gläser weggetragen und davor sowohl dem Zentralinspector als auch Nechyba Feuer gegeben hatte, rauchten beide eine Weile wortlos. Plötzlich gab sich Fuchs einen Ruck und beugte sich über den Schreibtisch vor:

»Weißt, wer heut' Nachmittag nach Wien kommt?«

Nechyba schüttelte den Kopf.

»Der frühere Staatsoperndirektor, der Mahler.«

»Was, der Gustav Mahler? Ich hab doch erst gestern oder vorgestern in der Zeitung gelesen, dass er schwer krank ist und in Paris, in Neuilly, von einem gewissen Professor Chantemesse behandelt wird.«

»Der Chantemesse is Geschichte, Nechyba. Mahler wollte unbedingt nach Wien zurück. Heute am späten Nachmittag kommt er mit dem Orientexpress am Wiener Westbahnhof an. Schwer krank ist er und bettlägrig. Deshalb hat seine Familie den Polizeipräsidenten gebeten, dass wir Leute abstellen und den Herrn Direktor abschirmen. Ich hab schon mit dem zuständigen Kommissariat und dem dortigen Leiter, dem Oberkommissär Spielvogel, geredet. Der wird das in die Hand nehmen. Trotzdem möchte ich jemanden von unseren Leuten dabei haben. Und da hab' ich an dich gedacht …«

Nechyba war das gar nicht recht. Er wollte sich lieber voll auf den Fall Oprschalek konzentrieren und heute

Nachmittag persönlich einige Lokale und Hotels im 3. Bezirk abklappern. Raunzend sagte er:

»Geh, musst du mir das wirklich antun?«

»Joseph, das muss sein. Wenn irgendwas passiert, hab ich den Scherm[*] auf. Deshalb möchte ich, dass du dort anwesend bist. Weil, erstens bin ich dann beruhigt. Und zweitens: Wenn was passiert, hast du ihn auf ... den Scherm.«

Joseph Maria Nechyba überquerte den weiten Platz vor dem Westbahnhof. Das vor rund 50 Jahren errichtete Gebäude sah wie ein langgestreckter Renaissancepalast aus. Er stieg ein paar Stufen empor, durchquerte das Vestibül, in dem eine lebensgroße Marmorstatue der ermordeten Kaiserin Elisabeth stand und trat hinaus zu den überdachten Gleisen, wo gerade dampfend und zischend ein Zug ankam. Es herrschte dichtes Gedränge. Menschen strebten zu den einzelnen Waggons, Dienstmänner warteten auf Kundschaft, Gepäckträger bahnten sich ihren Weg durch die Menge und Bahnbedienstete eilten geschäftigen Schrittes hin und her. Auf der Anzeigetafel informierte sich Nechyba, wann und auf welchem Gleis der Orientexpress eintreffen würde. Er schob sich durch die Menschenansammlung zu dem noch ziemlich leeren Perron. Nechyba blickte auf die Bahnhofsuhr und sah, dass er eigentlich viel zu früh dran war. Also kehrte er um und lenkte seine Schritte hin zum Bahnhofsrestaurant. Dort fand er ein stilles Platzerl, wo er in Ruhe ein Krügel Bier und ein Paar Frankfurter mit Senf und Kren

---

[*] Nachttopf. Im Falle eines Unglücks hat man den Nachttopf übergestülpt ...

zu sich nehmen konnte. Nach dem Verzehr dieser Jause strich er zufrieden über seinen Schnauzbart und beobachtete das rege Kommen und Gehen im Lokal. Es fiel ihm eine schlanke, junge Dame auf, die ganz nervös an einem Kracherl* nippte und immer wieder zur Tür sah. Sie hatte eine große Reisetasche bei sich und wartete augenscheinlich auf einen Reisebegleiter. Nechyba malte sich in seiner Fantasie aus, dass sie auf einen feschen, jungen Liebhaber wartete, der grundsätzlich zu jedem Rendezvous zu spät kam. Plötzlich huschte ein Strahlen über das Gesicht der Frau. Nechyba blickte Richtung Eingang und war enttäuscht. Ein dicklicher, älterer Herr, der seinen Reisekoffer von einem Dienstmann tragen ließ, kam auf das bezaubernde Wesen zu, küsste ihm galant die Hand und rief den Ober, um das Kracherl zu bezahlen. Dann verschwanden beide, gefolgt von dem Dienstmann, der nun auch ihre Reisetasche trug, in Richtung Bahnsteige. Nechyba seufzte:

»Doch keine Dame ... nur a süßes Mädel** ...«

Er rief den Ober, bezahlte und verließ ebenfalls die Lokalität. Der Perron, an dem der Orientexpress ankam, war bereits von zahlreichen wartenden Menschen bevölkert. Nechyba wusste, dass Gustav Mahler sich in einem der letzten Waggons befinden würde. Schnaufend, zischend, Funken und Ruß speiend sowie mit einem ohrenbetäubenden, metallischen Quietschen bremsend, rollte der Orientexpress in den Westbahnhof ein. Nechyba schob seine massige Gestalt durch die Menge und gelangte schließlich hinaus zum nicht

---

* Limonade
** Bezeichnung für eine jugendliche Geliebte

überdachten Teil des Bahnsteigs. Auch dort warteten unzählige Menschen. Schließlich sah er eine Gruppe von Sicherheitswachebeamten. Nechyba trat zu dem Leiter der Polizistengruppe und klopfte ihm jovial auf die Schulter:

»Hawedere*, Herr Oberkommissär!«

»Ah, Kompliment, Herr Inspector. Ich hab' schon gedacht, Sie kommen nimmer.«

»Geh! Ich bin eh gerade rechtzeitig gekommen. Also, sperr' ma den Bahnsteig ab?«

Oberkommissär Spielvogel nickte und gab seinen Leuten die entsprechenden Anweisungen. Sie stamperten** alle Zivilisten fort und bildeten eine Absperrung in Form einer Zweierreihe. Nur eine kleine Gruppe, die aus Gustav Mahlers Familienmitgliedern sowie dem Hofkapellmeister Walter und dem behandelnden Arzt, Professor Rosé, bestand, durfte innerhalb der Absperrung verweilen. Als der Zug stillstand, stieg als Erster Carl Moll, der Schwiegervater Gustav Mahlers, aus. Er begrüßte Professor Rosé und die Familienmitglieder. Dann kam er auf Spielvogel und Nechyba zu und begrüßte auch sie. Zwei Bahnbeamte stießen nun ebenfalls zu der Gruppe und man einigte sich darauf, dass Gustav Mahlers Waggon abgekoppelt und zu einer Rampe am Frachtbahnhof verschoben werden würde, wo das Krankenautomobil bequem zufahren konnte. Spielvogel, Nechyba, die uniformierten Sicherheitswachebeamten sowie die beiden Bahnbeamten folgten dem Waggon, in den alle Familienmitglieder zugestiegen waren, quer über die Gleise.

---

* Ich habe die Ehre (typisch wienerische Grußformel)
** vertreiben

Diese zu Fuß gehende Gruppe kam gerade rechtzeitig zu der Frachtrampe, um mitzuverfolgen, wie zwei Sanitäter den totenbleichen und sehr zerbrechlich wirkenden Mahler aus dem Waggon heraustrugen und auf eine Bahre betteten. Diese schoben sie dann vorsichtig in das Krankenautomobil. Als der Wagen abgefahren war, verabschiedete sich Nechyba unverzüglich von der versammelten Gesellschaft und stapfte in Gedanken versunken davon. So todkrank, wie Mahler ausgesehen hatte, würden ihn wahrscheinlich auch die ausgezeichneten Ärzte im Sanatorium Löw, wo man ihn nun hinbrachte, nicht retten können.

»Was hilft es, weltberühmt zu sein?«, brummte er vor sich hin. »Vor'm Tod sind wir doch alle gleich. Wenn der kommt, helfen weder eine Polizeiabsperrung noch teure Ärzte, noch sonst was …«

Als er so versonnen durch den Westbahnhof schlenderte, glaubte er plötzlich erneut, Oprschalek in der Menge zu entdecken. Wie ein schnaubendes Schlachtross drängte er die Leute zur Seite und versuchte, den lang Gesuchten einzuholen. Der blieb plötzlich stehen und begrüßte eine junge Frau. Dabei wandte er sein Gesicht Nechyba zu. Der Inspector erstarrte und murmelte: »Nein! Nicht schon wieder …«

Der, den er verfolgt hatte, war ganz und gar nicht Frantisek Oprschalek. Genau betrachtet sah er ihm nicht einmal sonderlich ähnlich. Nechyba war enttäuscht. Außerdem registrierte er mit Unbehagen, wie Oprschalek sich in seinem Kopf allmählich zu einer Wahnidee entwickelte. Das war nicht gut. Nein, das war gar nicht gut.

XIX.

In dem Kammerl hinter der Rezeption saß Budka gemeinsam mit Oprschalek und Bela Kis, dem Tagportier des Hotels Hungaria und spielte Karten. Gerade als er ein besonders gutes Blatt hatte, ertönte die Glocke an der Rezeption. Kis stand kurz vom Kartentisch auf und lugte hinaus. Dann wandte er sich seinen Mitspielern zu und zischte:

»Do ist ein Polizeiagent draußen … die G'stalten kenn i.«

Budka beobachtete, wie Oprschalek blass wurde und Kis zuflüsterte:

»Wenn der nach mir fragt: Du kennst mi net. I bin gar net da.«

Kis nickte, setzte sein professionelles Lächeln auf, ging in die Rezeption hinaus und sagte:

»Wunderschenen guten Tag, der Herr! Wünschen zu logieren?«

Der Mann im schwarzen Mantel und mit schwarzer Melone zückte seine Dienstkokarde und schnarrte:

»Pospischil, Polizeiagenteninstitut. Ich hab' ein paar Fragen an Sie …«

Budka sah, wie sich Oprschalek duckte, und musste innerlich grinsen. Das war schon gut so. Der Schneidergeselle war ihm in den letzten Wochen eh ein bisschen zu selbstbewusst geworden. Vom sozialdemokratischen

Radaubruder hatte er sich zum rabiaten Totschläger entwickelt, der hemmungslos seinen Hang zur Pyroma-
nie auslebte. Eigentlich wollte Budka sich den Oprschalek als Gehilfen für seine Mordpläne heranziehen. Aber
daraus wurde nichts. Denn der lebte hier im Hotel wie
die Made im Speck und hatte an Budkas Plänen keinerlei Interesse mehr. Außerdem riss er dauernd groß-
spurig die Goschen auf. Eine Art, die Budka nicht leiden konnte. In der Strafanstalt Stein war auch so einer
gewesen, der geglaubt hatte, den Ton angeben zu können. Den hatte Budka mundtot gemacht; mit einem aus
einer Glasscherbe gefertigten Messer.

Pospischil beugte sich vor, fixierte Kis mit seinem Blick
und fragte:

»Kennen Sie einen Frantisek Oprschalek? Der soll
sich hier im 3. Bezirk in Hotels herumtreiben. Ein lan-
ger, hagerer, knochiger Kerl. 45 Jahre alt, volles asch-
blondes Haar. Ist nach dem Stand unserer Ermittlungen
recht elegant gekleidet. Na, kennen Sie den?«

Budka sah, wie Bela Kis sich nachdenklich am Kopf
kratzte.

»Groß und hager? Circa 45 Johr und elegant gekleidet? No, do wüsst i schon wen …«

Oprschalek hielt die Luft an, der Polizeiagent
schnappte:

»Und? Wo ist der Kerl?«

»No, der wor do. Wor schon do … Ist nicht mehr. Ist
jetzt in Budapest. Und außerdem mein lieber Herr Polizeiagent: Der Herr, der do wor, hot schworze Haar und
schworzen Bart …«

»Wollen S' mich pflanzen*?«

»Aber bitteschen, Herr Polizeiagent. Dos möchte ich nicht. Dos wor schon so.«

»Wenn der Kerl, den ich Ihnen beschrieben hab, zu Ihnen ins Hotel kommt, verständigen Sie uns umgehend. Der wird wegen Mordes gesucht. Haben S' mich verstanden?«

»Selbstverständlich, Herr Polizeiagent. Moch ma, moch ma … sofort. Wann er kommt … Habe die Ehre, Herr Polizeiagent.«

Grußlos verließ Pospischil das Hotel, Kis kam grinsend in das Kammerl zurück.

»No? Hob ich den Trottel schen an der Nase rumgeführt?«

Es war ein frühsommerlicher Sonntag. Und da der Tag des Herrn im Leben des Herrn Direktor Hubendorfer grundsätzlich für den Kirchgang und seine Frau reserviert war, hatten Budka und Fritzi Nemec diesen Tag für sich. Diesmal trafen sie einander am Praterstern. Von dort spazierten sie zur Vorgartenstraße, wo sie in eine Garnitur der Tramwaylinie 25 einstiegen. Fritzi hatte rote Backen und war ganz aufgeregt. Als sie auf der Kronprinz-Rudolf-Brücke** den Donaustrom überquerten, krallte sie ihre kleine Hand in Budkas Oberarm und sagte mit leuchtenden Augen:

»Ich bin noch nie über die Donau g'fahren. Die ist ja unglaublich breit …«

Budka lehnte sich zurück, genoss die Wärme ihres

---

* zum Narren halten
** Vorläufer der Reichsbrücke

jungen Körpers und schmunzelte über ihre jugendliche Naivität. Gleichzeitig war sein Gehirn in Alarmbereitschaft. Streng kontrollierte es seine Gefühle. Gern haben ja, aber nicht verlieben. Das war die Devise, die er für sich selbst ausgegeben hatte. Dieses G'spusi war eine angenehme Nebenerscheinung eines Geschäftes, das im wahrsten Sinne des Wortes ein Mordsgeschäft war. Schließlich bekam er ziemlich viel Geld dafür, dass er Fritzi Nemec umbringen sollte. Es überrieselte ihn ein Schauer.

»Was hast denn? Ist dir kalt«

Er zwang sich zu einem Lächeln und versicherte ihr, dass alles leiwand* sei. Damit gab sich Fritzi zufrieden und schaute wieder voll Begeisterung beim Fenster hinaus. Nachdem die Straßenbahn auch die alte Donau überquert hatte, stiegen die beiden aus. Sie gingen ein Stück zurück, über die Böschung zum Wasser hinunter. Hier hatte der Altarm der Donau noch sein wildes, ursprüngliches Aussehen. Ein schmaler Weg führte oberhalb des Wassers durch eine üppig wuchernde Aulandschaft. Voll Entdeckergeist schritt Fritzi voran, herabhängende Zweige immer rücksichtsvoll zur Seite hebend, damit sie ihrem Begleiter nicht ins Gesicht schlugen. Budka trug den kleinen Jausenkorb, den Fritzi für sie beide gepackt hatte. Eine fürsorgliche Geste, die ihn rührte. Er dachte nie an solche Dinge. Das Wegerl führte sie zu einer lauschigen Bucht. Sie legten sich auf den von der Sonne bereits erwärmten Sand. Die Sonnenstrahlen brannten recht kräftig nieder und so zogen sie sich die Überkleider aus. Zu seiner Überraschung hatte Fritzi unter

---

* in Ordnung

Bluse und Sommerrock einen modischen Badeanzug an, in dem sie einfach umwerfend aussah. Er genierte sich dagegen ein bisschen, als er in seiner weißen, nicht mehr ganz sauberen Unterhose neben ihr lag. Fritzi schien das jedoch nicht zu stören. Sie kuschelte sich an ihn, und plötzlich war wieder dieses Gefühl da: ein Strom tiefer Zuneigung. Da er in seiner Verwirrung nichts Besseres zu tun wusste, hob er Fritzi wie ein Kleinkind hoch, stapfte mit ihr ins Wasser und warf sie in hohem Bogen hinein. Kreischend und strampelnd versuchte sie zu schwimmen. Einen kleinen Augenblick lang dachte er: ›Jetzt könnt' ich's ersaufen lassen, so wie ein junges Katzerl.‹ Doch dann sprang er ihr mit einem Satz nach und nahm die verzweifelt prustende, nach Luft schnappende Fritzi in die Arme. Sie klammerte sich an ihn, während er mit kräftigen Schwimmtempi weiter auf das Wasser hinausschwamm. »Nicht, dass du mich jetzt wegstößt oder untertauchst …«, prustete Fritzi, als er gerade versucht war, eben dieses zu tun. Ganz nah war ihr ängstliches, aber trotz allem vertrauensvoll dreinschauendes Kindergesicht. Er küsste sie und dachte: ›Ich sollte es tun, will aber nicht.‹ Es musste eine andere Lösung geben. Vielleicht würde er ihr Ableben nur vortäuschen, das Geld kassieren und dann mit Fritzi irgendwo in der Provinz ein neues Leben anfangen? Ans Ufer zurückgekehrt, zogen sie die nasse Bade- bzw. Unterwäsche aus und legten sich splitternackt nebeneinander auf ein Stück Wiese unter einen Strauch. Und während er über all das nachdachte, begann er zärtlich mit ihrem Bauchnabel zu spielen.

Nackt und verschlafen krochen sie aus dem Unterholz. Budka beobachtete fasziniert die interessante Struktur, die das Gras in Fritzis weiche Haut auf ihrem Rücken und Hintern eingeprägt hatte. Zärtlich streichelte er darüber, ein wohliger Schauer überrieselte sie. Das Mädchen lachte lausbübisch und sagte:

»Willst noch einmal, du Nimmersatt?«

Statt einer Antwort zog er sie hinunter auf den warmen Sand. Und obwohl diesmal im wahrsten Sinne des Wortes einiger Sand ins Getriebe geriet, liebten sie sich neuerlich. Danach kramte Budka in seinen Kleidern, holte eine Schachtel Zigaretten hervor und zündete sich eine an. Dabei bemerkte er, dass er Sand nicht nur auf den Armen und Beinen hatte, sondern dass das Zeug auch in allerlei Körperspalten gekrochen war. Fritzi, die ihm gegenüber mit gespreizten Beinen saß, versuchte mit sandigen Händen den Sand von ihrer Haut zu entfernen. Ein Unterfangen, das zwangsläufig scheitern musste. Budka lachte und sagte:

»Lass es bleiben. Es hilft ja doch nichts.«

»Aber der Sand, der juckt so. Weißt, wie unangenehm das ist?«

»Mich juckt er ja auch …«

Kokett antwortete sie:

»Aber nicht dort, wo er mich juckt!«

Er musste lachen, drückte seine Zigarette aus, schnappte sie bei der Hand und rannte mit ihr in das Wasser der Alten Donau, um den Sand abzuspülen. Danach legten sie sich auf eine mitgebrachte Decke und ließen ihre Körper trocknen. Plötzlich schmiegte sich Fritzi ganz eng an ihn und fragte:

»Würdest du mich auch lieb haben, wenn mir was passiert?«

»Was soll dir denn passieren?«

Fritzi zögerte ein bisschen und sagte dann mit leiser Stimme:

»Na, wenn ich zum Beispiel ein Kind bekomm’ …«

Wie von einer Tarantel gestochen schnellte Budka in die Höhe und fragte:

»Bist du schwanger?«

Sie schwieg und kaute an ihren Fingernägeln. Schließlich antwortete sie noch leiser:

»Seit über zwei Monaten hab ich nicht mehr … weißt eh … hab ich halt nix mehr g’habt … keinen monatlichen Besuch der Tante … weißt eh …«

Er konnte es nicht fassen: Er würde Vater werden! Glücklich lachend packte er Fritzis Hände, zog sie an sich und umarmte sie stürmisch:

»I glaub’s net! I werd’ Vater!«

Ganz langsam und vorsichtig entzog sich Fritzi seiner Umarmung. Sie rückte etwas von ihm ab und sagte schmollend:

»I weiß aber net, ob das Kind von dir oder vom Engelbert is …«

Seine Gesichtszüge verhärteten sich schlagartig. Er legte sich auf den Rücken und schloss die Augen. Niemand sollte sehen, dass er mit den Tränen kämpfte. Und als er dalag und vor Enttäuschung am liebsten losgeheult hätte, erfasste ihn tiefes Bedauern: Dass er vorher die Gelegenheit nicht wahrgenommen und die Kleine mitsamt ihrem Balg ertränkt hatte.

Mit von der Sonne aufgeheizten Körpern, durchflutet von einer angenehmen Müdigkeit sowie von einem nicht unbeträchtlichen Durst angetrieben, gingen Fritzi Nemec und Nepomuk Budka auf das Gasthaus Neu-Brasilien zu. Ein schmuckes Holzhaus mit einem großen Gastgarten, in dem eine bunte Menschenmenge beisammen saß. Die Mischung war nicht ganz alltäglich: Sonnengebräunte Körper, die nur Badekleidung trugen, saßen unmittelbar neben Ausflüglern im Sonntagsstaat. Budka und Fritzi, die nun wieder vollständig bekleidet waren, fanden ein freies Platzerl direkt an der Holzwand des Gasthauses. Budka schnupperte den warmen Geruch des Holzes, trank mit Genuss das kühle Schwechater Bier und blinzelte träge in die Sonne. Gedankenverloren streichelte er Fritzis Hand. Wobei ihm wieder der Vergleich mit dem Kätzchen einfiel. Er steckte sich eine Zigarette an und rauchte an die Wand gelehnt mit geschlossenen Augen. Plötzlich hörte er eine bekannte Stimme:

»Na, wenn das nicht mein Freund Budka in charmanter Begleitung ist ...«

Budka wurde jäh aus seinen Tagträumen gerissen. Vor ihm stand grinsend Frantisek Oprschalek, ein junger Mann begleitete ihn.

Fritzi sah die beiden streng an und sagte:

»Sie müssen sich irren, mein Herr. Das hier neben mir ist der Herr von Löwenstein.«

Und bevor Oprschalek sein vorlautes Maul noch einmal aufmachen konnte, gab ihm Budka einen freundschaftlichen Ellbogenstoß und sagte mit gespielter Herzlichkeit:

»Na, so was! Mein alter Freund Krupka. Dass ich dich wieder einmal seh'.« Dabei umarmte er Oprschalek und flüsterte ihm ins Ohr: »Halt die Goschen und nenn mich Löwenstein.« Mit einer einladenden Geste forderte er Oprschalek und seinen Begleiter auf, bei ihnen am Tisch Platz zu nehmen. Zu Fritzi gewandt sagte er:

»Weißt, das ist ein Freund aus Jugendtagen. Da sind wir immer als Duo aufgetreten. Und irgendein Spaß-vogel hat uns damals die Spitznamen Budka & Krupka gegeben. In Wahrheit heißt mein Freund Oprschalek.«

All das erzählte er mit einem charmanten Lächeln, obwohl er am liebsten mit Oprschalek hinter das Gast-haus gegangen wäre und ihn dort erschlagen hätte. Er behielt aber die Contenance und nachdem man mitein-ander einige Biere getrunken hatte, entwickelte sich eine angeregte Plauderei. Dabei erfuhr er, dass Oprschaleks Begleiter Franz Schottek hieß und als Lohnschreiber auf einem Holzlagerplatz am Nordbahnhof arbeitete. Und plötzlich ärgerte sich Budka nicht mehr so sehr über das unwillkommene Zusammentreffen mit den beiden. Plötzlich hatte er eine Idee, wie und wo er Hubendorf-ers Leiche entsorgen würde: Mit einem netten Großfeuer auf eben diesem Holzlagerplatz.

XX.

Z<small>ISCHEND ERGOSS SICH</small> das kochende Wasser in das Spülbecken. »Pass auf, dass du dich net verbrühst!«, rief Aurelia Nechyba. Doch das hätte sie sich sparen können. Denn schon hörte sie ein klägliches »Au!«, das sie den Kopf schütteln ließ. Wie oft hatte sie der Gerti schon gesagt, dass sie beim Abseihen des Erdäpfelwassers besser aufpassen solle? Aurelia seufzte und nahm zur Kenntnis, dass das wohl das dümmste Dienstmädel war, das sie in ihrer Laufbahn als Köchin je erlebt hatte. Noch einmal seufzte sie, als ihr die kleine Mizzi einfiel, die genau das Gegenteil gewesen war. Erst unlängst hatte sie gemeinsam mit Nechyba an einem Sonntagnachmittag Mizzis Grab besucht. Als sie still davor gestanden waren, hatten sie beide Tränen in den Augen gehabt. Später hatte ihr Mann dann gebrummt, dass es ihn bis heute schwanzte*, dass er damals Mizzis Mörder nicht verhaften konnte**. Sie schreckte aus ihren trüben Gedanken auf, als sie neuerlich einen Schmerzensschrei hörte. Gerti hatte sich beim Erdäpfelschälen in den Daumen geschnitten. Aurelia nahm dem an ihrem Daumen lutschenden Dienstmädel das Messer aus der Hand und gab ihr eine Ohrfeige.

---

* ärgerte
** siehe »Die Naschmarkt-Morde«

Gerti fing zu heulen an, was die Köchin noch wütender machte.

»Du bist der patschertste* Trampel, der mir je übern Weg g'laufen ist. Hör auf mit der Daumenlutscherei, lass lieber kaltes Wasser drüberrinnen! Dann nimmst den Alaunstein, der neben dem Messerblock liegt und streichst damit über die Wunde. Das stillt die Blutung. Im Kastl rechts oben sind alte Tücher. Da reißt du dir eines auseinander und machst dir einen Verband. Schau net so langsam! Gemma! Mach weiter!« Und während Gerti ihren Anweisungen folgte, setzte sich die Köchin hin und schälte die Erdäpfel selber. Die Schalen ließ sie auf eine mehrere Tage alte Ausgabe der ›Neuen Freien Presse‹ fallen. Dabei sah sie den Leitartikel der am Tag vor den Reichstagswahlen erschienenen Zeitung. Mein Gott, am Dienstag hatte ja die Stichwahl stattgefunden! Nechyba war auch wählen gegangen. Eine steile Falte des Unmutes bildete sich auf ihrer Stirne. Dass ihr Mann sowohl beim ersten Wahldurchgang als auch bei der Stichwahl für die Sozialdemokraten gestimmt hatte, war ihr ein Dorn im Auge. Andererseits wusste sie, dass ihr Mann Lueger und dessen Christlichsoziale Partei mit aller Entschiedenheit ablehnte. Deren fremdenfeindliche und antisemitische Agitationen waren ihm seit jeher zuwider. Auch die Parteibuchwirtschaft und die Korruption, die in Wien während Luegers Amtszeit als Bürgermeister um sich gegriffen hatte, missbilligte er. Was er ihr da manchmal für Geschichten erzählte … Und unter Luegers Nachfolger Josef Neumayer hatte sich nichts geändert. Im Gegenteil: Das alte Sprichwort,

---

* ungeschickteste

dass nie etwas Besseres nachkomme, hatte sich wieder einmal bewahrheitet. Plötzlich sprang ihr ein Absatz aus dem Leitartikel der unter den Erdäpfelschalen halb verborgenen Zeitung ins Auge:

Wähler von Wien und Niederösterreich! Ihr seid lange getäuscht worden. Die Christlichsozialen haben die Stadt, das Land und das Reich umgarnt, das deutsche Volk zum Gespött von Europa gemacht, die Würde dieses Staates herabgedrückt, die Entwicklung verhindert, das geistige und materielle Leben durch Gehässigkeit, Einschüchterung und Bedrängnis verödet. Wähler von Wien und Niederösterreich! Wenn es gelingen sollte, das christlichsoziale Joch vom Nacken abzuwerfen, so wird es besser werden in Wien und in ganz Oesterreich!

Aurelia Nechyba seufzte. Das alles war nicht unrichtig. Trotzdem hätte sie als gläubiger Mensch wahrscheinlich christlichsozial gewählt. Da jedoch Frauen bei diesen Wahlen sowieso nicht wahlberechtigt waren, beschloss sie, sich darüber nicht weiter den Kopf zu zerbrechen. Sie konzentrierte sich nun wieder darauf, dass in der Küche nichts schiefging. Sie befahl der Gerti, den Stefaniebraten, der im Rohr brutzelte, zu übergießen, am Herd Milch zu wärmen und Holzscheiter in den Küchenofen nachzulegen. Sie selber seufzte leise beim Schälen der heißen Erdäpfel. Eine unangenehme Arbeit, aber für die Zubereitung eines Pürees mussten die Erdäpfel heiß sein. Als diese Arbeit schließlich erledigt war, drückte sie Gerti mit den Worten »Das kannst auch mit deinem verletzten Daumen machen« den Stampfer in die Hand. Schnaufend verarbeitete Gerti die Erdäpfel zu einem zähen Brei. Die Köchin fügte Butter und warme Milch hinzu, dann würzte sie das Erdäpfelpüree* mit Salz und geriebener Muskatnuss. Und während Gerti nun die Masse kräftig verrührte und dabei ganz schön ins Schwitzen kam, kümmerte sich die Köchin um den Germteig, den sie an einem geschützten Ort hatte ruhen lassen. Er war wunderbar aufgegangen, sodass sie ihn nun ausrollen und in handliche Quadrate schneiden konnte. Jedes dieser Quadrate bestrich sie mit Powidl** sowie mit einer Mohn- und einer Topfenmasse, dann klappte sie die Ecken zur Mitte zusammen. Die solchermaßen entstandenen böhmischen Golatschen kamen auf ein mit Butter bestrichenes Backblech, das Aurelia Nechyba in das zweite Backrohr des großen, mit Keramikkacheln verkleideten Herdes schob. Schlussendlich kostete sie noch die Brennnesselsuppe, die schon fix und fertig am Herd zum Warmhalten stand. In einer Pfanne zerließ sie etwas Butter und gab frisch geschnittene Weißbrotwürfel hinein. Als diese sich in knusprige Croutons verwandelt hatten, wurden sie aus der Pfanne gehoben und in eine kleine Schüssel gegeben. Damit war das Abendessen fertig. Just in diesem Augenblick erschien die gnädige Frau in der Küche. Sie naschte von den noch ziemlich heißen Croutons, kostete mit einem Löffel von der Brennnesselsuppe und steckte schließlich einen Finger ins Püree. Ihn ablutschend schwärmte sie:

»Aurelia, was immer Sie in der Küche zaubern, es ist einfach wunderbar …«

Der Köchin waren solche Lobhudeleien seit jeher peinlich. Deshalb war sie sehr froh, dass in diesem

---

* Kartoffelbrei / Kartoffelstock
** Pflaumenmus

Moment die Wohnungstür aufgesperrt wurde und Hofrat Schmerda von der Arbeit heimkam. Seine Gattin verließ die Küche, um ihn zu begrüßen. Für die Köchin und das Dienstmädel hieß es jetzt aber: So rasch wie möglich die Suppe servieren! Denn der Hofrat hatte immer einen riesigen Flammöh*.

Kurz vor acht Uhr abends war die Schlacht geschlagen. Der Hofrat hatte sich in sein Arbeitszimmer auf eine Verdauungszigarre und ein Stamperl Schnaps begeben. Die Zwillingsschwestern Bernadette und Charlotte waren von den beiden Herrn Verlobten abgeholt worden, die sie zu einer Tanzveranstaltung ausführten. Und die gnädige Frau hatte sich mit einer leichten Migräne in das eheliche Schlafzimmer zurückgezogen. Gerti trug schnaufend und schwitzend Berge von Geschirr vom Esszimmer in die Küche, wo Aurelia Nechyba die Speisereste von den Tellern entfernte und diese in ein mit brennheißem Wasser gefülltes Schaffel versenkte. Den eigentlichen Abwasch machte dann Gerti. Das sowie das Aufräumen des Esszimmers gehörten zu ihren abendlichen Pflichten. Gerade als Aurelia Nechyba ihre Kochschürze abgelegt und eine leichte Sommerjacke übergestreift hatte, läutete es an der Wohnungstür. Sie hörte, wie Gerti zur Tür ging und flötete:

»Guten Abend, Herr Inspector!«

Aurelia wunderte sich, dass ihr Mann sie heute vom Dienst abholte. Das geschah äußerst selten. Schnell warf sie einen prüfenden Blick in den kleinen Taschen-

---

* Hunger

spiegel, den sie hastig aus ihrer Handtasche heraus-gekramt hatte und rückte sich das aufgesteckte Haar zurecht. Dann stand Nechyba schon hinter ihr, drehte sie zu sich herum und küsste sie dezent auf die Wange, da das Dienstmädchen mit großen, neugierigen Augen zusah.

»Gerti, nimm zum Abtrocknen ein frisches Geschirr-tuch. Das alte riecht schon komisch. Und morgen Früh gehst gleich nach dem Aufstehen in den Hof hinunter und heizt den Kessel in der Waschküche an! Morgen werden die Tischwäsche und das Bettzeug der Herr-schaft gewaschen.«

»Jawohl, Frau Aurelia. Wünsche einen schönen Abend, Frau Aurelia!«

Als sie sich unten auf der Straße in ihren Mann ein-hängen wollte, blieb er stehen, blickte sie traurig an und sagte:

»Komm, gib mir ein Busserl.«

»Was? Vor allen Leuten …?«

Da sie merkte, wie viel ihm daran gelegen war, küsste sie ihn schnell und etwas verschämt. Er lächelte, nahm sie beim Arm und murmelte:

»Gemma ein Bier trinken …«

Und so landeten die Eheleute nach einem kleinen Spaziergang im Gasthaus ›Zur Goldenen Glocke‹, wo sie zwei Krügeln Bier bestellten. Aurelia hatte nach der schweißtreibenden Küchenarbeit großen Durst und trank mit einem kräftigen Zug gut ein Drittel des Gla-ses leer. Sie bemerkte, wie ihr Mann sie liebevoll beob-achtete. Dann bestellte er, ohne sie zu fragen, zweimal Herrengulasch.

»Beim Trinken hast du einen Zug wie ein Mannsbild. Deshalb brauchst du auch was G'scheites zum Essen. Ein Herrengulasch ist da grad das Richtige ...«

Sie liebte seine Fürsorglichkeit. Trotzdem war da etwas, was ihr heute an ihm seltsam vorkam. Ihr Ehemann zwirbelte gedankenverloren an seinem Schnurrbart und starrte wortlos ins Bierglas.

»Na, sag schon, Nechyba. Welche Laus ist dir denn über die Leber gelaufen?«

Als er von seinem Bier aufblickte, standen Tränen in seinen Augen. Er räusperte sich und krächzte, da ihm die Stimme fast versagte:

»Gestern Nacht ist unser Zentralinspector, der Roman Fuchs, gestorben ... Herzversagen ... Ein Jahr jünger war er als ich ... Gemeinsam hamma am Kommissariat Josefstadt gearbeitet, fast 30 Jahre hamma uns gekannt ... Ich hab mit seiner Witwe gesprochen ... Seine letzten Worte waren: ›Mir ist so schwer auf der Brust ... Nur nicht sterben!‹ ... Dann ist er umgekippt und war tot.«

XXI.

LANGSAM, GANZ LANGSAM landete er aus dem Reich
der Träume im Hier und Jetzt. Sonnenstrahlen kitzelten sein Gesicht und mit verschlafenen Augen blinzelte
er in das ihn umflutende Tageslicht. Oprschalek befand
sich in Bozenas Dienstbotenkammerl, in dem er seit nunmehr zwei Monaten wohnte. Solange befand er sich nun
schon in György Friedmanns Diensten. Das Arbeits-
verhältnis war nicht ganz friktionsfrei, da Friedmann
hin und wieder den Herrn Direktor hervorkehrte. Das
konnte Oprschalek überhaupt nicht ausstehen. Meistens
schluckte er seinen Grant hinunter. Einmal jedoch hatte
er auch Friedmanns linke Hand zur Strafe gequetscht –
diesmal nicht mit der Schreibtischlade, sondern mit der
Bürotür. Ein anderes Mal hatte er ihn beim Koitus mit
einem höchstens 12jährigen Mädchen auf der Chaise-
longue des Direktorenzimmers überrascht. Da Friedmann ihn angebrüllt hatte, was er sich erlaube, hier einfach hereinzuplatzen, waren Oprschalek die Nerven
durchgegangen und er hatte ihn mehrmals ins Gemächt
getreten. Seit damals war Friedmann um einen höflichen
Ton bemüht. Oprschalek musste grinsen, als er sich an
den vor ihm zusammengekrümmt daliegenden und wim-
mernden Herrn Direktor erinnerte. ›So sollte man mit
allen Direktoren dieser Welt verfahren‹, dachte er sich,

als er aufstand und sich anzog. Nachdem er das Klo am Gang frequentiert, sich im Lavoir im Zimmer das Gesicht mit kaltem Wasser gewaschen und sich danach sorgfältig rasiert hatte, nahm er zur Feier des Tages ein frisches Hemd. Bozena war wirklich ein Schatz! Sie wusch, nähte und bügelte seine Wäsche und sorgte sich generell rührend um ihn. Gerade als er fertig angezogen war, wurde die Tür vorsichtig geöffnet und Bozena lugte herein.

»Hast gut g'schlafen?«

Statt eine Antwort zu geben, nahm er sie in die Arme und küsste sie. Sanft löste sie sich aus der Umarmung und sagte:

»So gut g'schlafen hast? Na, dann wünsch' ich einen schönen Tag! Muss weiter tun … Muss Zimmer kontrollieren. Ob d' Mädeln ordentlich sauber g'macht haben.«

Er sah ihr nach und atmete tief durch. Durch das offene Zimmerfenster strömte wunderbar milde Sommerluft in seine Lungen und er fühlte etwas, was er schon lange Zeit nicht mehr gespürt hatte: Glück und Zufriedenheit. Entspannt pfeifend stieg er die Treppen hinunter und dachte sich: ›Man muss die Leut' nur ordentlich karniffln* und in die Goschen hauen, dann bringt man was weiter im Leben …‹. In der Portierloge saß Bela Kis und döste vor sich hin. Oprschalek rief im Vorbeigehen:

»Bela, mein Alter! Verschlaf' den schönen Tag nicht!«

Der Portier blinzelte müde und antwortete:

»No? Samma gut aufgelegt heute?«

Er trat kurz zur Seite, denn Mayrleeb schleppte schwitzend zwei Koffer bei der Hoteltüre herein. Oprschalek klopfte ihm auf die Schulter und fragte:

---

* quälen

»Na, wie geht's?«

»Net so gut wie dir. Ich muss ja barabern* …«, grantelte Mayrleeb und schleppte fluchend die Koffer die Stiegen hinauf. Oprschalek ließ sich die gute Laune nicht verderben. Er wandte sich an Kis und sagte grinsend:

»Ich geh' ums Eck ins Café frühstücken. Wenn ein depperter Kiberer** nach mir fragen sollte, erzähl' ihm wieder so ein G'schichterl. Wie das mit dem Herrn aus Budapest. Das war gut …«

Kis grinste nun ebenfalls und murmelte:

»Die Kiberer sind olle deppert …«

Im Kaffeehaus bestellte er sich zwei Eier im Glas sowie zwei Butterbrote und einen großen Mokka. Die Brote kamen dick mit Butter bestrichen und in appetitliche Happen geschnitten. Er genoss das weiche Eigelb, das sich samtig auf Gaumen und Zunge anfühlte. Einen reizvollen Kontrast bildete der bitterherbe Geschmack des großen Mokkas, dem er nur eine kleine Prise Zucker zugefügt hatte. Zucker setzte er beim Kaffee wie ein teures Gewürz ein: in kleinen, feinen Dosen. Denn er wollte nicht, dass der Zucker die zarten Bitterstoffe des Kaffeearomas überdeckte. Wiederum atmete er voll Glück und Zufriedenheit durch. Er griff sich die heutige Zeitung und blätterte darin ohne sonderliches Interesse. Dann schaute er eine Weile beim Fenster hinaus und beobachtete die Haufenwolken, die am Himmel aufzogen und schlussendlich die Sonne mit ihren blauschwarzen Wölbungen verhüllten. Als die ersten schweren Regentropfen auf das dampfend heiße Pflaster platschten, sah er

---

* arbeiten, malochen
** Polizist

eine vertraute Gestalt über den Radetzkyplatz in Richtung Hoteleingang laufen. Wenig später eilte Franz Schottek dann vom Hotel ins Kaffeehaus. Oprschalek begrüßte ihn grinsend:

»Na, samma ein bisserl nass geworden?«

Schottek ließ sich seufzend auf einen Bugholzsessel fallen:

»Derzeit komm' i dauernd vom Regen in die Traufe.«

»Was hast denn? Was is' passiert?«

»Sie haben mich rausgeschmissen … bei der Nordbahn. Seit gestern bin i nimma Lohnschreiber, sondern arbeitslos …«

Oprschalek runzelte die Stirne. Also wirklich, warum belästigte ihn der Kerl mit seinen Problemen? Wo das doch so ein wunderbarer Tag war! Arbeitslos? Da konnte er nur lachen …

»Such dir halt eine neue Arbeit. Wirst schon eine finden, als Lohnschreiber …«

Der Kellner kam und fragte Schottek, was er bestellen wolle. Dieser wand sich vor Verlegenheit und bestellte schließlich einen kleinen Braunen. Oprschalek, der das beobachtet hatte, hatte kurz die Versuchung gespürt, Schottek auf ein Frühstück einzuladen. Doch dann dachte er sich: ›Der Tachinierer soll sich's gefälligst selber zahlen …‹. Es folgte ein bleiernes Schweigen. Oprschalek blätterte in der Zeitung, während ein Stakkato von dicken Regentropfen an die Fensterscheiben trommelte. Nach den ersten paar Schlucken Kaffee kehrten die Lebensgeister in Schottek zurück und er fuhr fort zu lamentieren:

»Du weißt doch … Ich hab mir bei der Nordbahn ein

paar Unregelmäßigkeiten geleistet. Deswegen haben's mir gestern den G'stiß* gegeben. Und in die Entlassungspapiere haben s' hineing'schrieben, dass ich unzuverlässig bin. Damit is alles aus! Damit find i nie mehr eine Arbeit. Jetzt kann i mi' nur mehr aufhängen oder in die Donau stürzen …«

Die letzten Worte hatte auch jener Gast gehört, der gerade im Café Hungaria vor dem Gewitter draußen Zuflucht gesucht hatte. Jovial lächelnd, trat er auf Oprschalek und Schottek zu und sagte:

»Was hör' ich da? Wer will sich in die Donau stürzen?«

Oprschalek sah von der Zeitung auf und war erleichtert:

»Servus, Budka! Komm, setz dich her zu uns. Schön, ein lachendes Gesicht zu sehen. Weil der Schottek is heut mit den Nerven ganz parterre. Der is' in einer hundsmiserablen Verfassung. Vielleicht kannst du ihm helfen …«

Budka setzte sich, rief den Kellner, bestellte einen Tee mit Rum und fragte:

»Also, Schottek erzähl … was is' los?«

»Sie ham mich ausseg'haut bei der Nordbahn. I bin hack'nstad**.«

Oprschalek sah, dass Budka kurz nachdachte und dann sagte:

»Das is' a Pech. Aber wennst willst, setz ich mich für dich ein, dass du eine Arbeit als Kolporteur von Schundromanen bekommst. Schau mich an, ich verdien' mir unter anderem damit mein Geld …«

»So gut kann man da verdienen …?«

---

* Kündigung ausgesprochen
** arbeitslos

»Das ist eine Basis. Wennst dir noch die eine oder andere zusätzliche Hack'n* suchst, kannst davon leben.«

›Wenn der Budka nur von seinen Schundromanen leben müsst', könnt' er sich nicht das Logieren in einem Hotel leisten. Der verdient sein Geld ganz woanders. Würd' mich interessieren, wo und wie …‹, sinnierte Oprschalek.

»Die bei der Nordbahn sind solche Gfraßter. Am liebsten tät ich den ganzen Holzlagerplatz anzünden!«

›Da schau her …‹, dachte sich Oprschalek, ›der Schottek ist auf den Geschmack gekommen …‹ Noch mehr verblüffte ihn aber die Reaktion von Budka. Der rückte plötzlich dicht zu Schottek hin, legte ihm einen Arm um die Schulter und sagte leise:

»Das ist durchaus machbar … Aber schrei' bitte nicht so laut im Lokal herum. Willst noch was trinken, komm, ich lad' dich ein!«

Freudestrahlend bestellte Schottek eine Melange und unterhielt sich mit Budka über das Gelände und die örtlichen Gegebenheiten des Nordbahn Holzlagerplatzes. Oprschalek war das zu fad. Er beschloss, ein Mittagsschläfchen zu machen. Er zahlte, verabschiedete sich von den beiden und lief eiligen Schrittes durch den Regen ins Hotel. Dort sah er Bela Kis finster dreinschauend hinter dem Portierspult sitzen.

»Na, Bela, altes Haus … Was ist dir denn über die Leber gelaufen? Schau doch ein bisserl freundlicher …«

Kis sagte keinen Ton, sondern starrte ihn blöde an. Plötzlich erkannte Oprschalek die Angst in Kis' Augen. Nackte Angst. Instinktiv wollte Oprschalek das Hotel

---
* Arbeit

wieder verlassen. Doch wie aus dem Boden gewachsen, stand plötzlich die hünenhafte Figur des Inspectors Nechyba vor ihm. Der Kiberer aus seinem Gretzel[*], der schon am Karmelitermarkt hinter ihm her gewesen war! Er drehte sich um und sah, dass hinter Kis plötzlich der kleine, dürre Polizist von neulich stand. Er hielt eine Pistole in der Hand, die er auf Oprschalek richtete. Er hörte Nechybas Stimme:

»Schluss mit den Tanz[**] und den Spassettl'n! Oprschalek, jetzt bist Meier.[***]«

Oprschalek wandte sich den Stiegen zu, doch dort stand ein baumlanger Polizeiagent und von hinten aus dem Direktionsbüro trat ein weiterer heraus. Hinter ihm konnte Oprschalek das vor Angst käseweiße Gesicht des Herrn Direktor Friedmann erkennen. Hektisch drehte er sich nun nach allen Seiten um, um einen Fluchtweg zu finden. Doch da spürte er den eisernen Griff von Nechybas Hand, der ihn beim Schlaffitchen[****] packte. Oprschalek wollte den Inspector in den Unterleib treten, erwischte ihn jedoch nicht so richtig. Nechyba lockerte seinen Griff und gleich darauf krachte seine Faust in Oprschaleks Gesicht. Dem wurden die Knie weich und er stürzte zu Boden.

»Schnappt ihn!«, hörte er den Inspector brummen und fühlte, wie ihn vier Hände packten und hochzogen. Dann schlug der kleine, dürre Kiberer ihm die Faust in den Magen. Oprschalek rang nach Luft, während die zwei großen Polizeiagenten ihn eisern festhielten. Er hörte Nechyba zu Kis sagen:

---

[*] Wohngegend
[**] Mätzchen
[***] verhaftet
[****] Kragen

»Du bist der depperte Portier, der uns ang'schmiert*
hat, gell? Du kommst auch mit! Dir werden wir schon
beibringen, der Polizei die Wahrheit zu sagen. Pospischil, schnapp ihn.«

Oprschalek sah, wie der kleine Kiberer auf Kis zutrat
und ihm eine saftige Ohrfeige gab. Der Portier taumelte,
griff aber wieselflink nach einem Sessel, warf ihn dem
Polizisten entgegen und verschwand. Oprschalek spürte,
wie sich die Griffe, die ihn hielten, lockerten. Einer der
beiden langen Agenten lief Kis nach. Nechyba brüllte:

»Macht's ihn Meier! Verdammt noch einmal, macht's
ihn Meier!«

In diesem Augenblick trat Oprschalek dem Polizeiagenten, der ihn festhielt, gegen das Schienbein. Ein
Schrei. Der Griff lockerte sich. Oprschalek schlug ihm
ins Gesicht. Der Polizist taumelte. Oprschalek rannte.
An Friedman vorbei in dessen Büro hinein. Hin zum
offenen Fenster! Sprung in den Hinterhof. Hinaus bei
der Hoftür. Durch den Gang. Ins Café Hungaria. Durch
das Café. Verblüffte Gesichter. Raus aus der Tür und weg.

---

* belogen

XXII.

NECHYBA WAR WIE VOM ERDBODEN VERSCHLUCKT. Diese
Beobachtung traf natürlich nur dann zu, wenn man, so
wie Leo Goldblatt, den Erdkreis vorzugsweise auf die
Räumlichkeiten des Café Landtmann beschränkte. Hier
lebte, aß, trank und schlief er. Manchmal arbeitete er hier
sogar. Natürlich spielte er hier auch so manche Tarock-
und Billardpartie. Streng genommen war das Landtmann Leo Goldblatts Wohnzimmer. Seine Wohnung,
die sich im Eckhaus Lerchenfelderstraße und Piaristen-
gasse befand, frequentierte er nur, wenn das Landtmann
nächtens geschlossen hatte. Seit einiger Zeit ging nun
dem Redakteur Goldblatt aber sein liebster Gesprächs-
und Tarockpartner, der schwergewichtige Nechyba, ab.
Dessen Verschwinden datierte er mit dem Tag, als der
Artikel über sein Gespräch mit dem Feuerteufel Oprschalek veröffentlicht worden war. Mit allem hatte Goldblatt gerechnet – er hätte dem dicken Nechyba sogar
verziehen, wenn er ihn im Landtmann vor allen Leuten
zur Sau gemacht hätte. Aber, dass Nechyba sich einfach
nicht mehr blicken ließ, das traf ihn sehr. Deshalb hatte
er, als ein gewisser Budka in der Redaktion aufgetaucht
war und ihm versichert hatte, dass der gesuchte Oprschalek im Hotel Hungaria im 3. Wiener Gemeindebezirk
untergeschlüpft und dort als Sicherheitsagent angestellt

sei, diese Information nicht für sich selbst genutzt. Er hatte vielmehr ein kurzes Brieferl an Nechyba geschrieben und es von einem Dienstmann ins Polizeigebäude bringen lassen. Das war nun mehr als eine Woche her und es hatte in der Zwischenzeit keine Reaktion von Nechyba gegeben. All das ärgerte Goldblatt. Und so machte er sich nun höchstpersönlich auf die Suche nach dem Inspector. Von den Redaktionsräumlichkeiten im 9. Bezirk hatte er es nicht weit ins Polizeigebäude an der Elisabethpromenade. Dort meldete er sich beim diensthabenden Sicherheitswachmann in der Portierloge und sagte, dass er den Herrn Inspector Nechyba sprechen wollte. Der fragte noch einmal nach Goldblatts Namen, hob dann den Telefonhörer ab und rief Nechyba im k.k. Polizeiagenteninstitut an. Mit leicht grantigem Unterton raunzte er ins Telefon, dass ein gewisser Redakteur Goldblatt den Herrn Inspector sprechen wolle. Konzentriert lauschte er in den Hörer, sagte dann kurz »Ist in Ordnung« und legte auf. Daraufhin beschied er dem Redakteur, dass der Inspector Nechyba nicht zu sprechen sei.

Prack! Das war eine Ohrfeige, die saß. Sein alter Freund Nechyba, den er mittlerweile seit über 15 Jahren kannte, war für ihn nicht zu sprechen. Das kränkte Goldblatt. Andererseits, dachte er sich, als er wie ein begossener Pudel den Ring hinunterging, hatte er Nechyba ja hintergangen. Ohne ihm ein Wort zu sagen, hatte er den Artikel über Oprschalek, der immerhin ein gesuchter Krimineller war, veröffentlicht. Goldblatt seufzte. Dafür würde er sich wohl entschuldigen müssen. Aber zuerst musste er Nechyba finden. Und da ihm nichts Besseres einfiel, als die Erinnerungen an die alten, gemeinsamen

Zeiten, begab er sich ins Café Sperl. Vielleicht würde Nechyba hier nach Dienstschluss auftauchen …

Mit dem Gefühl seltsamer Wehmut, als ob er nach Jahrzehnten einen Ort seiner Jugend wieder einmal aufsuchte, betrat er das Café Sperl. Von den Kellnern wurde er mit einem freundlichen »Habe die Ehre, Herr Redakteur« sowie mit einem »Ah, der Herr Doktor Goldblatt« empfangen. Es war so wie früher. Auf die Frage »Wie immer?« nickte Goldblatt und bekam etwas später einen tadellosen ›Goldblatt‹ serviert. Und plötzlich hatte er die fröhliche Gewissheit, dass diese von ihm erfundene Kaffeekreation – ein Türkischer mit einem Schuss Trebernen – ihn im Sperl und wahrscheinlich auch im Landtmann überleben würde. »So bleibt wenigstens irgendwas von mir der Nachwelt erhalten …«, murmelte er. Der eingefleischte Junggeselle, der eine innere Abwehr gegen Frauen, Kinder und Familie hatte, lächelte versonnen vor sich hin.

»Gut schaun S' aus … Wie geht's denn immer so? Ist es gestattet?«

Mit dieser Frage setzte sich Cafetier Adolf Kratochwilla zu ihm an den Tisch und begann, über Gott und die Welt zu plaudern. Als schließlich der Scharfrichter Lang erschien, beschlossen die drei Herren, einen Vierten für eine Tarockpartie zu suchen.

»Vielleicht kommt auch der Nechyba«, bemerkte Goldblatt, »dann wäre unsere Runde so wie in alten Zeiten komplett.«

»Den Nechyba hab' ich schon lang nimma g'sehn …«, murmelte der Scharfrichter Lang und Kratochwilla winkte einen Gast, der das Café gerade betreten hatte, an den Tisch. Es war der ehemalige Fleischhauergeselle Anastasius Schöberl, der bis vor Kurzem sehr erfolgreich im neumodischen Filmgeschäft gearbeitet hatte.

»Schöberl! Kommen S' her zu uns! Haben S' Lust auf eine Runde Tarock?«

Schöberl begrüßte die Anwesenden und vor allem Goldblatt herzlich. Er setzte sich und bestellte eine Melange mit Haut und Schlag. Goldblatt musterte ihn verstohlen, während er an der Kaffeeschale nippte. ›Unglaublich, was manche Menschen in einem einzigen Leben durchmachen. Zuerst Fleischhauer, dann Griasler[*] und jetzt erfolgreich im Filmgeschäft tätig‹, dachte er sich. Und als die Sprache auf Nechyba kam, erzählte Schöberl, dass dieser im Frühjahr die Filmfirma, in der er gearbeitet hatte, endgültig geschlossen hatte[**]. Sein ehemaliger Chef, Johann Schwarzer, hatte ihm aber einen Kontakt zu Graf Kolowrat gelegt. Der hatte letztes Jahr in Böhmen die Sascha Film gegründet und überlegte nun, eine Dependance in Wien zu eröffnen. Deshalb war er im Moment zwar arbeitslos, hatte aber berechtigte Hoffnung, im Filmgewerbe wieder eine Anstellung zu finden. Beim anschließenden Tarockieren meinte es das Glück gut mit Schöberl. Es bescherte ihm ständig ausgezeichnete Karten, so dass er nach etwas über zwei Stunden beachtliche sechs Kronen gewonnen hatte. Da Goldblatt zu diesem Zeitpunkt aber bereits fast drei Kronen verloren hatte, beendete er das Spiel, zahlte und ging. Draußen

---

[*] Obdachloser
[**] Die Saturn Film produzierte ausschließlich erotische Filme (Siehe: Reigen des Todes, Gmeiner 2010). Im März 1911 wurde fast das gesamte Ouevre der Firma beschlagnahmt und der Vernichtung zugeführt.

empfing ihn drückende Hitze; von einer abendlichen Kühle war nichts zu merken. Die gepflasterten Straßen und Gehwege strahlten die während des Tages gespeicherte Wärme ab, die in der tief stehenden Sonne flirrte. Die zahlreich herumliegenden Pferdeäpfel der Kutschen und Fuhrwerke verbreiteten einen bestialischen Gestank. ›Zu dieser Jahreszeit sollte man nicht in der Stadt sein. Irgendwo Sommerfrische machen, das wäre jetzt genau das Richtige ...‹. Während Goldblatt die Fillgraderstiege zur Mariahilfer Straße emporstieg, überlegte er ernsthaft, wo er zwei Wochen Urlaub machen könnte. Und als er überhaupt nicht mehr an Nechyba dachte, kam ihm plötzlich eine Eingebung. Natürlich! Nechyba, bequem wie er war, hatte wahrscheinlich das Café Schottenring zu seinem neuen Stammcafé erkoren. Das lag genau zwischen dem Polizeigebäude und der Polizei-Direction. Und da Goldblatt heftigst schwitzte und sich nach nichts mehr sehnte als nach einem eiskalten Mazagran*, stieg er bei der Babenberger Straße in einen Ringwagen ein und fuhr bis zur Börse. Denn direkt gegenüber diesem Geldtempel befand sich das Café Schottenring. Goldblatt spazierte in das Kaffeehaus hinein und dort mit schlafwandlerischer Sicherheit auf den hinter einer Zeitung verschanzten Nechyba zu.

»Da also verstecken Sie sich!«, begrüßte er den Inspector.

Nechyba fuhr zusammen, als ob ihn der Blitz getroffen hätte. Wie ein ertappter Schulbub sah er von seiner Zeitung auf und bekam einen roten Kopf. Goldblatt setzte

---

* Doppelter Mokka (schwarzer, starker Kaffee) mit Eiswürfeln und Maraschino

sich zu ihm an den Tisch und orderte beim Ober den ersehnten Mazagran. Nechyba hielt nach kurzem Zögern die Zeitung wieder empor und tat so, als ob Goldblatt nicht anwesend wäre.

»Na, sind wir ein bisserl eing'schnappt? Spielen wir die beleidigte Leberwurst?«, fragte Goldblatt. Grinsend gestand er sich ein, dass er den trutzenden Nechyba richtig goldig fand. Gerade als er Nechyba diesen Eindruck an den Kopf werfen wollte, senkte der die Zeitung und knurrte:

»Ihre plumpen Vertraulichkeiten können Sie sich sparen.«

Nechyba stierte ihn böse an. Goldblatt lachte laut auf. Der Piccolo brachte den Mazagran. Goldblatt schlürfte mit Genuss die belebende Köstlichkeit und erwiderte:

»Nechyba, führen Sie sich doch nicht auf wie ein kleiner, trotziger Bub … Aus dem Alter sind Sie wahrlich schon heraußen.«

Des Inspectors Schädel wurde wieder rot, diesmal vor Zorn.

»Ich verbitte mir aufs Entschiedenste, dass Sie mich analysieren. Das sollten Sie Fachleuten wie Ihrem Doktor Freud überlassen. Sie … Sie … Zeitungsschmierer, Sie!«

Goldblatt grinste verlegen und dachte sich: ›Ui, jetzt wird er ausfällig. Ich hab anscheinend einen wunden Punkt getroffen.‹ In begütigendem Tonfall sagte er:

»Nechyba, kommen S' … Samma wieder gut. Mit dem Zeitungsschmierer haben S' ja manchmal vielleicht sogar recht …«

Nechyba lugte verblüfft hinter seiner Zeitung hervor. Dass Goldblatt ihm Recht gab, hatte er noch nie erlebt. Er seufzte und ließ die Zeitung sinken.

»Das hab' ich net so g'meint … ich wollt' Sie nicht beleidigen.«

»Ich bitt' Sie! Wo Sie recht haben, haben Sie recht. Und ich entschuldige mich in aller Form, dass ich Sie seinerzeit nicht vorab über den Oprschalek-Artikel informiert habe.«

Grunzend nahm Nechyba die Entschuldigung an. Goldblatt bestellte sodann zwei Gläser Cognac, die beiden stießen an und waren wieder versöhnt. Als der edle Weinbrand im Magen eine behagliche Wärme erzeugte, lehnte sich Goldblatt zufrieden zurück, atmete tief durch und fragte Nechyba en passant:

»Sagen S', hat Ihnen eigentlich mein Zund* geholfen? Haben S' den Oprschalek im Hotel Hungaria festnehmen können?«

Statt eine Antwort zu erhalten, geschah etwas Merkwürdiges: Nechybas Körper krampfte sich ein und der Polizeiagent stöhnte auf wie ein waidwund geschossenes Tier:

»Gehen S', hör'n S' auf! Kaum samma wieder gut, sekkieren** S' mich schon wieder. Können S' net einmal a Ruh' geben?«

---

* Tipp
** ärgern

XXIII.

Fünf Tage. Fünf traurige, lange Tage lebte Fritzi schon nicht mehr. Es hatte sein müssen. Er hatte sie in der Alten Donau ertränkt, so wie er es vor fast einem Monat geplant hatte. Nun musste er nur noch den zweiten Teil seines Auftrags ausführen und dann hatte er die 1000 Kronen verdient. Ein Batzen Geld, der ihm für einige Zeit ein sorgenfreies Leben garantieren würde. Trotzdem war er traurig. Der einzige Trost war, dass Hubendorfer nun ebenfalls sterben musste. Und dies würde nicht so sanft und schmerzlos wie bei Fritzi geschehen. Nein, Hubendorfer würde leiden müssen. Dafür, dass er sich ein so wunderbares Wesen wie Fritzi als »süßes Mädel« gehalten hatte. Dafür, dass er ihr ein Kind gemacht hatte. Und natürlich ganz besonders dafür, dass Fritzi nun nicht mehr unter den Lebenden weilte. Während er vor sich hinbrütend auf der gegenüberliegenden Straßenseite des Hauses Stubenbastei 12 auf und ab ging, transpirierte er trotz einer Wolke teuren Eau de Colognes heftig. Kein Wunder, schließlich hatte es, so wie in den letzten Tagen, deutlich über 30 Grad. Und das im Schatten! ›Ah, da kommt Hubendorfer!‹ Budka sah einen gramgebeugten Mann: das Gesicht aschfahl, Ringe unter den Augen, die Haltung gebückt. Fritzis Tod schien ihm doch sehr nahe zu gehen … Budka gab sich einen Ruck. Er atmete tief durch, überquerte zügigen Schrittes die Straße und lüftete seinen Hut, als er auf Hubendorfer zutrat.

»Herr Direktor, guten Tag! Welch ein Zufall … Erinnern Sie sich noch an mich?«

Hubendorfer blieb verdattert stehen, sah ihn fragend an und lächelte dann matt:

»Ah, Sie sind ja der Importeur und Großhändler von italienischen Spezialitäten, nicht wahr?«

»Richtig, Herr Direktor. Giuseppe Hmelak mein Name. Ich bin gerade wieder geschäftlich in Wien. Morgen hätte ich Sie sowieso im Büro besucht, um Ihnen meine aktuelle Warenliste zu überreichen.«

»Sehr freundlich von Ihnen …«, murmelte Hubendorfer zerstreut und ging in Gedanken versunken neben Budka her. Der beugte sich zu ihm hinüber und sagte in vertraulichem Tonfall:

»Ich wollte Ihnen, Herr Direktor, ein persönliches Angebot machen. Guten Kunden biete ich nämlich eine spezielle Bonifikation. Einen persönlichen Rabatt. Wenn Sie verstehen, was ich meine …«

Hubendorfer hielt inne und schaute Budka in die Augen:

»Sie meinen … persönlich? Für mich persönlich?«

Budka schmunzelte:

»Selbstverständlich, Herr Direktor. Das wäre eine Abmachung ausschließlich zwischen Ihnen und mir. Aber darüber sollten wir in Ruhe und nicht auf der Gasse reden. Was halten Sie davon, wenn ich Sie morgen zu einem Abendessen einlade? Ich würde Sie hier nach dem Büro abholen. Dann nehmen wir uns einen Gummirad-

ler* und fahren in den Prater. Das renovierte Schweizer-
haus hat erst neulich wieder seine Pforten geöffnet. Bei
dieser Affenhitze wäre es mir ein ganz besonderes Vergnügen, Sie auf das eine oder andere Krügel guten, böhmischen Biers einladen zu dürfen …«

Hubendorfer gab sich einen Ruck und seufzte:

»Lieber Herr Hmelak, das ist in der Tat ein verlo-
ckendes Angebot. Ich werde mir den morgigen Abend
für Sie freihalten. Aber sind S' so gut: Kommen S' bitte
nicht hinauf ins Büro. Sie wissen, die Leute tratschen so
viel … Treff' ma uns lieber hier herunten auf der Gasse.
So kurz nach fünf Uhr. Wenn's recht ist …«

Budka reichte Hubendorfer die Hand und sagte:

»Morgen, kurz nach fünf, wart' ich hier in einem
Gummiradler auf Sie. Es ist mir wirklich eine Ehre und
Freude! Bis morgen, Herr Direktor!«

Er lüftete seinen Hut, verbeugte sich und ging zügigen Schrittes davon.

Da saßen sie nun dicht an dicht mit hunderten anderen
Gästen im riesigen Garten des Schweizerhauses. Bier-
krüge klirrten, verschwitzte Kellner rannten, immer
neuen Nachschub an schaumgekrönten Biergläsern her-
beischaffend, angeheiterte Männer lachten dröhnend,
Frauen kreischten, Kinder wurlten durch die Menge.
Ein Hund bellte, Fett triefte aus zahlreichen Mündern,
eine Blasmusikkapelle spielte und Hubendorfer wurde
ihm von Minute zu Minute unsympathischer. Dieser
Herr Direktor war ein echter Erbsenzähler. Einer, der

---

* Eine (Miet-)Kutschenart, bei der man zum ersten Mal Gummi als
  Bereifung verwendete

ganz genau wissen wollte, wieviel Provision bei welcher Auftragshöhe in seine Tasche fließen würde. Zum Glück trank er an diesem wahnwitzig heißen Abend zügig. Da Hubendorfer offensichtlich eine schwache Blase hatte, musste er des Öfteren auf die Toilette gehen. Budka nützte jede dieser Pausen, um jeweils einen Schuss Wodka, der bekanntermaßen geschmacks- und geruchlos ist, in Hubendorfers Bier zu kippen. So wurde der Direktor allmählich so blau wie der wolkenlose, sommerliche Himmel über ihnen. Und weil sich im angesoffenen Zustand der Charakter eines Menschen erst recht offenbart, rechnete Hubendorfer auf einem Stück Papier, besoffen lallend, die unterschiedlichsten Provisionsvarianten durch. ›Du gieriger Fallot*‹, dachte Budka, räusperte sich und fragte mit schmierigem Lächeln:

»Trink' ma noch ein Bierchen, Herr Direktor. Es kost ja nix … geht alles auf meine Rechnung.«

Dieser Argumentation hatte Hubendorfer nichts entgegenzusetzen, obwohl er vom Alkohol schon schwer gezeichnet war. Ein dünner Speichelfaden rann ihm aus dem Mundwinkel, seine Augen waren glasig und der Kopf wackelte hin und her. Budka grinste. Jetzt hatte er ihn bald so weit. Er zog seine Taschenuhr hervor, ein gebrauchtes Stück, das er unlängst bei einem Uhrmacher in der Leopoldstadt günstig erworben hatte und stellte zufrieden fest, dass es bereits 40 Minuten nach sieben Uhr war. ›Jetzt müsste Schottek, der Depp, bereits am Werk sein … Hoffentlich hat er sich nicht im allerletzten Moment ins Hemd gemacht!‹ Wobei er Schottek heute noch ins Gewissen geredet hatte. Auch ein klein

---

* Gauner

wenig Mut hatte dieser sich antrinken dürfen, damit die Sache auch wirklich klappte. »Schottek!«, hatte er gesagt, als er sich um halb fünf Uhr nachmittags aufgemacht hatte, um Hubendorfer abzuholen. »Sei einmal in deinem Leben ein richtiger Mann. Zeig den G'frastern von der Nordbahn, dass sie dir nicht ungestraft den Pschistranek* geben dürfen. Tritt sie in den Arsch. Schottek, denk dran: Rache ist Blutwurst!« Vor seinem geistigen Auge sah er das entschlossene, kalte Lächeln, das um Schotteks Mund gespielt hatte. Nun war der Zeitpunkt der Wahrheit gekommen. Er animierte Hubendorfer, von seinem Bier zu trinken und nahm selbst auch einen kräftigen Schluck. Als Hubendorfer sich wiederum Richtung Toilettenanlage entfernte, goss er einen weiteren Schuss Wodka aus der Flasche, die er bestellt hatte, in dessen Bier.

»Heans, Sie! Was machen S' denn do? Sehn S' net, dass der Herr an Ihrem Tisch eh schon mehr als g'nug getrunken hat?«

Budka sah den Tischnachbarn an, rückte seinen Sessel dicht an ihn heran, legte freundschaftlich einen Arm um den Unbekannten und sagte:

»Wir machen einen Geschäftsabschluss und das müssen wir ordentlich begießen. Sonst halt das G'schäft nicht. Wissen S'?«

Während er das in freundlichem Ton sagte, griff er dem Mann unterm Tisch zwischen die Beine und quetschte dessen Hoden zusammen. Der Kerl schrie auf. Budka hielt ihn eisern fest. Er beugte sich zu ihm und flüsterte in sein Ohr:

---

* Kündigung

»Wennst dich net sofort um deinen eigenen Schas kümmerst, singst ab morgen im Knabenchor. Hast mich verstanden?«

Der Mann, nun käseweiß im Gesicht, nickte heftig und atmete tief durch, als die Hand endlich losließ. Seine Begleiterin, die bisher mit den anderen an ihrem Tisch laut gescherzt hatte, wandte sich ihnen zu und keppelte: »Franzl! Lass den Herrn in Ruhe. Und sauf net so viel. Das vertragst net. Du bist schon ganz weiß im G'sicht …«

Hubendorfer kam zurück, Budka hob das Glas und widerstandlos erhob es auch sein Geschäftspartner. Sie stießen an und nahmen einen kräftigen Schluck. Um Hubendorfer bei Laune zu halten, begann Budka über Provisionen von bis zu 20 Prozent der Einkaufssumme zu phantasieren. Obwohl Hubendorfer schon sehr betrunken war, überhörte er die 20 Prozent nicht.

»Twantig Broz…ent? Das ist ge… gewaltig … darauf trink ma!«

Budka grinste und prostete aufs Neue Hubendorfer zu. Der zog mit fahrigen Bewegungen ein Notizbuch und einen Bleistiftstummel aus der Tasche, klappte es auf und kritzelte wirre Zahlenkolonnen hinein. Dabei fiel ihm die Kinnlade herunter und es bildete sich neuerlich ein Speichelfaden, der aus seinem Mund tropfte. Unwirsch wischte er ihn mit dem Handrücken ab und rechnete weiter. Budka sah indessen neuerlich auf die Uhr. Es war mittlerweile fünf Minuten vor acht Uhr. ›Dieser Schottek, der Hosenscheißer …‹, dachte er und ballte vor Wut die Fäuste. Er schloss die Augen und stellte sich vor, wie er Schottek ins Gesicht schlug. Ein Mal, zwei Mal … Budka nahm einen weiteren Schluck Bier. Er würde Schottek eine Lektion erteilen. Eine, die dieser feige Hund sein Leben lang nicht vergessen würde ... Seine geballten Fäuste zitterten vor Wut. Plötzlich lallte Hubendorfer:

»Twantig Broz...ent sind gut. Aber tweidntwnzig Broz...ent sind ... noch besser, Herr Tmelak ...«

Budka war kurz vorm Explodieren. Viel fehlte nicht mehr und er würde hier vor allen Leuten Hubendorfer den Schädel einschlagen. Und auch gleich noch dem prä-potenten Kerl am Nebentisch ...

»Tweidntwnzig Broz... Brost...«

Hubendorfer machte einen kräftigen Schluck. Auf Budkas Stirn traten Schweißperlen. Die Zornadern schwollen an. Sein Hals blähte sich, sein Schädel wurde knallrot. Er griff über den Tisch. Hubendorfers Kra-watte in der Hand ...

»Feuer! Es brennt! Bei der Nordbahn brennt's!«

Ein Straßenbub, bloßfüßig und in zerfetztem Gewand, tanzte wie ein Derwisch durch den Gastgarten.

»Feuer! A Riesenfeuer! A Riesen-, Riesenfeuer!«

Und schon war der Bub wieder draußen, um auch in den benachbarten Gastgärten seine Botschaft zu ver-künden. Lähmende Stille legte sich wie ein Leichentuch über die zuvor so laut lärmende Gesellschaft. Plötz-lich wehte ein laues Sommerlüfterl durch den Gastgar-ten, das ganz zart bitterwürzigen Brandgeruch mit sich trug. Als die Gastgartenbesucher das rochen, hörten sie gleichzeitig auch mehrere andere Stimmen »Feuer!« und »Es brennt!« rufen. Schlagartig war die lähmende Stille überwunden. Die Leute sprangen auf und schrien: »Zah-len!«. Die Kellner kamen mit dem Abkassieren kaum nach. Rempeln. Stoßen. Treten. Budka nutzte die Gunst der Stunde, packte Hubendorfer beim Schlafittchen und schleuste ihn im Sog der Menge an einer Kette von Obern und Speiseträgern vorbei, die bei den Ausgängen verzweifelt versuchten, die Leute zu beruhigen beziehungsweise deren Konsumation zu kassieren. Budka war nun sehr entspannt. Dass ihm die ganze Sauferei und Fresserei nichts gekostet hatte, verbesserte seine Laune schlagartig. Außerdem war Schottek doch kein Hosenscheißer. Kein Waserl. Er hatte es getan und nun stand Budka nichts mehr im Weg, den Herrn Direktor Hubendorfer, den er mit eisernem Griff neben sich herschleifte, so zu töten, wie er es sich vorgenommen hatte: in Form einer öffentlichen Hinrichtung.

Im gewaltigen Strom von Menschen, denn auch aus den anderen Gastgärten drängten Hunderte in Richtung Brandstätte, erreichten Budka und Hubendorfer schließlich die Holzlagerplätze der Nordbahn. Eine riesige, stinkende, schwarze Rauchsäule stand über dem Gelände, Rußflankerln* schwebten durch die Luft. Hier, mitten in der aufgeregten Menschenmenge, schlug er Hubendorfer, dessen Arm er sich um den Hals gelegt hatte, immer wieder in den Magen, in die Rippen, in den Unterleib. Der war viel zu betrunken, um sich zu wehren. Er sah Budka nur mit großen, leidenden Augen an und stöhnte vor Schmerzen. Als er nach einem Schlag in den Magen nach vorne knickte und sich übergab, maulten die Umstehenden. Budka überlegte kurz und beschloss, ihn nicht so wie ursprünglich geplant, inmitten der drängenden und rempelnden Menge totzuprügeln. Er zerrte ihn aus dem Gewühl, hinein in ein offenes Stiegenhaus. Dort lehnte

---

* Rußpartikel

182

er Hubendorfer mit dem Gesicht voran an die Wand. Dann schlug er ihm eine Serie von Haken in die rechte und linke Niere. Und bevor Hubendorfer endgültig einknickte, trat er ihm die Beine weg. Im Fallen machte der Körper eine halbe Pirouette. Mit einem Schmerzensschrei krachte der Verletzte mit dem Gesicht voran auf den Steinboden. Dann war Ruhe. Budka keuchte vor Anstrengung. Als er sich etwas erholt hatte, untersuchte er Hubendorfers Kleidung und nahm dessen Brieftasche und Taschenuhr an sich. Dann trat er ihn mehrmals auf den Hinterkopf. Es knirschte hässlich. Budka drehte mit der Schuhspitze Hubendorfers Gesicht zu sich und stellte zufrieden fest, dass es nur mehr ein blutiger Brei war. Und während er sich sein Sakko und die Manschetten seines Hemdes zurechtzupfte, beobachtete er aufmerksam Hubendorfers Oberkörper. Als er keinerlei Atemtätigkeit mehr feststellte, ging er gemessenen Schrittes hinaus in die Menge, um sich den Kampf der Feuerwehrmänner gegen den Großbrand anzusehen.

XXIV.

Blossfüssig sass er da. Ehrlicherweise musste man seine Adjustierung an diesem brütend heißen Juliabend als sehr leger bezeichnen. Sein Sakko hatte er abgelegt und das Hemd samt Kragen und Manschetten ebenfalls. Er saß im weißen Ruderleiberl*, mit zu Boden hängenden Hosenträgern und in einer schwarzen Hose da. Hosenbund und Hosenladen waren aufgeknöpft, sodass unter seinem gewaltigen Bauch etwas Luft in das an der Haut klebende Beinkleid gelangen konnte. Bedächtig schnitt er mit seinem Taschenmesser die vor ihm liegende Cabanossi** in kleine runde Stückerln, die er nacheinander in den Mund stopfte und genussvoll kaute. Hin und wieder biss er von einer Scheibe Brot ab und machte dazu einen Schluck aus dem Bierkrug. Der saftige Sauerteig des Brotes harmonierte aufs Angenehmste mit dem Paprikageschmack der Wurst. Nachdem er alles aufgegessen hatte, lehnte er sich vor Zufriedenheit seufzend in seinem Sessel zurück. Obwohl er große Lust auf eine Zigarre verspürte, war er zu faul aufzustehen und sich das Päckchen Virginier aus der Sakkoinnentasche zu holen. Mit glasigem Blick sinnierte er über sich und seine Arbeit. Als vor circa einer Stunde die Alarmmeldung vom Groß-

---

* Unterleibchen
** lange, dünne, stark paprizierte Rohwurst

brand am Nordbahnhof eingetroffen war, hatte er sich zutiefst inkommodiert* gefühlt. Nein, er hatte keinerlei Lust gehabt, so wie früher an der Spitze seiner Leute auszurücken. Schließlich hatte er sich auf einen sommerlich ruhigen Nachtdienst gefreut … Nach einigen Augenblicken des Überlegens hatte er Pospischil befohlen, alle zur Verfügung stehenden Polizeiagenten zu sammeln und sich mit ihnen schleunigst zum Holzlagerplatz des Nordbahnhofs zu begeben. Er selbst hatte zum Telefon gegriffen und den interimistisch bestellten Zentralinspector Dr. Pamer sowie den Polizeipräsidenten Brzesowsky verständigt. Beide Herren, die bereits daheim bei ihren Familien weilten, hatten ihn gebeten, ein Polizeiautomobil vorbeizuschicken, denn sie sahen es als ihre Pflicht an, so schnell wie möglich am Unglücksort zu erscheinen. ›Wenn all die Großkopferten am Unglücksort auftauchen, dann kann der kleine Nechyba ruhig im Polizeigebäude bleiben und hier die Stellung halten‹, dachte er sich und rutschte im Sessel in eine fast liegende Position. Seine Augenlider wurden schwer und zufrieden lächelnd begab er sich in Morpheus' Arme.

Klingeln. Enervierendes Klingeln. Nechyba tauchte aus einem wirren Traum auf. Gemeinsam mit Brzesowsky und Pamer waren sie von Flammenwänden eingeschlossen gewesen. Er und der Zentralinspector hatten den Polizeipräsidenten auf die Schultern genommen und dieser versuchte, auf seinen Untergebenen durch die Flammen zu reiten. Nechyba schwitzte. Er tastete nach seinem Taschentuch, doch auch das befand sich im Sakko,

---

* gestört

welches wiederum am Kleiderhaken hing. Dieses verdammte Telefon! Jahrzehntelang hatte er ohne dieses neumodische Zeug seinen Dienst versehen und es war ihm nichts abgegangen. Nun schien die ganze Welt sich nur mehr dieses Teufelsapparates zu bedienen, um Nachrichten zu übermitteln. Er gähnte und hob schließlich den Hörer ab.

»Nechyba, Gott sei Dank hebst ab!«, hörte er Luis Zotti sagen. »Ich hab' schon befürchtet, dass du auch draußen bist und die Brandstelle am Nordbahnhof absperren hilfst …«

»Na, ich war nur kurz am Häusl* …«, log Nechyba. »Was gibt's?«

»Ich bitt' dich, komm rüber zu uns in die Polizei-Direction. Und zwar sofort. Da sitzt ein Kerl bei uns in der Wache, der behauptet, dass er den Brand am Nordbahnhof gelegt hat …«

»So ein Blödsinn! Das ist sicher irgendein B'soffener oder ein Einedrahrer**, der von dem Brand gehört hat und sich jetzt wichtig machen will.«

»Der is net b'soffen. Und wie ein Einedrahrer schaut der a net aus. Der is nüchtern, blass und zittert sogar a bisserl. Außerdem hat er eine Glasflasche dabei, die nach Petroleum riecht. Bitte, komm' ume und verhör' ihn. Bei uns im Haus sind alle bei der Absperrung des Großbrandes. Du bist der einzige höherrangige Polizist weit und breit. Außerdem möchte ich jemanden vom Polizeiagenteninstitut bei dem Verhör dabeihaben … Übrigens: Ich hab' grad erfahren, dass unsere Leut' das Militär zu

---

* WC
** Angeber

Hilfe gerufen haben. 600 Mann Kavallerie und Infante-
rie rücken jetzt aus! Stell dir das vor … Mehrere Tausend
Schaulustige sollen sich rund um das brennende Areal
drängen. Also, sei so gut und komm'. Ich wart' auf dich.«

Mit diesen Worten hatte Zotti aufgelegt. Nechyba
sah den Telefonhörer böse an und legte dann ebenfalls
auf. Seufzend erhob er sich. Er betrachtete seine nackten Füße, wackelte mit den Zehen und grinste. Am liebsten würde er bloßfüßig hinüber in die Polizei-Direction gehen. Seufzend begab er sich zum Kleiderständer,
zog sich Hemd, Hemdkragen und Manschetten an und
band dann die Krawatte. Er streifte die Hosenträger und
dann das Sakko über. Nun ging er zu seinem Bürosessel zurück, setzte sich mit einem Seufzer und schlüpfte
in Strümpfe und Schuhe. Als er diese zugebunden hatte,
lehnte er sich einen Augenblick zurück, schloss die
Augen und wartete, bis die Kreislaufschwäche, die ihn
gerade zu übermannen drohte, vorüber war. Schließlich
stand er auf, verließ sein Zimmer und warf missmutig
die Tür hinter sich zu. Unten beim Tor grüßte ihn der
Wachposten breit grinsend. Und da bemerkte Nechyba
erst, dass sein Hosentürl sperrangelweit offenstand …

»Rache ist Blutwurst …«, murmelte der blasse Jüngling,
der Nechyba und Zotti gegenüber saß. Und nach einer
längeren Pause beugte er sich über den Tisch, ballte beide
Fäuste und sagte mit unsicherer Stimme und flackerndem
Blick: »Den Gfraßtern von der Nordbahn hab ich's zeigt!
Zeigt hab ich's denen! Jawohl! Das können S' mit einem
anderen machen. Aber nicht mit mir! Die Gfraßter von
der Nordbahn, die! Denen hab ich's 'zeigt!«

Nechyba brummte unwirsch. Das wirre Gestammel des Burschen ging ihm unsagbar auf die Nerven. Seit einer guten Viertelstunde saß er nun schon im Verhörraum und hörte sich diesen Holler* an. Jetzt reichte es ihm. Langsam, ganz langsam beugte er sich über den Tisch, sodass er fast Nase an Nase mit dem Kerl saß. Dann sagte er leise:

»Kusch.«

Der Bursche sah ihm nun direkt in die Augen, und plötzlich rannen ihm Tränen über die Wangen. Nechyba verharrte in der vorgebeugten Stellung und sprach in väterlichem Tonfall:

»Jetzt sagst mir einmal, wie du heißt …«

»Franz Schottek …«

»Und wo wohnst?«

»In der Leopoldstadt … in der Rueppgasse 25.«

»Und? Bist verheiratet? Hast a Hack'n?«

»Naa …«

»Was na?«

»I bin net verheiratet und hab a ka Hack'n …«

»Seit wann net?«

»Seit dem 14. dieses Monats. Da haben S' mich entlassen bei der Nordbahn. Wegen angeblicher Versäumnisse. Des war ungerecht. Ich hab' halt ka Protektion g'habt so wie andere. Aber heut hab' ich's ihnen gezeigt, den feinen Herren bei der Nordbahn. Ich hab's ihnen gezeigt! Ich hab' das Flaschl mit Petroleum gefüllt und bin hin zum Holzlagerplatz.«

»Wann war das?«

»Na so … so … so kurz nach sieben.«

---

* Unsinn

188

»Und wie bist auf den Holzlagerplatz kommen?«

»Ich bin übern Zaun klettert …«

»Und dann?«

»Dann bin ich zu einem Lagerplatz 'gangen, wo schon sehr lange Holz liegt. Das war schön trocken. Da hab ich das Petroleum drübergeschüttet und mit einem Zündholz angezündet. Wumm!, hat's g'macht, und schon hat der ganze, riesige Holzstoß brennt. Die Funken san g'flogen wie nur. Und dann hat das Feuer übergegriffen auf weitere Holzstöße.«

»Und dann?«

»Dann bin i z'ruck übern Zaun. Aber da waren schon ziemlich viele Leute. Und einer hat mich beobachtet und g'schrien: Halt's ihn fest! Des is der Feuerteufel! Da bin i dann g'rannt, bis niemand mehr hinter mir war.«

»Und dann?«

»Na, dann bin i da her, in die Polizei-Direction.«

Nechyba lehnte sich zurück und atmete tief durch. Er wandte sich an den uniformierten Polizisten, der alles mitstenographiert hatte:

»Haben S' alles aufg'nommen, Herr Kollege?«

Der Uniformierte nickte. Nechyba stand auf und sagte zu Schottek:

»Du bleibst da jetzt sitzen, bis wir die stenographische Mitschrift als Vernehmungsprotokoll ausgefertigt haben. Das unterschreibst du dann. Hast mich verstanden?«

Schottek nickte und verbarg sein Gesicht in den Händen. Nechyba tat der Kerl fast leid. Er zog aus seinem Sakko eine Schachtel Virginier, holte eine der länglichen Zigarren heraus und legte sie vor Schottek auf den Tisch.

»Da, rauch a Zigarrl, das beruhigt …«

Mit zitternden Fingern nahm Schottek die Virginier und zog den Grashalm heraus. Nechyba gab ihm höchstpersönlich Feuer. Dann klopfte er Zotti auf die Schulter und beide verließen den Verhörraum. Draußen sagte er grinsend zu Zotti:

»Na, ladest mich jetzt auf ein Bier ein? Das hab' ich mir doch verdient …«

2. Teil

»Mit Stadtratsbeschluß vom 25. Juli wurde der vorgelegte Entwurf des ersten Teiles der neuen Vorschriften für die Armenpflege, enthaltend die organisatorischen Bestimmungen der Gemeindearmenpflege, genehmigt und der Magistrat ermächtigt, den Tag der Wirksamkeit der neuen Vorschriften festzusetzen. Die neuen Vorschriften stellen sich hauptsächlich als eine übersichtliche und systematische Zusammenstellung der seit der letzten Auflage erschienenen zahlreichen Verordnungen und Weisungen dar und enthalten nur in einigen Punkten Änderungen oder Ergänzungen grundlegender Bestimmungen. Von den organisatorischen Neuerungen sind hervorzuheben: Die Armeninstitutsobmänner- und Sektionsobmännerkonferenzen, die Einführung des Instituts der Ersatzarmenräte, die eidliche Angelobung der Armenräte, die Einführung des Beschwerderechts der Armen, die Aufstellung des Grundsatzes, daß die Aufnahme in die geschlossene Armenpflege ohne Rücksicht auf das ärztliche Gutach-

ten auch dann erfolgen kann, wenn der Arme selbst mit dem höchsten Erhaltungsbeitrage sich nicht zu erhalten vermag.«

Aus »Die Gemeinde-Verwaltung der Stadt Wien im Jahre 1911. Bericht des Bürgermeisters Dr. Josef Neumayer« Wien 1912

I/2.

›DER TOD IST EINE BEGLEITERSCHEINUNG DES LEBENS. So wie ein Schnupfen im Winter oder ein Insektenstich im Sommer …‹, philosophierte Joseph Maria Nechyba, als er die Stufen hinaufkeuchte. Und weil der Tod unabwendbar war und er ihn auch schon viel zu oft bei anderen miterlebt hatte, regte er sich nicht mehr auf. Diese Mauer des Nichts, gegen die man plötzlich rannte und an der man zerbrach, mit dieser Grenze, deren Erreichen Auslöschung bedeutete, hatte er in seinem Beruf leben gelernt. Deshalb brachte es ihn auch nicht mehr aus der Fassung, die Hinterbliebenen eines Mordopfers über das Ableben eines ihnen nahestehenden Menschen zu benachrichtigen. Für diese Anlässe hatte sich der Inspector einen inneren Panzer zugelegt, der keinerlei Gefühle oder Mitleid durchließ.

»Es ist, wie es ist«, seufzte er und atmete tief durch, als er endlich die Wohnungstür erreicht hatte, auf der ›Direktor Hubendorfer‹ stand. Er läutete. Flinke Schritte näherten sich der Tür. Ein schwarz gekleidetes Dienstmädchen mit weißer Schürze und weißer Haube öffnete.

»Der Herr wünschen …?«

Nechyba zückte seine Polizeiagenten-Kokarde und schnaufte:

»Ich möchte die gnädige Frau sprechen.«

Das Dienstmädchen beäugte die Ausweisplakette mit dem kaiserlichen Doppeladler ehrfurchtsvoll, knickste und ließ Nechyba eintreten. Dann bat sie ihn, zu warten, und verschwand am Ende des langen Vorzimmers hinter einer Tür. Kurze Zeit später kam sie wieder und führte ihn in den Salon, wo sie ihn mit einem Knicks alleine ließ. Eine Tür öffnete sich und die Dame des Hauses trat ein. Sie war eine große, elegante Erscheinung mit hochgestecktem, brünettem Haar. Zur Begrüßung streckte sie ihm ihre blasse Hand entgegen, auf die Nechyba formvollendet einen Handkuss hauchte. Forschend sah sie ihn an und ließ dabei ihre schmale, kühle Hand auf seiner Pranke verweilen:

»Sie werden mir doch keine schlimmen Nachrichten bringen?«

Nechyba seufzte und antwortete ohne Umschweife:

»Doch, gnädige Frau, doch. Ich muss Ihnen die traurige Nachricht vom Tod Ihres Herrn Gemahl überbringen.«

Ihre Hand krampfte sich in die seine. Einen Augenblick lang befürchtete er, dass sie ohnmächtig werden würde. Doch sie zog ihn stattdessen zu dem Diwan hin, wo sich beide niederließen. Noch immer hielt sie seine Hand. Mit der anderen bedeckte sie ihre Augen und er sah, wie darunter Tränen hervorquollen. Mit der freien Hand holte er ein sauber gebügeltes Stofftaschentuch aus der Tasche seines Sakkos. Er reichte es ihr und sie nahm es ohne zu zögern. Während sie ihre Tränen auf Wangen und Kinn trocknete, starrte sie ihn mit glasigem Blick an. Schließlich fragte sie mit tonloser Stimme:

»Trinken Sie mit mir ein Stamperl Likör?«

Ohne auf sein abwehrendes Gemurmel einzugehen, ließ sie nun seine Hand los, stand auf, ging zur Kommode, wo sich die Klingel befand und läutete nach dem Dienstmädchen. Auf ihre Anordnung hin brachte das Mädel auf einem Silbertablett eine geschliffene Glaskaraffe, in der eine dunkle Flüssigkeit träge hin und her wogte, sowie zwei schön geschliffene Likörgläser.

»Marie, schenk dem Herrn Polizeiagenten das Glas mit Nusslikör voll. Mir bitte nur ein halbes Glas …«

Als das Mädchen gegangen war, erhob sie das Glas, sah Nechyba in die Augen und sagte:

»Alkohol ist zwar kein Trost, aber er macht das Leben erträglicher.«

Und wieder griff sie nach seiner Hand. Nechyba wurde die Situation allmählich unangenehm. Er rutschte auf dem Diwan ein Stück von ihr weg, holte tief Luft und goss den Nusslikör in einem großen Schluck hinunter. Angenehm brannte er in der Kehle, nicht ohne einen zartbitteren Geschmack auf Nechybas Gaumen zu hinterlassen. Ja, das liebte er! So ein monatelang angesetzter Nussschnaps, von Likör konnte aufgrund des beachtlichen Alkoholgehaltes keine Rede sein, war ganz nach seinem Gusto. Genussvoll schloss er die Augen und entspannte sich. Er ließ die Bitteraromen auf der Zunge wirken und atmete tief durch. Plötzlich hatte Nechyba das Bild von Martha Koslowski, seiner großen Jugendliebe, vor Augen. Wie verliebt er damals war … Als junger Polizist … Und wie konsequent Marthas Vater jegliches nähere Kennenlernen unterbunden hatte. Martha hatte damals eine ähnliche olfaktorische Aura gehabt, wie jetzt die Frau neben ihm. Als er die Augen öffnete, sah er, wie die Hausherrin ihrem Besucher und auch sich selbst ein zweites Stamperl einschenkte.

»Das brauchen wir jetzt,« beschied sie mit resoluter Stimme. »Auf das Leben, Herr Inspector. Und darauf, dass es meinem verblichenen Gatten in seinem neuen Leben gut gehen möge …«

Auch das zweite Stamperl tranken beide in einem Schluck hinunter. Kaum hatte sie ihr Glas abgestellt, begannen wieder die Tränen zu fließen. Sie hielt nun Nechybas Hand ganz fest, rückte ein Stück näher, lehnte ihren Kopf an seine Schulter und weinte hemmungslos. Nun roch er es ganz stark: Martha Koslowskis Duft. Das Knistern des Seidenkleids. Die Wärme ihres Körpers. Nechyba wurde schwindlig. Nichts wie weg! Ihre Wange an seiner. Vorbei am Schnurrbart. Weiche Lippen. Ihre Hände überall. Streichelnd. Tastend. Fordernd. Nechyba versuchte aufzustehen. Doch sie krallte sich an ihn. Brachte ihn zu Fall. Fiel über ihn her.

Benommen trat Nechyba aus dem Haus hinaus in die Zeismannsbrunngasse. Er atmete tief durch und konnte es nicht fassen: Gerade hatte er seine geliebte Aurelia mit einer anderen Frau betrogen. Bei dem Gedanken wurden ihm die Knie weich und vor Schuldgefühl und Reue rannen ihm Tränen über die Wangen. Sein Schnurrbart stand zerzaust in verschiedene Richtungen. Der stattliche Herr Inspector bot ein Bild des Jammers. Er hielt sich an einer Hausmauer fest und weinte. Hemmungslos. So wie er es seit den Tagen seiner Kindheit nicht mehr getan hatte. Als er sich endlich gefangen und sich mit dem Taschentuch die Tränen weggewischt hatte, roch er Martha Koslowskis Duft an dem Tuch. Angewidert knüllte er es zusammen, schnäuzte sich noch einmal kräftig hinein und stopfte es dann durch das nächste Kanalgitter. Mit der Schuhspitze stocherte er zwischen den Gitterstäben so lange hin und her, bis das Tuch in der Finsternis des Kanalschachts verschwunden war. Es war eines der Taschentücher, die ihm die ›Antschi-Tant‹ seinerzeit zur Firmung geschenkt hatte. Ein halbes Leben lang war er sorgsam mit den sechs Taschentüchern, die sein Monogramm trugen, umgegangen. Und jetzt, an diesem vermaledeiten Unglückstag, hatte er eines dieser wertvollen Andenken an die vor zwei Jahren verstorbene ›Antschi-Tant‹ geopfert.

Wütend über sich und das, was er gerade getan hatte, stapfte er die 2er Linie entlang zum Schottentor. Er schwitzte vor Aufregung. Außerdem schien die Sonne unbarmherzig auf die nachmittäglich träge Stadt. Der Nussschnaps brannte in seinem Magen und seine Zunge war rau und aufgequollen wie der Ausreibfetzen, mit dem die Putzfrau jeden Montag den Boden seines Büros aufwischte. Er musste was trinken. Und da kam ihm die schmale, mit Holz verkleidete Wachauer Weinstube in der Universitätsstraße gerade recht. Er trat in die rauchgeschwängerte Atmosphäre des Lokals und bestellte sich einen G'spritzten. Kurze Zeit später dann noch einen. Er zündete sich eine Virginier an und sog den Rauch der Zigarre tief in die Lunge ein; eine Sünde, die er sonst niemals beging. Aber heute musste er sich ausräuchern. Räuchernd den Mund reinigen, in den sie ihre freche Zunge gesteckt hatte. Ausbrennen. Ihren Geschmack und ihren

Geruch tilgen. »Jössasmarandjosef*!«, murmelte er und überlegte, wie er den Geruch ihres Parfums und ihres Puders loswerden könnte. Diskret roch er an der Stelle, wo sie ihren Kopf angelehnt hatte und erschauerte. So konnte er nicht nach Haus gehen. Das würde seine Frau riechen. Er bestellte ein Viertel Wachauer Riesling und begann zu grübeln. In das enge, schlauchförmige Lokal kam eine Gruppe Studenten, die sich neben ihm an die Bar stellten. Sie redeten über Weibergeschichten und tranken einen Schnaps nach dem anderen. Einer der Studenten, er war schon etwas älter, orderte neuerlich eine Runde, und als er sein Glas für einen Trinkspruch erhob, stieß er mit der Hand an Nechybas Schulter, worauf ein Teil des Schnapses auf das Sakko des Inspectors spritzte. Noch bevor Nechyba reagieren konnte, entschuldigte sich der Student und bestellte für Nechyba auch ein Glas Schnaps. So kam der Inspector mit den Studenten ins Plaudern, das mit der Zeit zu einem kollektiven Lallen verkam. Und da in diesem Zustand alle Hemmschwellen fallen, erzählten die Studenten dem Inspector von ihren Damenbekanntschaften und er ihnen von seinem nachmittäglichen Abenteuer, das er zutiefst bereute. Der ältere Student beugte sich schließlich stockbesoffen zu ihm und lallte tröstend:

»Jossssseffff, alter Kamerad! Sssei nicht traurig … Oder … besser … sssei traurig … weil? … Na weil du ein Recht hasssst … traurig zu sssssein. Warum? Weil… weil omne … omne animal … post coitum triste.«

Und kaum hatte er diese Weisheit abgesondert, beugte er sich noch weiter vor und spie Nechyba aufs Sakko.

---

* Jesus, Maria und Josef – Ausruf des Erschreckens oder Staunens

Überraschenderweise fanden das nicht nur die Studenten, sondern auch Nechyba komisch. Er wankte hinaus aufs WC, das sich jenseits des Ganges befand und für das man sich beim Wirt einen Schlüssel geben lassen musste, und säuberte dort notdürftig seinen Rock. Als er danach daran schnupperte, roch er nur Säuerliches. Und das veranlasste ihn zu grinsen. Endlich war er ihren Geruch losgeworden.

II/2.

WIEDER LAUERTE ER WIE EIN REPTIL. Allerdings nicht vorm sondern im Haus: Dort, wo eine steinerne Wendeltreppe in die muffig feuchten Tiefen des Kellers hinabführte. Als er den schlurfenden Schritt des Hausmeisters hörte, schlich er aus dem feuchten Gewölbe nach oben. Mit kaltem Blick beobachtete er jede Bewegung des Mannes. Da es neun Uhr abends war, sperrte der Hausmeister die Eingangstüre ab. Durch mehrmaliges Rütteln vergewisserte er sich, dass diese auch wirklich abgeschlossen war. Dann gähnte er und schlapfte zu seiner Wohnung zurück. Als der alte Mann Budka den Rücken zukehrte, sprang der ihn von hinten an, packte ihn und stieß ihn die Kellerstiege hinunter. Der Hausmeister stieß einen Schreckensschrei aus. Zu mehr kam er nicht. Denn Budka war schon über ihm und hatte ihn an der Gurgel gepackt. Mehrmals schlug er den Kopf des Alten gegen die Kellerwand. Von Panik geweitete Augen starrten ihn an. Budka zischte:

»Warum hast du Sau mein Brieferl im Haus gegenüber net abgeholt?«

»Weil ... weil ... die Hausfrau ...«

»Welche Hausfrau?«

»Na die Gnädige ... der dieses Haus da g'hört ...«

»Für die Gnädige hast du also die Brieferln transportiert?«

»Ja … ja …für die Gnädige.«

»Weißt du, was in den Brieferln g'standen is?«

»Na! Das waß i wirklich net. I hab die Brieferln immer nur hin und her tragen …«

Budka ließ den Hals des Hausmeisters los, griff in die Brusttasche seines Sakkos und zog das Brieferl mit dem zweifachen Mordauftrag heraus. Ganz ruhig faltete er es auf und las dem Hausmeister dann genussvoll den Mordauftrag vor. Dessen Gesicht wurde bleich.

»Du hast mir den Auftrag für einen Doppelmord überbracht. Wenn das die He erfahrt, gehst in Häfen*.«

Schweißperlen traten dem alten Mann auf die Stirn und er stammelte:

»Aber des war die Hausfrau … Die Frau Direktor …«

»Welche Frau Direktor …?«

»Die Frau Direktor Hubendorfer … die oben in der Belletage** wohnt … die gnädige Frau … die gnädige Frau hat ihren Mann umbringen lassen … i kann's gar net glauben …«

Im Erdgeschoss wurde eine Tür aufgemacht und eine alte Frau rief:

»Karleee! Wo steckst denn? Warum kommst net in die Wohnung z'ruck, Karleee?«

Der Hausmeister flüsterte:

»Jössasna! Meine Alte. Sagen S' ihr bittschön nix. Die trifft glatt der Schlag.«

Budka dachte kurz nach und rief dann zur Hausmeisterin hinauf:

---

* Gefängnis

** Bestes Wohngeschoß, meistens im 1. Stock gelegen und vom Hauseigentümer bewohnt

»Ihr Herr Gemahl liegt da herunten. Es ist ihm schwindlig g'worden und er ist über die Kellerstieg'n g'fallen!«

»Karleee! Um Gottes willen!«

Und schon hörte Budka schlapfende Schritte, dann erschien ein altes, fettes Weib am Treppenabgang. Vorsichtig stieg die Hausmeisterin Schritt für Schritt die Wendeltreppe hinunter. Budka half dem Hausmeister auf die Beine. Zu der Frau sagte er:

»Da, stützen S' Ihren Herrn Gemahl. Zum Glück war ich da und hab ihm gleich helfen können. Plötzlich hat's ihn gezaubert, Ihren Gatten. Und dann is er die Stiegen runterg'flogen. A Schwindelanfall wahrscheinlich. Das kann passieren in seinem Alter …«

Die Hausmeisterin fasste seine Hand, sah ihm in die Augen und rief mit weinerlicher Stimme:

»Vergelt's Gott, der Herr.«

Sie nahmen den Hausmeister, der sich offensichtlich ein Bein verstaucht hatte, in ihre Mitte und gingen mit ihm die enge Treppe hinauf. Danach half Budka der Frau, den alten, schweren Mann in die Wohnung zu transportieren. Dort legten sie ihn auf's Küchenbankerl. Noch einmal bedankte sich die Hausmeisterin überschwänglich bei dem Fremden. Plötzlich musterte sie ihn jedoch kritisch und sagte:

»Darf man fragen, wer Sie sind? Und wen Sie jetzt noch besuchen wollen? So spät auf d'Nacht?«

Budka grinste, weil er diese Frage erwartet hatte. Er verbeugte sich und stellte sich vor:

»Ich bin der Vetter Franz. Der Vetter von der Frau Hubendorfer. Ich komm' aus Niederösterreich, aus Stein.

Ich werde der gnädigen Frau jetzt beistehen. Weil das ist schon a schwierige Situation für sie, wo ihr Mann so plötzlich gestorben ist …«

Während er dies sagte, starrte Budka den Hausmeister an, der seinem Blick auswich und sich ächzend und stöhnend mit dem Gesicht zur Wand drehte. Budka gab der alten Frau, bevor er endlich die Hausmeisterwohnung verließ, leutselig die Hand. Dann stieg er hinauf in die Belletage und läutete bei der einzigen Wohnungstüre in diesem Stockwerk. Als sein Blick über das massive Türblatt streifte, entdeckte er ein elegantes Messingschild, auf dem Direktor Hubendorfer stand. Schritte näherten sich, er bemerkte, wie jemand durch das Guckloch sah. Eine junge Stimme mit böhmischem Akzent fragte:

»Wer ist da?«

Budka verbeugte sich und sagte liebenswürdig:

»Ein Verwandter der Frau Hubendorfer. Sie hat mir ein Brieferl g'schickt, dass ich kommen soll. Also, sperr auf, mein Kind!«

Er hörte, wie das Türschloss aufgesperrt wurde. Das Dienstmädchen öffnete die Tür und Budka betrat die Wohnung. Mit ernstem Ton in der Stimme sagte er zu dem Dienstmädel:

»Ich bin der Vetter der gnädigen Frau. Ich werde jetzt eine Zeit lang hier wohnen und deine Gnädige, die derzeit viel durchmacht, unterstützen. Du darfst Vetter Franz zu mir sagen …«

III/2.

PANISCH WAR ER GERANNT: aus dem Café Hungaria
hinaus und wie von Sinnen über die Franzensbrücke
in Richtung Prater. Dort, zwischen den Vergnügungs-
buden und Gasthäusern, wo sich vielerlei Volk herum-
trieb, hatte er wieder zu einem normalen Schritt gefunden. Tief durchatmend war er dann weiter in Richtung
Rotunde gegangen; vorbei an dem monumentalen Kup-
pelbau und der anschließenden Trabrennbahn hin in den
grünen, bewaldeten Teil des Praters. Er war über kleine
Waldwege geirrt und hatte sich schließlich am Ufer des
Heustadelwassers, eines Altarms der Donau, ins Gras
fallen lassen. In den folgenden Tagen war er weiterhin
in diesem Teil des Praters geblieben und hatte bei der
›Grünen Bettfrau‹ unter Büschen und Bäumen übernachtet. Da er, Gott sei Dank, seine Brieftasche bei sich hatte,
war er immer nachmittags, wenn der Wurstelprater von
zahlreichen Besuchern frequentiert wurde, in eines der
zahlreichen Gasthäuser essen gegangen. Stets auf der Hut.
Immer wachsam, ob ihn jemand beobachtete. Sein Pech
war folgendes gewesen: Nach ein paar Tagen hatte eine
Gruppe von Griaslern unmittelbar neben seinem Schlafplatz Quartier bezogen. Was er nicht gewusst hatte, war,
dass sich einer der Griasler ein Zubrot als Polizeispitzel
verdiente. Und da Oprschalek sich nicht mit den ande-

ren solidarisieren wollte und außerdem durch die Qualität seiner Kleidung aufgefallen war, hatte es eines Nachts plötzlich vor Polizeiagenten und Sicherheitswachleuten mit Suchhunden rund um seinen Schlafplatz gewimmelt. Geistesgegenwärtig war er auf allen vieren zu dem Altarm gekrochen und ganz leise ins Wasser geglitten. Dann hatte er mehr tauchend als schwimmend das ekelhaft brackige Wasser durchquert und war am anderen Ufer ins Unterholz gekrochen. Zuerst vorsichtig und möglichst lautlos, dann, nach einigen hundert Metern, einfach wild drauflosrennend. Nichts wie weg! Seine Flucht hatte ihn an den Donaukanal geführt, wo er über den Gasrohrsteg ans andere Ufer gelangt war. Hier waren einige Holzboote gelegen. In eines davon war er gekrochen, hatte sich wie ein Baby in seinen patschnassen Kleidern eingerollt und war in einen Erschöpfungsschlaf gefallen. Gegen Mittag hatte ihn die Sonne, die gnadenlos vom wolkenlosen Himmel brannte, aufgeweckt. Benommen war er zuerst den Donaukanal und dann die Nottendorfer Straße entlanggewankt. Von rasendem Hungergefühl gequält und völlig ausgedörrt durch das Schlafen in der prallen Sonne. Am Ende der Straße war er in ein Gasthaus gegangen und hatte vier Krügeln Bier getrunken, sowie eine Leberknödelsuppe und ein großes Gulasch mit einem ebensolchen Semmelknödel verschlungen. Danach war er weitergeirrt: Vorbei am Zentralviehmarkt St. Marx und am Arsenal bis hin zu den Ziegelöfen am Laaer Berg.

Die Luft um ihn herum war wie ein einziger feuriger Atem. Die Erinnerung an seine Flucht ließ ihn nicht ein-

schlafen. Er wälzte sich auf dem harten Lager in eine
andere Stellung und döste im Halbschlaf vor sich hin.
Der Boden unter ihm vibrierte und bebte. Es grollte und
grummelte permanent und immer wieder ertönte ein
scharfer, zischender Laut, der mit einem klagenden Ton
aus der Tiefe des Ziegelofens emporschallte. Oprschalek
übernachtete im Schürraum eines Ziegelofens am Rande
des Laaer Bergs. Hier an der südlichen Grenze Wiens
hatte er sich verkrochen, nachdem er wie Freiwild von
diesem verdammten Inspector Nechyba gejagt worden
war. Auf den Schürböden übernachteten auch andere
Griasler, die aber keine Kontakte zu ihren Schicksals-
genossen in der Stadt, geschweige denn zur Polizei, hatten. Untertags trieb er sich jetzt meist im Laaer Wald,
auf den dortigen Wiesen sowie im Böhmischen Prater
herum. Unter den Ziegelbehm[*], die hier lebten und die
in den Ziegeleien unter katastrophalen Arbeitsbedingun-
gen ihre Hungerlöhne verdienten, fiel er nicht auf. Auch
deshalb, weil er eine Handvoll tschechische Redewen-
dungen und Ausdrücke kannte, die ihm seine Großmut-
ter als Kind beigebracht hatte. Sorgen bereitete ihm allerdings die Tatsache, dass sein Geld allmählich zur Neige
ging. Große, drückende Sorgen …

»Schluss! Aus!«

Mit diesem Aufschrei schrak er aus dem Halbschlaf
empor. Nein, so wollte er nicht weiterleben. Er taumelte
zum Ausgang des Schürbodens, stieg die steile Treppe
hinunter und wankte verschlafen hinaus in die morgendliche Kühle. Er streckte sich, dass die Knochen und
Gelenke krachten und strich sich übers Gesicht. Dort,

---

[*] Böhmische Ziegeleiarbeiter

wo früher glatt rasierte Haut gewesen war, wucherte es jetzt dicht und graumeliert. Er befühlte das üppige Barthaar rund um sein Gesicht und war plötzlich erleichtert. Mit diesem Bart würde ihn so schnell keiner erkennen. Die Zeit des Untertauchens und Versteckens war vorbei. Mit seinem neuen Gesicht konnte er sich wieder unter die Menschen wagen, ohne erkannt zu werden. Voll Zuversicht stapfte er los. Sein Weg führte ihn durch das öde Areal des Ziegelwerks, wo links und rechts Bretterbuden standen, in denen Ziegel gelagert wurden. Er ließ den Laaer Berg samt seinem Elend hinter sich und wanderte in Richtung Stadt. Auf der rechten Seite erhob sich ein Fabriksgebäude, aus dem es nach Lacken und Ölen roch. Ein Automobil bog in die Fabrikseinfahrt und er erhaschte im Fond das Gesicht eines soignierten Herrn, der Zeitung las.

»Der Herr Direktor lässt sich ins Büro fahren. Der Hurenkapitalist der …«, murmelte Oprschalek und spürte, wie Wut in ihm aufstieg. Mit diesem Gefühl kam auch die Lust wieder, Feuer zu legen. Er bog von der Laaer Straße ab und umrundete die Fabrikanlage. Er musste nicht lange suchen, um eine Stelle im Bretterzaun zu finden, die morsch und ausgebrochen war. Ohne lange nachzudenken, trat er die angrenzenden Bretter ein und zwängte sich durch das so entstandene Loch. Vorsichtig sah er sich auf der anderen Seite des Zauns um: Keine Menschenseele, weit und breit nur Lagerschuppen, unzählige Fässer, Planken, eine Schubkarre, einige Schaufeln und allerlei Gerümpel. Mit dem Fuß stieß er an einen Holzkübel, der wegkollerte und seitlich liegen blieb. Eine Flüssigkeit tropfte träge heraus.

Oprschalek hockte sich daneben und schnupperte. Sie roch nach Harz. Mit zitternden Fingern, wie ein Alkoholiker, der nach einer längeren Periode der Trockenheit endlich wieder ein Stamperl Schnaps vor sich stehen sieht, holte er eine Schachtel mit Schwefelhölzern aus seiner Sakkotasche. Er entnahm ein Streichholz, entzündete es und warf es in einem neckischen Bogen auf die harzige Flüssigkeit. Und siehe da, eine zarte, weißblaue Flamme begann zu züngeln. Gebannt starrte er sie an. Und wie auf Befehl, gab es plötzlich eine Stichflamme und der Holzkübel brannte lichterloh. Oprschalek sprang auf und tanzte wie ein Verrückter um das Feuer. Schließlich zog er sein völlig zerrissenes Sakko aus, wickelte es um die Hand, packte den brennenden Kübel und rannte mit dieser Fackel zum nächsten großen Gebäude. Plötzlich hörte er Schritte und Stimmen. Verärgert stoppte er mitten im Laufen, schlug einen Haken und versteckte sich hinter einem niedrigen Schuppen. Den Kübel musste er fallen lassen, weil er Gefahr lief, sich daran zu verbrennen. Als die Gruppe morgendlich verschlafener Arbeiter vorbeigegangen war, rannte er weiter. Er riss eine Tür auf. Stürmte in einen menschenleeren Raum. Stieß eine weitere Tür auf. Vor ihm ein großer Raum mit mehreren Reihen von Holzfässern. Schwungvoll warf er seine Fackel hinein. Funken sprühend zerbarst der Kübel. Reste der zähen Flüssigkeit flossen brennend an den Fässern entlang. Oprschalek riss die Tür auf. Frische Luft strömte in den Raum, Zugluft entstand. Die brennenden Trümmer des Kübels loderten auf. Plötzlich eine Stichflamme und das erste Holzfass brannte. Oprschalek warf sein glimmendes, ziemlich stark versengtes Sakko in die Flammen und blockierte die offen stehende Tür mit einem herumliegenden Ziegelstein. Er durchquerte den vorderen Raum, öffnete die Tür nach außen und fixierte diese mit einem Stück Holz, damit auch sie nicht zufallen konnte.

»So ein Feuerchen braucht mächtig viel Luft …«, murmelte er mit einem zufriedenen Lächeln und stapfte mit den Händen in den Hosentaschen davon. Er ging zu dem Loch im Zaun zurück und wollte das Fabrikgelände verlassen. Doch dann überlegte er es sich anders. Er lehnte die leere Schubkarre an eine Schuppenwand, sodass sie wie ein Liegestuhl dastand. In ihr machte er es sich bequem, schloss die Augen und wartete: auf die Panik, die Angst und die Verzweiflung, die die Menschen immer dann überkamen, wenn sie der entfesselten Urgewalt des Feuers gegenüberstanden.

Er musste wohl etwas eingenickt sein, denn als er die Augen aufschlug, kitzelten warme Sonnenstrahlen sein bärtiges Antlitz. Eine mächtige, pechschwarze Rauchsäule war über der Fabrik aufgestiegen. Und dann roch er es: Es stank im wahrsten Sinne des Wortes zum Himmel. Wind wehte den Geruch von verbrannten Ölen und Harzen zu ihm. Hin und wieder flogen auch Funken und Rußflankerln. Er stand auf, gähnte und streckte sich. Das Einzige, was sein Wohlbefinden im Moment schmälerte, war sein bösartig knurrender Magen. Er hatte Hunger. Ohne lange nachzudenken, ging er in Richtung Verwaltungsgebäude. Ununterbrochen rannten Leute an ihm vorbei, der erste Feuerwehrwagen raste in den Innenhof. Die Pferde hatten Schaum vor dem Mund. Die Befehle des Feuerwehrkommandanten ertönten, und schon

kam mit lautem Gebimmel der nächste von schnaubenden Pferden gezogene Spritzenwagen in den Fabrikhof
gefahren. Wildes Herumgerenne, gebrüllte Befehle, hektisch arbeitende Feuerwehrmänner. Unbefangen schritt
Oprschalek durch das Gewühl und betrat das Verwaltungsgebäude. Kein Portier, kein Aufseher, kein Angestellter. Alle rannten draußen wie die aufgeschreckten
Hühner herum. ›Es fehlt nur noch, dass sie zu gackern
anfangen …‹, dachte er sich und stieg die Stiegen in den
ersten Stock hinauf. Dort roch es plötzlich nicht mehr
nach Rauch und Brand, sondern nach frisch gekochtem
Bohnenkaffee. Er ging seiner Nase nach, öffnete eine
Tür und stand im Sekretariat des Herrn Direktors. Eine
beleibte Dame, augenscheinlich die Sekretärin des hier
amtierenden Kapitalisten, stand am Fenster und beobachtete gebannt das Chaos. Nur kurz drehte sie sich zu
ihm um und sagte mit barscher Stimme:

»Der Herr Direktor ist unten beim Feuer. Kommen
S' später wieder!«

Mit einigen schnellen Schritten war er hinter ihr und
packte sie bei ihrer pompösen Frisur. Er schlug ihr
Gesicht gegen sein Knie, das er in die Höhe riss. Knirschend brach ihr Nasenbein. Mit einem schrillen Quietscher sackte sie bewusstlos zusammen. Er fetzte ihr die
Bluse vom Leib, riss diese zu Stoffbahnen und fesselte
sie damit an Handgelenken und Beinen. Zur Sicherheit
stopfte er ihr den Rest der Bluse in den blutverschmierten
Mund. Dann sah er sich im Sekretariat um: Eine große
Flügeltür führte offensichtlich in das Zimmer des Direktors. Gegenüber befand sich eine schmälere Tür, die nur
angelehnt war. Dort zog es ihn hin, und er hatte richtig

geschnuppert: Dahinter gab es eine kleine Teeküche mit einem Herd und einer echten Karlsbader Kaffeemaschine. Vor ihm stand eine Kanne. Ein Tablett war ebenfalls hier. Darauf befanden sich eine leere Kaffeeschale, ein Teller mit den Resten einer Eierspeise und einer angebissenen Buttersemmel sowie ein Kipferl. Oprschalek schlang Eierspeise und Semmel gierig hinunter und goss sich Kaffee in die Schale ein. Mit langen Schlucken und geschlossenen Augen genoss er das belebende Getränk. Wie lange hatte er in der Früh schon keinen Bohnenkaffee mehr getrunken? Zur zweiten Schale Kaffee aß er das Kipferl, rülpste leise und fühlte sich angenehm gesättigt. Plötzlich hörte er, wie die Sekretariatstür aufgerissen wurde und schnelle, energische Schritte das Zimmer durchmaßen. Eine herrische Stimme erklang:

»Fräulein Pagogna, kommen S' in den Hof runter und helfen S' uns, die Verletzten zu versorgen! Wo stecken S' denn?«

Durch den Türspalt erspähte Oprschalek den Direktor, der sich im Sekretariat umsah, ohne dass er die hinter dem Schreibtisch liegende, bewusstlose Sekretärin bemerkte. Wütend riss er die Tür zu seinem Arbeitszimmer auf, stürmte hinein und rief nochmals laut.

»Fix noch einmal! Fräulein Pagogna, wo stecken Sie?«

Oprschalek stürmte durch das Sekretariat, griff sich im Vorbeilaufen einen gusseisernen Locher, stürzte in das Direktorenzimmer und versetzte dem Direktor damit einen Schlag auf den Schädel. Mit schreckgeweiteten Augen ging dieser in die Knie. Blut rann über sein Gesicht. Dann fiel er vornüber. Oprschalek stand über sein Opfer gebeugt und betrachtete es nachdenklich. Der

Mann war groß und schlank. Oprschalek kratzte sich den Vollbart und grinste. Dann begann er den Direktor vorsichtig, ohne die Kleidungsstücke blutig zu machen, auszuziehen: Das Sakko, die Schuhe, die Hose, das Hemd, Hemdkragen, Krawatte und Manschetten. Nach einigem Zögern auch die blütenweiße, offensichtlich heute Morgen frisch angezogene Unterwäsche sowie die Kniestrümpfe. Dann entkleidete er sich selber vollkommen und schlüpfte in das Direktorengewand. Tatsächlich, sein Schneiderauge hatte ihn nicht getäuscht! Unterwäsche, Hemd und Anzug passten ihm vorzüglich, nur die Schuhe waren zu klein. Mit ungelenken Fingern band er sich die Krawatte und richtete mit etwas Spucke seine wüste Frisur. Er tastete nach der Innentasche des Sakkos und zog eine Brieftasche heraus. Grinsend stellte er fest, dass der Herr Direktor über 150 Kronen mit sich herumgetragen hatte. Nun fiel ihm eine gepflegte, lederne Aktentasche auf, die neben dem Schreibtisch stand. Er öffnete sie und entleerte sie über der Tischplatte. Neben etlichen Papieren fiel auch ein dicker Schlüsselbund heraus. Oprschalek sah sich die Schlüssel genau an. Ein kleiner Kerl mit beidseitigen Zacken erregte seine Neugierde.

»Der schaut mir ganz nach einem Tresor-Schlüssel aus ...«

Oprschalek musste nicht lange suchen. Hinter dem Bild eines streng blickenden Herrn in altertümlicher Kleidung, wahrscheinlich der Vater oder Vorgänger des jetzigen Direktors, war ein Panzerschrank in die Wand eingemauert. Er nahm das Bild ab und versuchte mit vor Aufregung feuchten Fingern, den Schlüssel in das Schloss zu stecken. Nachdem er zuerst den Schlüssel verkehrt herum angesetzt hatte, schwang schließlich die Tresortür auf. Er war enttäuscht. Auf den ersten Blick sah er nur Aktenordner. Dann fiel ihm jedoch eine elegante Ledertasche auf. Als er sie öffnete, pfiff er leise durch die Zähne. Die Tasche enthielt zehn dicke Bündel mit 100-Kronen-Scheinen, die Oprschalek in der großen, ledernen Aktentasche verstaute. Sein altes Gewand legte er sorgsam zusammen und verschnürte es zu einem Bündel. Dann verließ er das Zimmer. Gemessenen Schrittes stieg er die Treppe hinunter, ein Angestellter stürzte herein und schrie:

»Wissen Sie, wo der Herr Direktor ist?«

Oprschalek nickte und antwortete geistesgegenwärtig:

»Er muss irgendwo auf dem Fabriksgelände sein. Ich komme gerade aus seinem Büro, dort ist er nicht.«

Der Mann schrie »Danke!« und eilte aus dem Gebäude. Oprschalek trat auf den Fabrikhof hinaus. Rings um den Brandherd wurlte* es vor Menschen. Mittlerweile waren dort an die zehn Spritzenwägen und über hundert Feuerwehrmänner im Einsatz. Ohne sich noch einmal umzudrehen, schritt er durch die Haupteinfahrt hinaus auf die Laaer Straße und ging zügig stadteinwärts. Das Bündel Kleider, das er bei sich trug, warf er in einem hohen Bogen in ein Gebüsch am Straßenrand. Ein Akt der Befreiung. Damit hatte er sich von dem miserablen Leben der letzten Wochen getrennt.

Im Herzen des 10. Bezirks hielt er einen leeren Fiaker an und befahl ihm, ihn zu einem jüdischen Schuhmacher im 2. Bezirk zu fahren, der nicht nur neue Schuhe machte,

---

* wimmeln

sondern auch mit erstklassigen gebrauchten handelte. Dort würde er den vorletzten Schwachpunkt seiner neuen Erscheinung, das abgerissene Schuhwerk, tilgen. Wenn das erledigt war, musste er nur mehr zum Friseur gehen und sich danach um einen neuen, gefälschten Ausweis kümmern. Dann war der alte, gehetzte Oprschalek endgültig Geschichte.

IV/2.

Es blies ein ziemlich heftiger Wind am Morgen des 18. August 1911. Aurelia Nechyba wandelte beschwingten Schrittes über den Naschmarkt. Heute hatte der Kaiser Geburtstag. Unglaubliche 81 Jahre zählte der Monarch. Aurelia fühlte sich aufgrund ihrer seinerzeitigen Anstellung als Köchin im Haushalt des Bruders seiner Majestät dem Kaiserhaus immer noch sehr verbunden. Deshalb hatte sie sich heute eine frische Bluse und die fein gebügelte Schürze angezogen.

»Frau Aurelia, was ist denn passiert? Sie haben sich ja heut' besonders herausgeputzt?«

Diese Anrede ließ die Köchin aus ihren Gedanken aufschrecken. Das derbe, rundliche Gesicht der Freihof-Mizzi, einer Fratschlerin, die sie schon lange kannte und die für ihr loses Mundwerk bekannt war, grinste sie an.

»Heut hat unser Kaiser Geburtstag …«, verkündete Aurelia und das Gesicht der Freihof-Mizzi verzog sich zu einer unwilligen Grimasse.

»Gehen S', hörn S' ma auf mit den hohen Herren! Die pfeifen sich doch um unsereiner überhaupt nix. Wir sind net amoi Dreck für die. Wir sind gar nix. Schaun S' die Fleischkrise an. 800 Tonnen erstklassiges, gefrorenes argentinisches Rindfleisch lagert in Triest. Und warum ist das net schon längst bei uns in Wien? Weil das die hohen Herren in der ungarischen Regierung blockieren. Und weil sie für ihre Zustimmung jede Menge Freiheiten erpressen wollen. Jawohl, erpressen! Und was macht der Kaiser? Nix! Der sitzt in Bad Ischl, genießt die Sommerfrische, geht jeden Tag jagen und isst frisches Wild, das er selbst g'schossen hat. Mein Lieber, so gut sollt es unsereins gehen. Der Kaiser? Ha! Der braucht kein argentinisches Rindfleisch!«

»Also, jetzt hören S' aber auf! Tun S' unsern Kaiser ja net verunglimpfen. Das ist Majestätsbeleidigung, so wie Sie daherreden!« Aurelia Nechybas Stimme bebte vor Zorn. Einige Passantinnen, die den Ausführungen der Fratschlerin zuvor gelauscht hatten, nickten beifällig. Aurelia herrschte die Standlerin an:

»Mein Mann ist Polizist. Wenn ich dem das erzähl', was Sie gerade g'sagt haben, verhaftet er Sie vom Fleck weg!«

Nun machte die Fratschlerin einen Buckel und begann zu jeiern*:

»Geh, warum denn? I hab ja nix 'tan … I bin ja nur a klanes Würschtl. Und i hab's ja net so g'meint. Hoch lebe unser Kaiser! Hoch! Dreimal hoch!«

Die umstehenden Köchinnen, Dienstmädel, Bauern, Herumtreiber sowie gnädigen Frauen stimmten in die Hochrufe ein. Aurelia gab sich einen Ruck und ging weiter. Das nunmehr unterwürfige Verhalten der Fratschlerin war ihr noch mehr zuwider als deren obrigkeitsfeindliches Gerede zuvor. Mit hoch erhobenem Haupt und stolz darauf, die Ehre des Kaisers verteidigt zu haben, schritt die Köchin durch das Gedränge. Plötzlich fühlte

---

* jammern

sie sich beobachtet. Ein sehr gut gekleideter Herr in einem hellen Anzug mit Sommerhut und einer runden, in Gold gefassten Brille fixierte sie. Er hatte einen üppigen, grauen Vollbart und stand beim Knödelmann, wo er sich gerade einen dampfend heißen Semmelknödel kaufte. Mit prüfendem Blick fixierte er die Köchin. Da Aurelia nicht gewohnt war, von fremden Herren angestarrt zu werden, senkte sie den Kopf und eilte an dem Mann vorbei. ›Wenn das mein Nechyba mitbekommen würde, täte er ihn augenblicklich zur Rede stellen‹, dachte sie sich und war stolz auf ihren stattlichen und kräftigen Mann. Ihr Weg führte sie zu dem gemauerten Fischstand, der sich am Ende des Marktes bei der Friedrichstraße befand. Dort war sie keine Unbekannte, denn im Zuge der Fleischkrise bereitete sie nun sehr oft Fischgerichte zu. Und die Fische dafür bekam sie hier in erstklassiger Qualität und zu vernünftigen Preisen.

»Ah, meine Lieblingsköchin …«, streute ihr der Fischhändler Rosen. »Was darf es denn heute sein? Wir hätten einen frischen Schill oder auch einen ganz wunderbaren Angler. Für ein gutes Fischbeuschlsupperl könnt' ich Ihnen Gräten, Flossen, Köpfe und diverses anderes Kleinzeug von den Fischen zu einem besonders guten Preis geben. Und was wir heute noch haben, sind Karpfen aus dem Waldviertel. Ganz frisch und net so groß wie sonst. Darum schmecken s' auch äußerst delikat. Nicht so sumpfig und ledrig wie die großen. Also die Karpfen kann ich Ihnen wärmstens empfehlen …«

Aurelia ließ sich die Karpfen zeigen, die wirklich noch jung und schlank waren und wunderbar frisch aussahen. Ursprünglich wollte sie ja einen ›Fogosch au gratin‹ machen, aber der Fischhändler hatte sie nun auf eine andere Idee gebracht: Heute Mittag würde es im Hause Schmerda ›Schwarzfisch‹ geben. Ein Rezept, das sie nun schon längere Zeit nicht mehr zubereitet hatte, da ihr die Qualität der Karpfen nicht wirklich zugesagt hatte. Auf dem Rückweg kaufte sie am Naschmarkt Wurzelwerk, Zwiebeln, Zitronen, Orangen, Nüsse, Mandeln und Dörrzwetschken. Plötzlich sah sie vis-à-vis auf der anderen Seite der Linken Wienzeile den eleganten Herrn von vorhin. Diesmal kam er, sein Spazierstöckchen schwingend, aus dem Café Dobner heraus. In seiner Begleitung befand sich ein ebenfalls gut gekleideter, bulliger Mann, der ein ausgesprochen verlebtes Gesicht hatte und heftig auf Ersteren einredete. Aurelia erschrak über den brutalen Ausdruck der Gesichtszüge dieses Mannes. Und plötzlich hatte sie ein Déjà-vu-Erlebnis: Genau dort vor dem Café Dobner hatte sie öfters den Mann der ermordeten Hausmeisterin Oprschalek herumlaufen sehen. Dieselbe Haltung, derselbe Gang. Und wenn sie sich jetzt den vollen, grauen Bart und die distinguiert wirkende Brille wegdachte, dann war das der Oprschalek, der einfach nur in einer feinen Schal'n steckte. Das durfte doch nicht wahr sein! Ihr Mann, der Nechyba, jagte diesen Verbrecher nun schon über ein halbes Jahr lang, und der spazierte am helllichten Tag elegant gekleidet und bester Laune unbehelligt in der Stadt herum. Voll bepackt, blickte sie den beiden nach. Nein, Nachlaufen hatte keinen Sinn. Außerdem musste sie schleunigst mit dem Kochen beginnen, denn die Zubereitung des Schwarzfisches brauchte einige Zeit. Auf den Weg in die Schmerda'sche Wohnung überlegte sie fieberhaft, wie sie den Nechyba möglichst rasch von ihrer Entdeckung verständigen könnte. Und als sie so geistesabwesend vor sich hin ging, rannte sie in den Planetenverkäufer Stanislaus Gotthelf, der gemütlich über den Markt schlenderte. Kreischend flatterte sein Papagei in die Luft und Aurelia rief:

»Entschuldigen vielmals!«

Gotthelf antwortete gut gelaunt:

»Hoppala! Wohin so schnell des Weges?«

Er zog eine geschälte Haselnuss aus der Rocktasche und lockte damit die Papageiendame auf seine Schulter zurück. »Ist schon gut, Hermi …Kannst dich wieder beruhigen.«

Zu Aurelia gewandt, meinte er charmant:

»Kann ich Ihnen in irgendeiner Weise behilflich sein, liebe Frau Nechyba?«

»Haben S' vielleicht zufällig einen Bleistift und ein Zetterl?«, erwiderte die Köchin, die eine Idee hatte. Als der Planetenverkäufer nickte und beides aus seinem Bauchladen herauskramte, rief Aurelia den Dienstmann, der an der Ecke eines gemauerten Standes gerade gemütlich ein Zigaretterl rauchte, zu sich. Mit energischer Handschrift schrieb sie, auf Gotthelfs Bauchladen gestützt, folgende Botschaft:

Nechyba!

Ich habe den Oprschalek vorm Café Dobner gesehen. Heller, eleganter Anzug, Hut, goldgefasste Brille, grauer Vollbart. Ging Richtung Innenstadt.

Aurelia

Sie faltete das Zetterl zusammen und gab es dem Dienstmann mit dem Auftrag, es so schnell wie möglich dem Inspector Nechyba ins k.k. Polizeiagenteninstitut im Polizeigebäude an der Elisabethpromenade zu bringen. Dort würde er auch bezahlt werden. Der Dienstmann nickte und machte sich auf den Weg. Und Aurelia ließ sich, entgegen ihren sonstigen Gewohnheiten, von Gotthelfs Papagei ein Horoskopzetterl aus dessen Bauchladen ziehen. Sie zahlte ihm zehn Heller dafür, bedankte sich für die Hilfe, schnappte ihre Einkäufe und eilte in die Schmerda'sche Wohnung. Die dicke Gerti hatte zum Glück schon das Feuer im Herd gemacht, sodass Aurelia umgehend eine Kasserolle aufstellen konnte, in der sie Zucker karamellisierte. Gerti wusch und putzte inzwischen das Wurzelwerk. Dieses schnitt die Köchin mit geübten Griffen blättrig und gab es gemeinsam mit einer fein geschnittenen Zwiebel in die Kasserolle. Sie würzte mit schwarzem Pfeffer, Neugewürz sowie einer Prise Muskat und löschte, als das Gemüse angeröstet war, mit einem Schuss Essig ab. Dann goss sie mit je einem Seitl Schwarzbier und Rotwein auf. Nun gab sie geriebene Zitronen- und Orangenschale, eine Handvoll Dörrzwetschken und Rosinen, etwas geriebenen Lebkuchen, in kleine Würfel gehackte Äpfel, die Köpfe der Karpfen sowie deren sorgfältig geputzte Eingeweide dazu und fügte Wasser sowie Salz hinzu. All das musste zwei Stunden kochen. Danach würde sie die Fischreste abseihen, alles andere passieren und mit fein geschnittenen Dörrzwetschken, Nüssen, Mandeln und Rosinen verfeinern. Diese köstliche, schwarze Sauce würde sie dann über die gesottenen Karpfen gießen und zusammen mit Salzerdäpfeln servieren. Als Aurelia auch Vorspeise und Nachspeise zubereitet hatte, setzte sie sich einen Augenblick hin, um zu verschnaufen. Da fiel ihr das Horoskopzetterl ein, das sie dem Gotthelf aus Dankbarkeit für seine Hilfe abgekauft hatte. Sie kramte es aus ihrer Schürzentasche und entfaltete es. Als sie den Text las, runzelte sie die Stirne und musste ganz heftig an Nechyba denken: *Die Sterne stehen günstig. Bei gutem Wind kann Ihnen ein dicker Fisch ins Netz gehen.*

V/2.

GUT AUSGESCHLAFEN WAR er heute Morgen aufgewacht. Nach einer erfrischenden Gesichts- und Oberkörperwäsche rief er das Dienstmädel, das ihm neue Unterwäsche brachte: blütenweiß gewaschen und frisch gebügelt. So wie er es liebte und worauf er viele Jahrzehnte seines Lebens hatte verzichten müssen. Aber das Blatt hatte sich gewendet! Nun war er der, der anschaffte. Gut gelaunt, marschierte er über den Spittelberg zur Mariahilfer Straße und stieg dann über die Fillgrader Stiege, eine innerstädtische Treppenanlage im modernen sezessionistischen Stil, hinab ins Wiental. Im Café Dobner vis-à-vis des Naschmarktes genoss er ein Frühstück mit zwei Eiern im Glas und einem dicken Butterbrot, das in appetitliche Schnitten zerteilt war. Mit Bedacht streute er auf jede dieser Schnitten eine winzige Prise Salz. Dazu schlürfte er nun schon seine zweite Melange. Und da er nichts Besseres zu tun hatte, griff er zur ›Neuen Zeitung‹, deren Titelblatt ein Portrait Kaiser Franz Josefs sowie eine Szene aus der Wiener Neustädter Militärakademie zierten.

»Jessas, heut ist ja der 18.! Der Kaiser hat Geburtstag ...«, murmelte Budka und überflog mit Widerwillen den zur Illustration passenden Leitartikel. Die folgenden Absätze stachen ihm besonders ins Auge:

Die Empfindungen, die der achtzehnte August in uns Oesterreichern weckt, können sich nicht verändern, sondern nur immer mehr vertiefen, je öfter wir diesen Tag schon erlebt haben.

Unser Kaiser hat die große geschichtliche Aufgabe, welcher er sein ganzes Leben hingegeben hat, noch zu vollenden und so sein Werk zu krönen. Er ist dazu berufen, die schweren und langwierigen Kämpfe, welche die Emporentwicklung des alten Oesterreich zum modernen Staatswesen begleiteten und hemmten, zum Abschluß zu bringen und den Völkern, die an diese Kämpfe ihre besten und edelsten Kräfte verschwendet haben, die beglückende Aussicht auf eine lange Epoche inneren Friedens, schöpferischer Arbeit und reicher Kulturblüte zu eröffnen.

Aber nicht nur für Oesterreich allein, auch für ganz Europa ist unser Kaiser eine Persönlichkeit von tief- und weitreichender Bedeutung. Friede ist in ihm und Friede geht von ihm aus ...

»In Ewigkeit, Amen ...«, brummte Budka und ärgerte sich. Je älter der Kaiser wurde, desto sakraler fielen die Lobhudeleien zu seinen diversen Jubiläen aus. »Jetzt fehlt nur noch, dass sie ihn irgendwann einmal selig sprechen ...«, grummelte er und sein Blick fiel auf den zweiten Artikel, der sich auf der Titelseite der ›Neuen Zeitung‹ befand und dessen Überschrift ›Der Schacher ums Fleisch‹ lautete:

Die Vertreter der österreichischen Regierung sind resultatlos aus Budapest zurückgekehrt. Die Herren, welche die magyarische Regierung vertreten, sind wirklich von dem Irrtum beseelt, dass sie glauben, wegen der Ein-

fuhrbewilligung von 800 Tonnen argentinischen Fleisches
wird Oesterreich sich vollkommen ausplündern lassen.

Ungarn fordert einen ganzen Rattenschwanz von Ent-
schädigungen für die Zustimmung, dass das gefrorene
Fleisch »nicht seuchenfrei« sei.

»Entschuldigen Sie, ist da noch ein Platz frei?«

Budka sah von der Zeitung auf, wunderte sich, warum
der elegant gekleidete Herr sich gerade zu ihm an den
Kaffeehaustisch setzen wollte, grunzte ein nicht sehr
begeistert klingendes »Bitteschön …« und widmete sich
weiter der Lektüre:

Erstens wollten die Magyaren die Zustimmung zu dem
Annaberger Anschlusse an die Kaschau-Oderberger Bahn,
zweitens massenhaft tarifarische Konzessionen, drittens
eine Vereinbarung über die Behandlung magyarischer
Schiffahrtsunternehmungen in Oesterreich und viertens
allgemeine wirtschaftliche Zugeständnisse erreichen.

Wir haben schon wiederholt betont: Das berüchtigte
Beck'sche Geheimabkommen betrifft nur Vorsichtsmaß-
nahmen gegenüber einer Verseuchung des österreichisch-
ungarischen Viehes. Da eine Seuchengefahr bei der Ein-
fuhr gefrorenen Fleisches nicht vorliegt, hat Ungarn gar
keinen Rechtstitel, ein Veto einzulegen. Es war daher
von Seite der früheren Regierung ein taktischer Fehler,
dass man sich bezüglich der Einfuhrbewilligung gefro-
renen Fleisches überhaupt in Verhandlungen mit Buda-
pest eingelassen hat. Wenn nun die magyarischen Zwi-
schenhändler erklären, dass sie eine Einfuhr der 800 in
Triest gelagerten Tonnen geschlachteten Fleisches ohne
Erledigung aller magyarischen Forderungen nicht bewil-
ligen können, so ist das nicht nur vom rechtlichen Stand-

*punkte total unbegründbar, vom staatspolitischen aber
stellt diese Sucht, Zugeständnisse zu erpressen, einen bei-
spiellosen Skandal dar …*

Kopfschüttelnd ließ Budka die Zeitung sinken und
dachte sich: ›Da schreiben s' einerseits von einer langen
Periode inneren Friedens und dann streiten die Ungarn
und die Österreicher wegen ein paar hundert Tonnen
gefrorenen Fleischs auf Mord und Brand. Das ist alles
so verlogen …‹ Kopfschüttelnd nahm er einen großen
Schluck Kaffee und legte angewidert die Zeitung weg.

»Und was schreibt das christlichsoziale Hausmeister-
blatt?«, fragte der feine Herr plötzlich. Budka sah sich
den Kerl das erste Mal genau an und war irritiert. Irgendwie kamen ihm Stimme und Diktion bekannt vor. Aber
das gesamte Erscheinungsbild passte so gar nicht … Sein
Gegenüber genoss Budkas Verwirrung. Er lächelte mali-
ziös, nahm die Brille mit Goldrand ab und strich sich
genussvoll über den vollen, graumelierten Bart. Und da
erkannte ihn Budka. Er lehnte sich zurück, grinste und
sagte leise:

»Mein Gott, Frantisek … Dass du dich im Laufe des
heurigen Jahres sehr verändert hast, is' mir schon früher
aufg'fallen. Dass du aber jetzt in so einer feinen Schal'n
umadum rennst und auf Professor tust, das haut mich
aus die Böck*.«

Oprschalek beugte sich zu ihm vor und sagte ebenfalls leise:

»Ich hab a lausige Zeit hinter mir. Aber des is, Gott sei
Dank, vorbei. Jetzt führ ich das Leben eines wohlsituier-
ten Privatiers. Und mit dem Vollbart und der Brille hast

---

* Schuhe

226

nicht einmal du mich erkannt. Das war für mich a ganz wichtiger Versuchsballon. Wenn meine Verkleidung bei dir nix gefruchtet hätt', müsst' ich in Zukunft mehr aufpassen. Aber so …«

Oprschalek lachte.

»Fast hättest mich nicht einmal an deinen Tisch setzen lassen … Herrgott, das war köstlich. Weißt, wie ich mich zusammenreißen hab' müssen, dass i net losgebrüllt hab' vor Lachen?«

Budka lachte nun auch. Sie bestellten jeder eine Melange und Oprschalek schilderte Budka, was er seit seiner Flucht aus dem Hotel Hungaria erlebt hatte. Und während Oprschalek erzählte, fraß Budka der Neid. Ja, er selbst hatte es auch recht gut getroffen. Er konnte sich nicht beklagen. Aber das unverschämte Glück, das der Oprschalek gehabt hatte, als er in dem Firmentresor 20.000 Kronen gestückelt in 100-Kronen-Scheinen gefunden hatte, schwanzte* Budka. Und plötzlich kroch die massive Antipathie, die er schon vor dessen Flucht für ihn empfunden hatte, wieder hoch. Dieser Kerl hatte wirklich ein unverschämtes Massel! Sogar der Verhaftung, die aufgrund des Zunds, den er dem Redakteur Goldblatt gegeben hatte, in die Wege geleitet worden war, hatte er sich entziehen können. Budka war erleichtert, als Oprschaleks Sermon endlich versiegte. Schweigend saßen sie sich eine Zeit lang gegenüber. Plötzlich beugte sich Oprschalek vor, berührte vertraulich Budkas Arm und sagte:

»Weißt was? Ich lad' dich zum Essen ein. Und zwar in die ›3 Hacken‹. Dort hat schon der Nestroy verkehrt.

---

* ärgern

Das ist mein Stammbeisl. Weil, ich wohn' ja jetzt im 1. Bezirk.«

Budka hätte dem unverschämten Strolch am liebsten mitten im Kaffeehaus eine in die Goschen gehaut. Zurück hielt ihn unter anderem der Gedanke, dass er Oprschalek beim Mittagessen ordentlich schädigen werde. Jawohl! Er würde sich nur die teuersten Speisen bestellen und beim Wein darauf bestehen, dass zur Feier des Tages nur edle Bouteillenweine bestellt werden sollten. Ja, so würde er es machen! Und auch der Schnaps soll in Strömen fließen. Dann würde der Angeber eine geschmalzene Rechnung serviert bekommen. Diese Aussichten stimmten ihn froh. Und da Oprschalek derzeit offensichtlich im Geld schwamm, sagte er zu ihm:

»Geh, Frantisek, sei so gut. Übernimm doch auch die Rechnung da im Dobner.«

Nachdem Oprschalek gezahlt und die beiden Männer das Café verlassen hatten, fiel Budka eine großgewachsene, kräftige, dunkelhaarige Frau auf der Naschmarktseite der Wienzeile auf. Sie starrte zu ihnen herüber. Nach ihrer langen, weißen Schürze und den beiden vollen Einkaufskörben zu schließen, musste die Frau Köchin sein. Diese Beobachtung führte Budka zu der Überlegung, dass Oprschalek vielleicht doch von anderen erkannt werden könnte. Dann wäre es für ihn selbst äußerst gefährlich, sich in Gesellschaft eines gesuchten Schwerverbrechers zu befinden. Damit war Oprschalek nicht nur ein Ärgernis für ihn, sondern eine potenzielle Bedrohung. Der Kerl wusste viel zu viel über Budka. Und wer weiß, ob er nicht doch verhaf-

tet werden und dann auch über seinen Freund Budka
auspacken würde?

Beim gemeinsamen Mittagessen in den ›3 Hacken‹ ver-
speiste Budka als Vorspeise Forellenkaviar auf Toast,
dann Dukatenschnitzerl vom Kalbslungenbraten sowie
eine Riesenportion Salzburger Nockerln als Nachspeise.
Dazu tranken er und Oprschalek drei Bouteillen erstklassigen Gumpoldskirchner. Nun waren sie bei den
Schnäpsen angelangt. Hier hielten sie sich, aufgrund
der Völlerei, der sie sich hingegeben hatten, an Becherovka. Ein böhmischer Kräuterbitter, der bei Völlegefühl
wahre Wunder zu wirken vermochte. Budka war träge
und faul. Aber Oprschalek hatte noch nicht genug. Er
schwafelte von früheren Zeiten und von ihren gemeinsamen Besäufnissen im Esterhazykeller. Als er Budka
vorschlug, jetzt dorthin zu gehen und weiter zu saufen,
hatte dieser eine Idee.

Es war schon nach Mitternacht, als Budka den stock-
besoffenen Oprschalek die steilen Treppen des Ester-
hazykellers hinaufschleppte. Er ging mit dem auf
ihn gestützten und nur mehr leise vor sich hinlallen-
den Schneidergesellen über den weiten Platz am Hof
zur Wipplinger Straße. Dort wandte sich das schwan-
kende Duo Richtung Börse. Auf der neuen, im modernen sezessionistischen Stil errichteten Hohen Brücke sah
sich Budka um, ob sie sich auch alleine auf der Straße
befänden. Da dies der Fall war, lehnte er den schwan-
kenden Oprschalek an das halbhohe Brückengeländer.
Dann sah er sich nochmals um und holte aus. Ein Faust-

schlag traf Oprschaleks Brust. Der schnappte nach Luft, die Augen weit aufgerissen. Er schwankte, ruderte wild mit den Armen, kämpfte ums Gleichgewicht, kippte nach hinten. Ein dumpfer Aufschlag folgte. Budka war nun stocknüchtern. Er ging ans Ende der Brücke und eilte die Stiegen hinunter in den Tiefen Graben. Einsam lag Oprschaleks Körper auf der Straße. Budka trat neben ihn und beobachtete, wie sich eine Blutlache vom Kopf her unter Oprschalek ausbreitete. Er ging in die Knie und zog mit spitzen Fingern Oprschaleks Portemonnaie hervor. Dabei achtete er peinlich darauf, sich die Hände nicht blutig zu machen. Ein Fiaker kam müde angetrottet. Budka sprang auf und rief dem Kutscher zu:

»Ein Lebensmüder. Der is von der Bruck'n runterg'sprungen. Schnell! Holen S' Hilfe! Schnell!«

Der Fiakerfahrer schnalzte mit der Peitsche und fuhr flott weg. Budka aber steckte das Portemonnaie ein und spazierte seelenruhig davon. Nicht ohne dabei leise eine Melodie zu pfeifen.

VI/2.

DER HINTERE TEIL des Schädels war Brei. Ein Gemisch aus Knochensplittern, Hirnmasse und Blut. Als Nechyba die Leiche umdrehte, sah er das Antlitz eines bärtigen Mannes mit Goldbrille. Die Brillengläser waren zersprungen und blutverschmiert. Als er dem Toten vorsichtig die Brille abnahm, sah er in blassblaue, vor Schreck geweitete Augen. Nach einem kurzen Moment des Zauderns schloss er die Lider des Toten. ›Möge der Herrgott der armen Sau verzeihen ...‹, dachte Nechyba und erhob sich mühevoll aus der Hocke. Die Knie krachten, die Beine schmerzten, er schnaufte kurzatmig. Das Alter schlug unbarmherzig zu, wie sich Nechyba eingestehen musste. Mit seinen 51 Jahren merkte er nun, dass es an allen Ecken und Enden seines Körpers zu zwicken begann. Erst unlängst hatte er sich das Kreuz verrissen und darunter etliche Tage gelitten. Er seufzte. Ein Sanitäter der Freiwilligen Rettungsgesellschaft trat neben ihn und brummte missmutig:

»Das ist eine traurige Sache mit den Selbstmördern. Fast immer, wenn ich Dienst hab, gibt's einen. Kein Wunder, in diesen Zeiten. Die Leut' sind verzweifelt. Wenn man nix zum Essen und zum Leben und kein Dach überm Kopf hat, was bleibt einem dann anderes übrig?«

Nechyba kratzte sich über die bartstoppelige Wange und erwiderte nachdenklich:

»Der da hat aber keine finanziellen Sorgen g'habt. Schaun Sie sich den Anzug und die Schuhe an. Beides Maßarbeit und beste Materialien. Wenn ich mich net irr, sind die Schuhe sogar aus weichem Kalbsleder. Also, Geldsorgen dürfte der keine g'habt haben.«

Er starrte weiter in das Gesicht des Toten. Irgendwie kam es ihm bekannt vor. Wenn er nur wüsste, woher … Ächzend hockte er sich nochmals neben die Leiche und griff in deren Sakkoinnentasche. Er fischte einen in einer Lederhülle befindlichen Personalausweis heraus, den er aufklappte. Dabei flatterte ein zusammengelegtes Blatt Papier zu Boden. Unglücklicherweise gerade dort, wo die Blutlache war.

»Himmelherrgott noch einmal«, fluchte Nechyba und zog das Blatt Papier aus dem Blutsumpf. Er wischte es, so gut es ging, auf dem nächsten Pflasterstein ab und legte dann das klebrige Schriftstück vorsichtig in die Lederhülle zurück. Nun schlug er den Personalausweis auf und stellte fest, dass der Verstorbene ein gewisser Goran Brezina war. Als Beruf war Privatier angeführt. »Also doch ein Gstopfter* …«, murmelte Nechyba.

Zurück im Polizeigebäude verfasste er einen kurzen Bericht über den Selbstmord. Laut gähnend und todmüde erinnerte er sich dann an das Blatt Papier, das in die Blutlache gefallen war. Er griff zu der Lederhülle und fand das mit eingetrocknetem Blut besudelte Papier festgeklebt. Vorsichtig löste er es vom Leder. Er faltete

---

* reicher/wohlsituierter Mensch

es auf und überflog den handgeschriebenen Text mit müden Augen:

Ich, György Friedmann, Eigentümer und Betreiber des Hotel Hungaria, gestehe, dass ich seit vielen Jahren junge Mädeln, die allesamt unter 14 Jahre alt waren, zur außerehelichen Beiwohnung gezwungen habe …

Plötzlich war Nechyba hellwach und der Schweiß brach ihm aus. Mit höchster Konzentration las er nun das gesamte Geständnis. Als er das Blatt sinken ließ, lehnte er sich zurück und atmete mehrmals tief durch. »So eine Sauerei!«, stieß er hervor. Draußen dämmerte bereits der Morgen und Nechyba überlegte die nächsten Schritte. Am Montagmorgen würde er sofort zum Zentralinspector Dr. Pamer gehen und alle nötigen Schritte in die Wege leiten. Diesem Friedmann gehörte das Handwerk gelegt!

Montagabend nach einem üppigen Nachtmahl in der Restauration ›Zum Rebhuhn‹ kehrte Nechyba ins Polizeigebäude zurück. Hier warteten bereits sechs Mann seiner Truppe auf ihn. Gemeinsam marschierten die Polizeiagenten zuerst die Elisabethpromenade und dann den Franz Josefs Quai entlang. Bei der neu erbauten Urania bogen sie in die Radetzkystraße ein, wo sie nach weiteren 10 Minuten Fußmarsch ihr Ziel erreicht hatten: das Hotel Hungaria. Nechyba zog seine Taschenuhr heraus, klappte sie auf und grunzte zufrieden. Es war 10 Minuten vor 22 Uhr. Er winkte den langen Paul zu sich und ging mit ihm ins Café Hungaria. Dort begrüßte er Leo Goldblatt, der schon gespannt auf ihn wartete. Paul postierte sich vor der Hoftür des Cafés, so dass keiner der

Verbrecher hier entweichen konnte. Nechyba ging mit Goldblatt zu seinen Männern zurück.

»Meine Herren, das ist der Redakteur Goldblatt«, brummte er. »Ich hab ihn eingeladen, die Polizeiaktion zu beobachten und über deren erfolgreichen Verlauf zu berichten. Also: Keine Unachtsamkeiten und höchste Konzentration. Dass uns net wieder so ein Verbrecher entwischt …«

Die Polizeiagenten nickten ernst und Nechyba trat als Erster in die Hotelhalle, wo gähnende Leere herrschte. Er stapfte zur Portiersloge und betätigte die Klingel. Seine Männer verteilten sich in der Halle. Aufgeschreckt von der Klingel kam eine große, junge Frau aus dem Kammerl hinter der Portiersloge hervor. Sie richtete ihr Haar und gähnte. Als sie Nechyba und seine Leute erblickte, wurde sie blass:

»Wieso … wieso Polizei?«, stammelte sie.

Nechyba machte »Pssst!« und fragte leise, wo er den Herrn Direktor Friedmann finden könne.

»Der is' in seinen Privatgemächern. Im ersten Stock. Können ihn jetzt net stören …«, flüsterte die Frau. Nechyba grinste böse und zischte: »Und ob ich das kann!« Dann stürmte er mit langen Schritten die Stiege hinauf. Zwei seiner Männer folgten ihm, ein weiterer gesellte sich zu der Frau und deutete ihr, sich niederzusetzen. Im ersten Stock sah Nechyba rechter Hand eine repräsentative Flügeltür, auf der das Schild ›Privat‹ prangte. Vorsichtig drückte er die Schnalle herunter und versuchte sie zu öffnen. Sie war versperrt. Nechyba ging einige Schritte zurück, nahm einen kurzen Anlauf und rammte mit der Schulter die Tür, die krachend aufsprang.

Er stolperte in ein luxuriös eingerichtetes Vorzimmer, von dem zwei Türen wegführten. Er riss die linke auf und blickte in einen dunklen Salon. Mit wenigen Schritten war er bei der rechten Tür und stieß sie auf. Hier war es auch dunkel, es roch aber nach Schlafzimmer. Im selben Moment wurde vom Bett aus Licht gemacht. Das bleiche Gesicht György Friedmanns starrte Nechyba mit großen, kohlrabenschwarzen Augen an. Das ebenfalls schwarze Haar – wahrscheinlich gefärbt, schoss es Nechyba durch den Kopf – stand wirr zu Berge.

»Sind Sie meschugge? Wos suchen Sie in meinem Schlafzimmer?«

»György Friedmann?«, knurrte Nechyba.

»In Person! Aber wer, zum Kuckuck, sind Sie?«

Nechyba zückte seine Polizeiagenten-Kokarde und erwiderte:

»Inspector Nechyba, k.k. Polizeiagenteninstitut. Ich habe einen richterlichen Haftbefehl, ausgestellt auf Ihren Namen. Also: Kräulln S' ausse aus der Harpfn* und kommen S' mit!«

»Wie reden S' mit mir? Das ist mein Haus. Ich wünsche einen anderen Ton …«

Das hätte Friedmann nicht sagen sollen. Nechyba fauchte: »Kusch, du Kinderverzahrer**!«, packte ihn beim Haar und zog ihn splitternackt, wie er war, aus dem Bett. Mit einem Stoß beförderte er ihn in die Arme des Polizeiagenten Pospischil, der Friedmann mit dem Gesicht voran unsanft an die nächste Wand drückte. Nun griff Nechyba nach der Decke, unter der sich ein weiterer

---

* Steigen Sie aus dem Bett
** Kinderschänder

menschlicher Körper abzeichnete. Behutsam lüftete er sie und blickte in ängstlich aufgerissene Kinderaugen. Vorsichtig suchte er unter der Decke die Hand des Mädchens und zog es zu sich. Immer darauf bedacht, ihren ebenfalls nackten Körper so weit wie möglich bedeckt zu lassen, hüllte er es in die Decke und hob es mit beiden Armen hoch. Die Kleine zitterte fürchterlich. Und plötzlich sagte der riesige Inspector ganz sanft:

»Brauchst keine Angst haben, Mäderl. Ich bin Polizist. Ich tu dir nix. Im Gegenteil: Jetzt wird alles gut. Wirst sehen …« Und damit trug er die Kleine ins angrenzende Badezimmer, wo sich ihre Kleidung, an einem Haken fein säuberlich aufgehängt, befand. Vorsichtig setzte er sie am Wannenrand ab und sagte:

»Ich geh jetzt hinaus und du ziehst dich an. Wennst fertig bist, kommst zu mir raus. Hast mich verstanden?«

Das Mädchen nickte und Nechyba schloss die Badezimmertür von außen.

»Ich protestiere, das Kind ist meine Tochter …« Weiter kam Friedmann nicht, denn Pospischil schlug ihm mit einem Schlagring auf den Hinterkopf. Mit einem kieksenden Geräusch sackte Friedmann seitlich am Boden zusammen. Nechyba brummte:

»Wenn er aufwacht, der Schweinkerl, soll er sich anziehen. Ich ruf' inzwischen einen Arrestantenwagen. Und die Kleine soll zu mir 'runterkommen.«

Von der Portiersloge aus telefonierte Nechyba. Als er das erledigt hatte, fragte er die junge Frau, wer sonst noch im Hotel logiere. Wortlos reichte sie ihm das Hotelbuch.

»Und? Gibt's noch andere Kinderverzahrer im Hotel da?«

Die junge Frau blickte ihn wortlos an und tippte dann auf den Namen eines Gastes, der im zweiten Stock logierte. Nechyba winkte einem seiner Agenten zu und beide stiegen noch einmal die Treppen empor. Beim Zimmer 201 klopfte Nechyba. Nach einiger Zeit näherten sich zögernde Schritte, eine Kinderstimme fragte:

»Wer ist denn da?«

Nechyba antwortete:

»Wir sind vom Hotel, wir bringen eine kleine Erfrischung …«

Der Schlüssel wurde umgedreht, die Tür geöffnet. Ein etwa zwölfjähriges, dunkelhaariges Mädchen sah ihn erwartungsvoll an. Er nahm es bei der Hand und zog es aus dem Zimmer heraus. Dann trat er ein. Es war eine zwei-Zimmer-Suite, wobei im ersten Zimmer auf einem der beiden Diwane ein weiteres Mädchen sein Nachtlager hatte. Nechyba ging in das nächste Zimmer und da saß ein älterer Herr mit einem dritten Kind im Bett. Beide sahen ihn erschrocken an. Nechyba hätte dem Kinderschänder am liebsten ins Gesicht gespien.

Später, als György Friedmann und Salomon Münz, der Mädchenhändler von Zimmer 201, sich im Arrestantenwagen befanden, hatte Nechyba die Kinder um sich in der Portiersloge versammelt. Er beratschlagte mit Pospischil und Goldblatt, was nun mitten in der Nacht mit ihnen geschehen sollte. Plötzlich sagte die junge Frau, die die ganze Zeit geschwiegen hatte.

»Ich, Bozena, werd' heut' Nacht auf d' Kinder aufpassen … ich versprech: Wird ihnen nix passieren.«

Nechyba schaute sie misstrauisch an:

»Und warum soll ich Ihnen das glauben?«

Plötzlich rannen der jungen Frau Tränen über die Wangen, ihre Augen funkelten wütend:

»Weil ich weiß, wie das is'. Wie, glauben S', bin i daher kommen? War selber zwei Jahre lang Friedmanns Spielzeug. Dann zu alt. Friedmann nahm Jüngere. Ich dann im Hotel Mädchen für alles. Musste dankbar sein, dass er mich net verkauft hat an Bordell …«

Nechyba bekam einen roten Kopf. Väterlich legte er seine Pranke auf die Schulter der Frau und murmelte:

»Bei Gott, das hab ich net wissen können …«

VII/2.

ZUFRIEDEN MIT SICH und seiner Arbeit, die ihm trotz seiner Anwesenheit bei dem nächtlichen Einsatz im Hotel
Hungaria leicht von der Hand gegangen war, verließ Leo
Goldblatt am späten Nachmittag des folgenden Tages
die Redaktion. Er gähnte, denn er war ziemlich müde.
Trotzdem machte er noch einen kurzen Abstecher in
die Druckerei und schnappte sich dort ein druckfrisches
Exemplar der Abendausgabe. Auf der Titelseite waren
eine kleine, fette Überschrift ›Mädchenhändler Münz
verhaftet‹ sowie der Beginn seines Artikels abgedruckt.
Fortgesetzt wurde der Bericht auf Seite 5, wo er fast die
ganze Seite einnahm. Goldblatt hatte extra einen Zeich-
ner zu sich ins Redakteurszimmer gebeten, um die Verhaftung von Münz im Bett mit dessen jungem Opfer auch
bildlich darzustellen. Das Bild war sehr gelungen und
Goldblatt schmunzelte zufrieden. Nochmals gähnend
machte er sich auf den Weg zum Schottenring. Da gerade
eine Tramway kam, stieg er ein und fuhr direkt bis vor
das Café Landtmann. Im Kaffeehaus steuerte er seinen
Stammplatz, eine Fensterloge, an und lächelte zufrieden,
als er merkte, dass dort bereits der dicke Nechyba saß
und offensichtlich auf ihn wartete. ›Endlich hat er mit
dem Schmollen aufgehört und ist wieder ins Landtmann
übersiedelt. Das war ja wirklich lächerlich, dass ich ihn

immer im Café Schottenring besuchen musste. So ein Bär von einem Mann und so angerührt wie eine Jungfrau …‹

»Goldblatt, warum grinsen S’ denn so?«, fragte Nechyba und schüttelte ihm die Hand. Goldblatt murmelte »Ach, nur so …« und ließ sich ihm gegenüber nieder. Nachdem er dem Kellner »Wie immer …« zugerufen hatte, hielt er dem Inspector voll Stolz die druckfrische Abendausgabe unter die Nase. Während Goldblatt seinen Türkischen mit einem Schuss Treberner schlürfte, las Nechyba konzentriert den Bericht über die Polizeiaktion der letzten Nacht. Als er fertig war, brummte er:

»Schöner Artikel … tadellos. Sie haben ja auch noch einiges zusätzlich recherchiert. Ich hab’ gar nicht gewusst, was der Münz für ein Pülcher* ist. Dass den das Landesgericht Krakau schon einmal wegen Mädchenhandels und anderer Delikte zu zwei Jahren Kerker verurteilt hat. Ich war übrigens auch nicht untätig. Wissen S’, das hat mir alles keine Ruhe gelassen. Deshalb bin ich heute wieder ins Hotel Hungaria gegangen. Dort hab ich mich noch einmal mit der Bozena unterhalten …«

Nechyba bugsierte das letzte, gewaltige Stück Mohnstrudel, das vor ihm lag, auf die Mehlspeisgabel. Er balancierte es geschickt in den Mund, kaute bedächtig und brummte dabei voll Behagen. Dann nahm er einen Schluck Kaffee und nuschelte, weil er sich während des Redens mit der Serviette Mund und Schnauzbart abwischte:

»Sie werden net glauben, auf was ich da draufgekommen bin …«

Goldblatt sah ihn gespannt an, und als Nechyba

---
* Verbrecher

seine Schnauzbartpflege fortführte, ohne weiterzureden, raunzte er ihn an:

»Reden S' endlich. Machen S' es net so spannend ...«

Nechyba grinste, lehnte sich zurück und begann zu erzählen:

»Erinnern Sie sich noch an den Selbstmörder, der am Samstag letzter Woche von der Hohen Brücke runtergesprungen ist ...? Der hatte Papiere auf den Namen Goran Brezina bei sich. Wie sich mittlerweile herausgestellt hat, waren diese Papiere nur Papierln. Eine ziemlich plumpe Fälschung, so wie man sie in jedem zweiten Beisl[*] unten im Prater bekommt.«

»Und? Was hat der Brezina oder wie immer er g'heißen hat mit dem Hotel Hungaria zu tun?«

»Mehr als Sie vermuten. Denn der gute Brezina hat heuer eine Zeit lang im Hotel Hungaria gewohnt.«

»War der auch ein Mädchenhändler?«

»Geh, wo denn! A Mädchenhändler war des net. Aber a Mörder und a Brandstifter. Der Brezina ist nämlich in Wirklichkeit der Frantisek Oprschalek, der Mann von Ihrer ehemaligen Aufräumfrau. Der Feuerteufel aus Ihrem Artikel ...«

»Das ist aber jetzt net wahr ...«

»Doch, doch ... Sie wissen ja, dass ich beim Brezina, also beim toten Oprschalek, das handschriftliche Geständnis vom Friedmann g'funden hab', dass der seit Jahren minderjährige Mädeln missbraucht. Das hat mir keine Ruh' lassen. Und so bin ich heute zu Mittag noch einmal ins Hotel Hungaria. Dort hab ich mir die Bozena g'schnappt, bin mit ihr ums Eck ins Kaffeehaus gegan-

---

[*] Kneipe

241

gen und hab' ihr, während sie eine Melange geschlürft hat, das Geständnis gezeigt. Da ist sie kaasweiß g'worden und wollt wissen, woher ich den Schrieb hab. Also hab ich es ihr erzählt. Drauf hat's zum Rern* ang'fangen. Als sie sich wieder beruhigt hat, hat's mir erzählt, dass der Oprschalek ihr Geliebter gewesen war und dass der das Geständnis dem Friedmann unter Anwendung von körperlicher Gewalt abgepresst hat. Und dann hat's mir erzählt, dass der Oprschalek über zwei Monate lang im Hotel Hungaria g'wohnt hat. Gell, da schaun S'?«

Goldblatt zückte Notizbuch und Bleistift und hielt diese Fakten schriftlich fest. Dann schüttelte der Redakteur den Kopf und sagte:

»Man kann wirklich in keinen Menschen hineinschaun. All das hätt'ich dem Oprschalek nie zugetraut. Der ist früher ein ganz ein ruhiger Mensch g'wesen. Ein Schneidergeselle, der sich bei den Sozialdemokraten engagiert hat. Ein Mann, der halt gewisse Dinge in unserem Staat geändert haben wollte. Manchmal hat er auch einen über den Durst getrunken … aber sonst … völlig unauffällig. Und plötzlich entpuppt er sich als Mörder, Brandstifter und Gewalttäter. Unglaublich, was in manchen Menschen so alles drinnen steckt …«

Nachdenklich zündete sich Nechyba eine Virginier an und gab Goldblatt, der gerade eine verknautschte Zigarette aus seinem Sakko fischte, ebenfalls Feuer. Schweigend rauchten beide eine Zeit lang, bis Goldblatt plötzlich schmunzelnd sagte:

»Wer weiß, was in Ihnen alles drinnen steckt, Nechyba. Welche Abgründe Sie vor uns verbergen …«

---

* weinen

Der Inspector zuckte zusammen. Er bekam einen roten Schädel und vermied es, Goldblatt anzusehen. Vielmehr rutschte er nervös hin und her und paffte hektisch Rauch in die Luft.

»Na, was haben Sie für ein Geheimnis? Was bedrückt Sie, Nechyba?«, insistierte Goldblatt, der bemerkt hatte, dass er völlig unbewusst einen wunden Punkt erwischt hatte. Nechyba lehnte sich zurück, schloss die Augen und nuckelte an seiner Zigarre. Er räusperte sich und sagte plötzlich mit leiser Stimme:

»Sie wissen ja gar nicht, wie recht Sie haben, Goldblatt.«

Er paffte weiter seine Zigarre und sagte dann:

»Seit über drei Wochen schlepp ich jetzt schon eine Sache mit mir herum, die mich wahnsinnig bedrückt. Jedes Mal, wenn ich daran denk', bekomm' ich Magenschmerzen … Aber vielleicht hilft's was, wenn ich jemandem davon erzähle …«

Dann beugte sich der große, dicke Mann vor und beichtete seinem schmächtigen Zuhörer die Geschichte, wie er der Frau Hubendorfer die Nachricht vom Tod ihres Mannes überbracht hatte, von ihrem Nussschnaps und dem betörenden Parfum, das ihn an seine Jugendliebe Martha Koslowski erinnert hatte. Und von dem Seitensprung, den er aufs Bitterste bereute. Als Nechyba geendet hatte, drehte sich Goldblatt um und rief dem nächsten Kellner zu:

»Zwei doppelte Treberne!«

Dann neigte er sich zu Nechyba und sagte:

»Wissen Sie, Nechyba, das macht Sie wirklich sympathisch. Bisher hab' ich Sie immer für einen verklemmten, moralinsauren Kleinbürger gehalten, der sich mit einem Panzer aus Prüderie und Vorurteilen gewappnet hat. Jetzt zeigen Sie erstmals menschliche Züge …«

»Lieber wäre ich der verklemmte, moralinsaure Kleinbürger geblieben und hätte weiterhin ein reines Gewissen. Sie können sich gar nicht vorstellen, was ich mir für Vorwürfe mache … Jedes Mal, wenn ich meiner Aurelia ein Busserl geb', denk ich mir: Du Saurüssel! Du hast auch die Hubendorfer geküsst …«

Nechyba seufzte und bekam feuchte Augen. Als Goldblatt das bemerkte, tat ihm der Inspector leid. Tröstend tätschelte er Nechybas Unterarm. Der ließ sich das dankbar gefallen und murmelte:

»Sie sind ein echter Freund, Goldblatt. Ich fühl mich jetzt wirklich erleichtert. Vielleicht sollt ich es auch meiner Aurelia beichten …«

In diesem Moment kam der Piccolo und servierte die beiden doppelten Schnäpse. Goldblatt erhob sein Glas und sagte mit strenger Stimme:

»Den Teufel werden Sie tun, Nechyba! Was Ihre Aurelia nicht weiß, macht sie nicht heiß. Deshalb gebe ich die Parole aus: Sauf und schweig!«

VIII/2.

EIN FREUNDLICH HELLER Sommermorgen blinzelte zwischen den Vorhängen ins Zimmer. Sich zufrieden streckend, warf Aurelia Nechyba einen verschlafenen Blick auf die Standuhr, die die Kommode zierte. Sie registrierte mit Genugtuung, dass es bereits viertel sieben war. ›Um diese Zeit bereite ich normalerweise schon das Frühstück für die Familie Schmerda zu. Es ist wirklich ein Segen, dass ich sonntags nicht arbeiten muss‹, dachte sie sich, gähnte und kuschelte sich an den mächtigen Leib des neben ihr liegenden Joseph Maria. Der reagierte mit einem schnaubenden Schnarchgeräusch, tastete nach ihrer Hand und drehte sich ein Stück zu ihr. Nun lag er, ihre Hand haltend, auf dem Rücken und begann lauthals zu schnarchen. Aurelia beobachtete ihren Mann und musste schmunzeln. Wie ein Kaiser lag er da. Eine imposante Erscheinung: mit halb aufgerichtetem Oberkörper auf mehreren Polstern thronend, den Schnauzbart mit einer Bartbinde hochgebunden und mit einem entspannt zufriedenen Ausdruck im Gesicht. Da Aurelia nun Gusto auf Kaffee bekam, löste sie vorsichtig ihre Hand aus der seinen, was Nechyba mit einem geschnaubten Schnarcher quittierte. Behutsam schlüpfte sie aus dem Ehebett, zog die Schlapfen und den Morgenrock an und ging nach nebenan in die Küche, nicht ohne die Verbindungstür zum Schlafzimmer leise zu schließen. Von der Bassena am Gang holte sie in einem Krug frisches Wasser und bereitete sich dann in einer Kupferkanne einen Türkischen zu. Als sie den gemahlenen Bohnenkaffee mit Zucker anröstete und dabei intensiver Kaffeegeruch aufstieg, überrieselte sie ein Schauer von Glück. Denn Bohnenkaffee war für sie nach wie vor ein Luxus. Jahrzehntelang hatte sie nur Malz- oder Zichorienkaffee getrunken. Doch nun, bei ihrem Nechyba, gab es selbstverständlich echten Bohnenkaffee. Und zwar so viel sie wollte! Denn bei gewissen Dingen sparte Nechyba grundsätzlich nicht. Dies betraf den Bohnenkaffee genauso wie alles andere, das mit Essen, Trinken und Genießen zu tun hatte. Zum Frühstück strich sie sich ein Brot mit dick Butter drauf. Dabei erinnerte sie sich an ihre früheren, einsamen Sonntage ohne Nechyba, an denen sie immer in die Frühmesse in die Karlskirche gegangen war. Danach hatte sie meist einen kleinen Spaziergang durch die Innenstadt gemacht, bei dem sie die sonntäglich gekleideten Damen und Herren, die zum Gottesdienst, zu Verwandten oder in eines der noblen Restaurants gingen, beobachtet hatte. Wenn ihr damals ein besonders stattliches Paar aufgefallen war, hatte sie sich immer in die Rolle der Frau hineingeträumt. Wie sie von ihrem Gatten umsorgt, umhegt und auch geliebt würde. Aurelia seufzte. Damals, im Alter von über 30 Jahren, hatte sie kaum mehr Hoffnung gehabt, einen Mann zu finden und unter die Haube zu kommen. Dass ihr schließlich der Nechyba über den Weg gelaufen war, war eine Fügung Gottes. Abermals seufzte sie. Diesmal aufgrund ihres schlechten Gewissens. Seit sie mit Nechyba zusammenlebte, besuchte sie kaum mehr den sonntäglichen Gottesdienst. Denn ihr Gatte war an den freien Sonntagen einfach zu faul und darüber hinaus auch völlig unwillig, die knapp bemessene, gemeinsame Zeit in einer Kirche zu verbringen. Nicht, dass er nicht an Gott glaubte … Er wollte halt nur mit dem Katholizismus so wenig wie möglich zu tun haben. Dies erklärte sich daher, weil viele Priester fanatische christlichsoziale Parteigänger und Funktionäre waren und diese geweihten Männer hemmungslos Juden- und Fremdenhass predigten. Nechyba war dies zutiefst zuwider. Deshalb mied er katholische Gotteshäuser. Aber, und nun lächelte Aurelia, vielleicht würde sie es heute im Zuge ihres geplanten Ausflugs auf den Bisamberg schaffen, Nechyba in die Stammersdorfer Kirche zu bringen. Dazu musste sie ihn jetzt aufwecken, denn sonst würde sich das alles nicht mehr ausgehen …

Aus den Augenwinkeln beobachtete Aurelia, wie Nechyba ziemlich tramhapert* neben ihr hertrottete. Sie waren bei der Kettenbrückengasse in die Stadtbahn eingestiegen und bis zur Station Schottenring gefahren. Als sie die Stiegen der Stadtbahnstation emporkeuchten, kam ihnen ein Mann entgegen, den Aurelia zu kennen glaubte. Sie starrte ihn mit offenem Mund an, konnte ihn aber im Moment nicht zuordnen. Auch er bemerkte sie. Seine harten Augen fixierten sie, sodass es ihr eiskalt über den Buckel runterlief. Instinktiv klammerte sie sich an Nechyba, der sie erstaunt ansah und brummte:

»Was is denn los, Schatzi? Warum zwickst mich in den Arm?«

---

* verschlafen

Sie neigte sich zu ihm und flüsterte:

»Du, den Kerl kenn i … den hab i schon wo g'sehn.«

»Na, das macht ja nix. Das kann schon vorkommen …«

»Aber der hat mich so komisch ang'schaut. Wie wenn er mir was antun wollte …«

»Geh, Schatzi! Ich bin doch bei dir. Wer sollte dir da was antun?«

Auf der Augartenbrücke sahen sie, dass sich am jenseitigen Donaukanalufer ein Zug der Dampftramway unmittelbar vor der Abfahrt befand: Dicke Dampfwolken stiegen aus dem Triebwagen auf, zahlreiche Leute eilten zu den Waggons. Auch Nechyba hatte es plötzlich eilig. Er packte Aurelia bei der Hand und sie liefen los. Keuchend und schnaufend erwischten sie im allerletzten Moment den Zug.

In Stammersdorf angekommen, blies ihnen ein recht kühler Wind um die Ohren. Aurelia schmiegte sich eng an ihren Nechyba, der eine angenehme Körperwärme ausstrahlte. Und so spazierten sie flotten Schrittes durch den langgezogenen Ort. Auf Höhe der Stammersdorfer Pfarrkirche drang ein aus kräftigen Kehlen gesungenes Kirchenlied an ihre Ohren. Aurelia hielt inne und sah Nechyba fragend an. Der brummte:

»Willst wieder einmal einen Gottesdienst besuchen?«

Als sie lächelnd nickte, seufzte er:

»Na, von mir aus …«

Im Inneren des Gotteshauses registrierte Aurelia mit Erleichterung, dass die Predigt bereits vorbei war. Es bestand also keine Gefahr, dass sich Nechyba über irgendwelche Äußerungen des Pfarrers ärgern musste.

Nach dem Gottesdienst fühlte Aurelia eine tiefe Zufriedenheit mit sich, Gott, der Welt und Nechyba. Welche
Frau hatte schon so einen Mann? Einen Ehemann, der
auf seine Frau hörte. Eine Seltenheit war das ... Diese
Mannsbilder! Die meisten glaubten ja tatsächlich, dass
sie die Weisheit mit dem Löffel gefressen hätten und
dass deshalb alles nach ihrem Schädel gehen musste. So
einen hätte sie nie geheiratet! Und plötzlich fiel ihr wieder der Kerl von vorhin ein, der sie mit gemeinen, kalten Augen angestarrt hatte. Neuerlich erschauerte sie.
Nechyba, dem beim Aufstieg durch die steile Kellergasse
bereits ziemlich warm geworden war, zog sein Sakko aus
und hängte es ihr um die Schultern. Eingehüllt in das
warme Tuch, dem noch dazu der Körpergeruch ihres
Mannes anhaftete, fühlte sich Aurelia rundum geborgen.
Ihr Weg führte sie über das Steinerne Kreuz in eine weitere, schmälere Kellergasse. Ständig ging es bergauf, links
und rechts die in die Böschung gegrabenen Weinkeller
und dahinter ansteigende Weingärten. Am Ende dieser
Gasse bogen sie links ab und erreichten nach einem kurzen Aufstieg ein gemütliches Wegerl, das sie entlang von
Wiesen und Baumgruppen führte. Von hier oben eröffne-
ten sich atemberaubende Ausblicke auf die weite Ebene
des Marchfeldes sowie auf die in der Ferne liegende Stadt.
Etwas weiter bergauf erreichten sie die Meierei Magdale-
nenhof. Neben einer neu errichteten Villa führte ihr Weg
hinauf zur Eichendorffhöhe, wo der Dichter angeblich
vor vielen Jahren ausgeruht und auf den Leopoldsberg,
den Donaustrom und die Vororte von Wien geblickt
hatte. Hier rasteten sie ebenfalls eine Zeit lang, genossen die Aussicht und tranken einige Schlucke Wasser. Da

Aurelia noch keinen Hunger hatte, beschlossen sie, den Rundweg zu vollenden.

Müde, hungrig und natürlich auch durstig kehrten sie eine dreiviertel Stunde später in einen gemütlichen Weinkeller in der Stammersdorfer Kellergasse ein. Sie tranken einen reschen Grünen Veltliner und verzehrten die Butterbrote, Paradeiser und grünen Paprika, die Aurelia daheim in den Picknickkorb gepackt hatte. Zu Aurelias und Nechybas Überraschung bot ihnen der Winzer eine Portion Räucherspeck an, den er von seiner Schwägerin, die mehrere Schweine im Stall hatte, bekommen hatte. Eine Delikatesse in Zeiten des Fleischmangels! Zufrieden und entspannt, wie sie sich nun fühlte, sprach Aurelia recht kräftig dem Wein zu. Als sich schließlich in ihrem Kopf alles ein bisschen drehte, lehnte sie sich an Nechyba. Sie kaute langsam und genussvoll an einer Speckscheibe und hatte plötzlich die Erleuchtung:

»Nechyba! Jetzt weiß ich endlich, wer der Kerl war, der mich in der Früh so bös ang'schaut hat. Das war der, den ich unlängst gemeinsam mit dem Oprschalek vor'm Café Dobner g'sehen hab …«

IX/2.

›Der liebe Vetter Franz …‹ hörte er im Traum eine
junge Stimme mit leicht böhmischem Akzent sagen.
Lächelnd erwachte er mit einem glücklichen, entspannten Gesichtsausdruck. Nicht die enge, stinkende Zelle in
der Strafanstalt Stein und auch nicht das muffige Zimmer der Eisenbahnerwitwe, wo er nach seiner Haftent-
lassung als Bettgeher in einem Waschtrog übernachtet
hatte, umgaben ihn. Er lag vielmehr in einem breiten Bett,
das mit herrlich frischer Bettwäsche bezogen war. Die
Sonne blinzelte zwischen den vorgezogenen Vorhängen
herein und Budka gähnte verschlafen. Noch immer grinsend räkelte er sich zufrieden und erinnerte sich, wie er
vor einigen Wochen am Abend das erste Mal die Hubendorfer'sche Wohnung betreten hatte. Kaum, dass er im
Vorzimmer gestanden und die Tür von innen geschlossen
hatte, war die Stimme der Hausfrau erklungen:
»Marie, was ist denn los? Wer ist da gekommen?«
Budka hatte dem Dienstmädchen den Zeigefinger auf
den Mund gelegt und ihr gedeutet, dass sie schweigen
solle. Mit schnellen Schritten hatte er das geräumige Vorzimmer durchquert, behutsam die Tür zum Salon geöffnet und war in das nur von einer Tischstehlampe beleuch-
tete Zimmer geschlüpft.
»Überraschung! Ich bin's! Dein Vetter Franz …«

Wieder musste Budka grinsen, als er sich an den fassungslosen Gesichtsausdruck der Hubendorfer erinnerte. Mit riesengroßen Augen hatte sie ihn angesehen, als er sich neben ihr auf dem Sofa niedergelassen hatte und gemurmelt:

»Was erlauben Sie sich?«

Als Nächstes hatte die Hubendorfer eine Ohrfeige kassiert, die so kräftig war, dass sie fast vom Sofa gefallen wäre. Blitzschnell hatte er sie aufgefangen, zurück in die Polster des Sofas gedrückt und gezischt:

»Halt die Gosch'n! Und schau, was ich da hab …«

Dann hatte er das Zetterl hervorgeholt, mit dem die Hubendorfer ihn mit dem Mord an Fritzi Nemec beauftragt hatte.

»Da, lies: ›Friederike Nemec muss ebenfalls sterben. Sie arbeitet im Verschleißmagazin des Ersten Wiener Consum-Vereins in Wien V, Pilgramgasse 16.‹ Das ist doch deine Handschrift. Also: Soll ich das der Polizei mitsamt einem zweckdienlichen Hinweis bezüglich deiner Person zukommen lassen?«

Die Hubendorfer war leichenblass geworden. Dicke Tränen waren ihr über die Wangen geronnen. Als Budka sie dann genauer betrachtet hatte, hatte er sich erinnert: Sie war die Bekannte der dicken Groschenromanleserin im Haus gegenüber gewesen, die er dort einmal gesehen hatte. So war sie also auf ihn gekommen! Als Kolporteur von Schundromanen war er ein armer Hund, für den 500 beziehungsweise 1000 Kronen ein unvorstellbares Vermögen darstellten. Deshalb hatte die Hubendorfer ihn auserkoren, ihren Mann und dessen Geliebte umzubringen. Da sie die Anzahlung vom Wirtschaftsgeld abgezweigt hatte, musste sie ihm das Geld in Raten zukommen lassen. Sonst hätte ihr damals noch lebender Gatte Verdacht geschöpft ... Als er all diese Zusammenhänge erkannt hatte, war er sehr zufrieden gewesen und hatte mit dem silbernen Glöckchen nach dem Dienstmädchen geläutet. Die Kleine, die offensichtlich an der Tür gelauscht hatte, war sofort eingetreten. Ein Bild familiärer Idylle hatte sich ihr dargeboten: Der liebe Vetter Franz hatte die arme, weinende Frau Direktor tröstend in die Arme genommen. Zwecks Beruhigung und Entspannung hatte er Marie um Sherry geschickt. Später, nachdem er sich gestärkt hatte, waren der Hubendorfer die Bedingungen für sein Schweigen sowie für das künftige Zusammenleben dargelegt worden. Budka grinste neuerlich. Denn seit damals lebte er als ›Vetter Franz‹ wie die Made im Speck. Und die Frau Direktor, die überraschend gut situiert war, beglich alle Lebenshaltungskosten sowie seine täglichen Ausgaben. Sie konnte es sich leisten. Schließlich gehörten ihr, wie er erfahren hatte, dieses Haus sowie das Mietshaus gegenüber. Außerdem bekam sie vom Consum-Verein eine hübsche Witwenpension. Da konnte sie den Vetter Franz schon einige Monate bei sich aufnehmen und für sein leibliches Wohl sorgen ...

Leise klopfte es an der Tür des Gästezimmers. Er gab einen wohligen Grunzlaut von sich und die Tür wurde vorsichtig geöffnet. Maries rundbäckiges Gesicht lugte herein. Artig fragte sie mit ihrem bezaubernden, böhmischen Akzent, ob der ›liebe Vetter Franz‹ ein Frühstück wünsche. Natürlich tat er das, und mit vom Schlaf noch etwas verklebten Augen beobachtete er das Dienstmädel, wie sie durch sein Zimmer huschte und die Vorhänge öffnete. Sonnenstrahlen fluteten herein. Und da es herinnen nicht besonders gut roch, öffnete sie das Fenster. Danach bückte sie sich und hob seine Kleidungsstücke auf, die er am Vorabend beim Auskleiden achtlos auf den Fußboden hatte fallen lassen. Als sie sich bückte und ihm ihren Hintern entgegenstreckte, der übrigens eine appetitliche Apfelform hatte, konnte er nicht anders als zugreifen. Mit einem leisen Quietscher richtete sich Marie auf und sah ihn mit knallrotem Gesicht und runden, großen Augen an. Da sie seiner Hand aber nicht auswich, zog er sie zu sich ans Bett und streichelte mit der anderen Hand ihren Schenkel entlang. Als sie nur dastand, die Augen schloss und seufzte, zog er sie zu sich ins Bett. Außer einem weiteren leisen Aufseufzen gab es keinerlei Reaktion. Ausgehungert küsste er ihre weichen Lippen. Seine sehnigen Hände liebkosten ihr zartes, weißes Fleisch. Als er in sie eindrang, stieß sie einen spitzen Schrei aus. Danach folgte rhythmisches Stöhnen, das ziemlich bald in schrilles Gicksen überging.

Budka lag erschöpft mit geschlossenen Augen auf dem Rücken. Marie hatte sich in seine Armbeuge verkrochen und atmete leise und gleichmäßig. So dösten sie einige Minuten lang vor sich hin, bis plötzlich das silberne Glöckchen der Hausfrau erklang. Marie schreckte auf, sprang aus dem Bett und zog sich Rock und Schürze über den nackten Unterleib und die nackten Beine. Ungeduldig wurde wieder geläutet. Verwirrt suchte das Mädchen einen Schuh, der vorher im Drang der Ereignisse unter das Bett gerutscht war. Als das Glöckchen zum dritten Mal schellte, stürzte sie endlich aus seinem Zimmer.

›Ja, ja, die Weiber …‹, dachte Budka. Und plötzlich hatte er das forschend dreinblickende Gesicht eines anderen Weibsbildes vor seinem geistigen Auge.

»Jössas na! Die Frau des Inspectors …«

Auf sie hatte Budka völlig vergessen. Dabei war ihm klar, dass diese Person eine ernsthafte Gefahr darstellte. Schließlich hatte sie ihn mit Oprschalek am Naschmarkt gesehen sowie neulich in der Stadtbahnstation Schottenring. Da hatte sie ihn mit dermaßen streng forschendem Blick gemustert, dass er sicher war, sie würde dem Inspector von ihm und Oprschalek erzählen. Den bladen Inspector hatte er übrigens vor Wochen im Hotel Hungaria bei der misslungenen Verhaftung Oprschaleks kennen gelernt. Da er, Budka, ein mehrfach verurteilter Gewaltverbrecher war, dessen Konterfei im photographischen Archiv der Polizei-Direction gespeichert war, könnte ihn die Gattin des Inspectors dort identifizieren. Diese Frau war gefährlich. Sehr gefährlich sogar. Wenn die Polizei nach ihm fahnden würde, wären all seine Zukunftspläne zunichte. Er hatte nämlich keineswegs die Absicht, die Hubendorfer'sche Wohlstandsinsel jemals wieder zu verlassen. Im Gegenteil: Nun, da er den Mädchennamen der Hubendorfer in Erfahrung gebracht hatte, sie hatte früher Herbeck geheißen, wurde für ihn von einem der besten Fälscher Wiens ein Ausweis auf den Namen Franz Herbeck hergestellt. Sobald er dieses Dokument besäße, würde er die Hubendorfer nächtens aus dem Fenster stürzen. Danach würde er überall von ihrer tiefen Schwermut nach dem Tod des geliebten

Gatten erzählen und dass ihr Selbstmord eine unausweichliche Konsequenz dieser dunklen Gemütsregung war. Und dann – ja, dann könnte er als enger Verwandter der Verblichenen das beachtliche Erbe der kinderlosen Amalie Hubendorfer-Herbeck antreten.

Neuerlich klopfte es leise. Marie betrat sein Zimmer mit einem Tablett, auf dem sich eine Kanne Kaffee, frische Semmeln, Butter, ein Kipferl sowie ein kernweich gekochtes Ei befanden. Vorsichtig stellte sie es auf sein Bett, schenkte ihm eine Schale duftenden Kaffee ein, wich geschickt seiner Hand aus, die ihren Hintern suchte, und verschwand mit einem gehauchten:
»Nicht jetzt, mein lieber Vetter Franz …«

X/2.

WAS FÜR EIN TAG! Nechyba und seine Gruppe waren
eingeteilt worden, dem Kommissariat im 19. Bezirk zu
helfen. Nach einer Messerstecherei, die Sonntag früh
vor dem Café Seiz auf der Heiligenstädter Lände stattgefunden hatte, mussten die Beteiligten ausgeforscht und
verhaftet werden. Der Aufwand war deshalb notwendig,
da bei der Massenrauferei ein 21-jähriger Hilfsarbeiter
infolge eines Herzstiches gestorben war. Nechyba und
seine Leute waren vom Morgen bis zum späten Nachmittag unterwegs gewesen. Als gegen halb sechs Uhr
abends endlich alle Beteiligten dingfest gemacht und ins
Landesgericht eingeliefert worden waren, eilte Nechyba
zu seinem Lieblingsfleischhauer. Eine Minute vor sechs
Uhr, gerade als Vinzenz Mostbichler den Rollladen her-
unterlassen wollte, keuchte Nechyba bei der Türe herein.

»Halt! Net zusperren! Ich brauch' noch 'was …«

»Ah, der Herr Inspector! Was schnaufen S' denn so?«

»Na weil ich mich getummelt* hab'. Sonst wär' ich bei
Ihnen vor der verschlossenen Tür g'standen …«

»Geh'n S'! Ich sperr' morgen eh wieder auf …«

»Das hilft mir aber nix, wenn ich heut' Abend was zum
Essen brauch'«, grantelte Nechyba und drängte an dem
Fleischhauermeister vorbei ins Verkaufslokal.

* beeilt

»Haben S' noch Würsteln? Ich hab heut so einen Würschtel-Gusto.«

»Ui! Das schaut schlecht aus … Warten S', ich schau hinten im Eisschrank nach, ob ich da noch was hab' …«

Mostbichler kam mit vier Paar Frankfurter zurück, die ihm Nechyba vom Fleck weg abkaufte. Danach ging er zur Greislerei der Lotte Landerl. Die hatte natürlich auch schon zugesperrt. Da er aber wusste, dass die Greislerin nach dem Schließen noch einige Zeit lang in ihrem Laden herumkramte, klopfte er beharrlich an die Glastüre. Und wirklich: Nach kurzer Zeit erschien die Landerl und machte auf.

»Da schau her, der Herr Inspector. Was brauch' ma denn?«

Nechyba kaufte das restliche Gebäck, das noch da war: zwei Semmeln, ein Wachauer Laberl und ein Salzstangerl. Weiters erstand er einen Tiegel Senf sowie ein Glas Essiggurken. Nachdem er bezahlt und sich bei der Landerl für die freundliche Bedienung nach Geschäftsschluss bedankt hatte, ging er ins Café Sperl. Hier orderte er aus reiner Gewohnheit einen Goldblatt, obwohl ihm gar nicht so sehr nach Alkohol zumute war. Trotzdem genoss er den Goldblatt, der nicht unwesentlich dazu beitrug, dass er sich endlich entspannte. Mit Muße blätterte er die Tageszeitungen durch und begab sich schließlich kurz vor acht Uhr nach Hause. Wie gewohnt setzte er sich mit einem zufriedenen Schnaufer an den Küchentisch und zog sich als Erstes Schuhe und Socken aus. Seine roten, aufgequollenen Füße genossen die Kühle des Linoleumfußbodens. Da noch von gestern etwas Wasser im Krug war, goss er sich ein Glas ein und trank es nach und nach in kleinen Schlucken aus. Dazwischen starrte er einfach ins Narrenkastl. Schließlich raffte er sich auf, ging auf den Gang hinaus und füllte bei der Bassena den Krug mit frischem Wasser. Als das Wasser in den Krug rauschte, vermeinte er unten im Stiegenhaus einen Schrei zu hören. Er drehte den Wasserhahn ab und lauschte. Von unten erklangen einige merkwürdige Geräusche, aber nichts Alarmierendes. Also füllte er den Krug mit Wasser voll und ging zurück in seine Wohnung. Er hatte die Tür schon fast geschlossen, als er plötzlich einen gellenden Schrei hörte:

»Nechyba!«

Die Stimme seiner Aurelia! Wie vom Blitz getroffen, ließ er den Wasserkrug fallen und rannte los. Bloßfüßig über die steinerne Wendeltreppe. Erster Stock. Parterre. Krächzendes Stöhnen. Kellerabgang. Zwei miteinander ringende Körper. Nechyba packte den Mann. Seine Pranke griff in dessen Gesicht. Die Finger bohrten sich in Augen. Der Fremde riss sich los. Er trat Nechyba in den Unterleib. Der Inspector wankte. Aurelia riss den Fremden an den Haaren. Eine Faust traf Nechybas Kinn. Ihm wurde schwarz vor den Augen. Weitere Faustschläge. Der Inspector drehte sich weg und kam wieder zu sich. Er schlug mit aller Kraft in die Magengrube des Fremden. Linker Haken in dessen Nieren. Die Faust des Fremden krachte an sein Ohr. Nechyba traf dessen Nase. Aurelia trommelte mit den Fäusten auf den Fremden ein. Nechyba wich einem Faustschlag aus. Traf das Kinn des Fremden. Der wankte, duckte sich unter Nechyba durch und rannte die Kellerstiege empor. Nechyba umarmte Aurelia. Die schrie:

»Renn' ihm nach! Schnell!«

Nechyba keuchte die Kellerstiegen hinauf und sah, wie der Fremde aus dem Haus rannte. Der Inspector ihm nach. Den Getreidemarkt entlang zum Naschmarkt. Mordsverkehr. Pferdefuhrwerke, Automobile und eine Tramway. Der Fremde blickte sich um. Sah Nechyba. Rannte los. Über die stark befahrene Wienzeile. Eine Tramway bimmelte, Pferde wieherten. Automobilbremsen kreischten. Nechyba am Rande der Wienzeile. Schotterbremse der Tramway. Riesenknall. Der Fremde wurde von der Tramway niedergestoßen. Die Pferde eines schwer beladenen Gespanns scheuten. Liegender Körper. Trampelnde Hufe. Nechyba, keuchend und bloßfüßig, stürzte hinzu. Packte zuerst das eine Pferd und dann das andere beim Zaumzeug. Mit seinem Körpergewicht und seiner Kraft gelang es ihm, die Tiere zu bändigen. Ein uniformierter Sicherheitswachmann lief herbei, erkannte Nechyba und sagte:

»Herr Inspector, wo sind denn Ihre Schuhe?«

»Das is' wurscht! Schaun S', dass die Rettungsgesellschaft kommt. Und rufen S' Verstärkung …«

Der Uniformierte nickte und eilte ins Café Dobner, wohl wissend, dass es dort einen Telefonapparat gab. Nechyba kniete neben dem Fremden nieder, griff an dessen Hals, doch er spürte keinen Puls. Der Kopf war von den Pferdehufen mehrmals getroffen worden und blutete stark. Vorsichtig durchsuchte Nechyba die Taschen des Fremden. Er fand ein Portemonnaie sowie eine Brieftasche. Beides nahm er an sich. Mittlerweile war ein weiterer Sicherheitswachmann gekommen, der den Verkehr regelte. Plötzlich war auch Aurelia an Nechybas Seite.

Vorsichtig nahm sie das Gesicht des Fremden und drehte es zu sich. Dann murmelte sie:

»Um Gottes willen! Das ist ja der Freund vom Oprsch-alek. Der, von dem ich dir neulich erzählt hab'. Du! Der wollt' mich glatt umbringen …«

XI/2.

Es war ihr vollkommen gleichgültig, was sich
die Leute dachten. Eng hatte sie ihren Nechyba mit
beiden Armen umschlungen. So verließen sie das Ver-
kehrschaos vor dem Café Dobner, wo nun ein Arzt der
Freiwilligen Rettungsgesellschaft den Verunglückten
untersuchte und wo Polizisten den Tramwayfahrer, den
Kutscher sowie Passanten, die alles beobachtet hatten,
einvernahmen. Durch die dichte Menge von Schaulustigen drängten sich Aurelia und Joseph Maria Nechyba
durch. Bei jedem Schritt genoss sie die Wärme und auch
die Sicherheit, die sein massiver Leib ausstrahlte. Tränen traten ihr in die Augen. Vor einer halben Stunde
hatte er ihr das Leben gerettet. Sie schmiegte sich noch
enger an ihn und als er sie zärtlich ansah, küsste sie ihn.
Seine Lippen antworteten zaghaft. Sie bemerkte, dass
ihm der Kuss in der Öffentlichkeit ein bisserl peinlich war. Schmunzelnd wischte sie sich mit dem linken Handrücken die feuchten Augen ab und sagte mit
belegter Stimme:

»Was tät ich ohne dich …«

Nechyba, nun ebenfalls gerührt, antwortete:

»Wennst net meine Frau wärst, wär das alles net passiert. Der Kerl wollt' dich nur deshalb umbringen, damit
du mir net erzählst, was du beobachtet hast. Der wollte

verhindern, dass ich mich für seine Bekanntschaft mit dem Oprschalek interessier' ...«

»Kruzitürkn* noch einmal!«, keifte die Stimme der Kwapil, als die beiden in ihr Wohnhaus in der Papagenogasse eintraten. »Was war denn das für a Bahöö vorhin? So was hab ich ja in mein Lebtag noch net erlebt. Wir sind hier ein anständiges Haus!«

Mit scheelem Blick musterte die Hausmeisterin die eng umschlungenen Nechybas. Als sie dann noch des Inspectors bloße Füße bemerkte, verdrehte sie die Augen und kreischte:

»Na! Ich glaub's net!«

»Glauben können S' in der Kirche!«, brummte Nechyba. »Und was das anständige Haus betrifft: Auf der Kellerstiege fliegt überall der Lurch umadum**. Und da! Da schaun S' meine Fußsohlen an! So dreckig ist's in Ihrem Stiegenhaus. Genieren sollten Sie sich ...«

Damit wandte er sich von ihr ab, drückte Aurelia noch enger an sich und stieg die geschwungene Treppe empor. Aurelia barg ihr Gesicht an seiner Brust, denn sie konnte sich vor Lachen kaum halten. Als sie oben im zweiten Stock angekommen waren, prustete sie los:

»Na, der hast du's aber ordentlich reingesagt!«

Nechyba sperrte die Wohnungstür auf und brummte:

»So a Schastrommel, so a hiniche*** ...«

Aurelia lachte wieder. Sie warf ihre Handtasche auf die Küchenbank, stürzte sich auf Nechyba und gab ihm einen langen, innigen Kuss auf den Mund. Danach kuschelte sie sich an ihn. So blieben die beiden eine Zeit

---

* zorniger Ausruf (kommt von: Kuruzzen und Türken)
** Auf der Kellerstiege fliegt überall verfilzter Staub herum
*** So ein altes Weib, so ein beschränktes ...

lang stehen. Dann löste sich Nechyba aus ihrer Umarmung. Als sie ihn fragend ansah, gab er ihr ein Busserl und grinste:

»Jetzt haben wir uns aber einen Schluck Wein verdient …«

Aurelia nickte, seufzte erleichtert und ließ sich neben ihrer Handtasche auf die Küchenbank fallen. Nechyba kramte von ganz hinten aus dem Mücheneck einen Rotwein aus Tattendorf hervor. Liebevoll beobachtete Aurelia, wie er mit gekonnten Handgriffen die Flasche entkorkte. Dann ging er zur Kredenz, nahm zwei kleine bauchige Weingläser heraus und schenkte ein. Sie hob ihr Glas, blickte ihn an und sagte:

»Ich hab' dich ganz, ganz lieb, Joseph …«

Er stieß mit ihr an, nippte am Glas, schüttelte dann den Kopf und sagte:

»Sind wir jetzt wieder per Sie? Dass du Joseph zu mir sagst, ist mir gar net recht. Bleib doch beim Nechyba. An den hab ich mich gewöhnt. Vor allem weil du's immer so liebevoll sagst …«

Aurelia musste lachen:

»Einmal möchte ich dir a Freud machen und dich mit deinem Vornamen anreden und dann bestehst auf Nechyba … Du bist mir einer!«

Damit trank sie aus, spürte, wie ihr der Wein – sie hatte seit Mittag nichts mehr gegessen – in den Kopf stieg, stellte das Glas ab und stand auf. Wie ein junges Mädchen setzte sie sich auf Nechybas Schoß und schmuste ihn ab. Als er recht stürmisch ihre Zärtlichkeiten erwiderte, packte sie seine Riesenpranke und zog ihn ins angrenzende Zimmer, wo sie ihm einen

Schubser gab, dass er krachend auf die Matratze des Ehebetts fiel.

Sie streichelte über seinen nackten Bauch, der sich im Rhythmus seiner Atemzüge hob und senkte. ›Wie ein Eisberg, der in den Wellen des Nordmeeres auf- und niederschaukelt‹, dachte sie. Tief sog sie seinen Körpergeruch sowie die Aromen des gemeinsamen Liebesaktes ein. Sie gab dem Eisberg einen leichten Klaps, stand auf, hüllte sich in ihren Schlafrock und verließ das Zimmer. In der Küche griff sie nach dem am Boden stehenden Wasserkrug und schenkte sich ein Glas Wasser ein. Nachdem sie getrunken hatte, heizte sie den Herd ein und stellte Wasser zum Heißwerden auf; einerseits zum Waschen und andererseits um die Frankfurter zu kochen, die Nechyba gekauft hatte. In der Zwischenzeit genemigte sie sich noch ein Gläschen Rotwein und aß dazu, da sie einen Mordshunger hatte, das Salzstangerl, das sie bei den Einkäufen fand. Am Wein nippend, erinnerte sie sich, dass Nechyba das Portemonnaie und die Brieftasche des Fremden in ihre Handtasche gesteckt hatte. Neugierde packte sie, und so legte sie die Besitztümer des Toten auf den Küchentisch. Das Portemonnaie enthielt etwas Kleingeld sowie einige 5-, 10- und 20-Kronen-Scheine. ›Ganz schön viel Geld‹, dachte sich Aurelia. Andererseits war der Kerl, der sie überfallen hatte, ja gut gekleidet. Außerdem waren ihr seine teuren, wahrscheinlich maßgefertigten Schuhe aufgefallen, als er tot vor ihr gelegen war. ›Komisch, dass so ein feiner Herr, eine einfache Köchin überfällt …‹ Noch merkwürdiger war der Inhalt der Brieftasche. Sie enthielt ein

Entlassungspapier aus der Strafanstalt Stein, das auf den Namen Nepomuk Budka lautete, eine Visitenkarte, auf der Giuseppe Hmelak stand, sowie ein sorgsam zusammengefalteter Zettel. Als sie das Papier neugierig auffaltete, packte sie das blanke Entsetzen. Denn darauf stand mit feiner, femininer Handschrift geschrieben:

Friederike Nemec muss ebenfalls sterben. Sie arbeitet im Verschleißmagazin des Ersten Wiener Consum-Vereins in Wien V, Pilgramgasse 16.

XII/2.

»Himmelherrgottsakrament! Was um alles in der Welt ist Ihnen da eingefallen? Sind Sie vom wilden Schwein gebissen? Mit diesem öffentlichen Auftritt haben Sie das ganze Polizeiagentenkorps und darüber hinaus die gesamte Sicherheitswache lächerlich gemacht. Da, lesen Sie! ›Bloßfüßig verfolgte Joseph Maria Nechyba, Inspector des k.k. Polizeiagenteninstituts, einen bislang noch nicht identifizierten Gewalttäter, der dessen Frau Aurelia im Stiegenhaus brutal überfallen hatte ...‹ Bloßfüßig, Nechyba! Bloßfüßig! Da steht es! Schwarz auf weiß!«

Zentralinspector Dr. Ignaz Pamer drückte Nechyba die Zeitung in die Hand, sprang hinter seinem Schreibtisch auf und ging wie ein gereizter Tiger im Zimmer auf und ab. Nechyba war wie vor den Kopf gestoßen. Nicht nur, dass er nichts dabei fand, bloßfüßig einen Verbrecher zu stellen, er war sogar stolz darauf. Er verstand die Welt nicht mehr. Auf dem Weg ins Büro heute Morgen hatte er den Polizeiagenten Drabek getroffen, der ihm zu seiner mutigen und entschlossenen Tat gratuliert hatte. Und jetzt dieser Anschiss! In Nechyba regte sich Unmut. Langsam aber sicher wurde er grantig. Was fiel dem neuen Zentralinspector überhaupt ein, ihn wie einen dummen Schuljungen herunterzuputzen? Er schleuderte die Zeitung wütend auf den Schreibtisch:

»Was diese Zeitungsschmierer von sich geben, ist mir, pardon, wurscht! Was mir aber nicht wurscht ist, ist, dass mir heute schon Kollegen zu meinem entschlossenen Vorgehen gratuliert haben. Natürlich wäre mir lieber gewesen, ich hätte Schuhe ang'habt. Aber den Verbrecher, der meine Frau überfallen hat, wollte ich auf keinen Fall laufen lassen. Hätten Sie den in meiner Situation vielleicht entwischen lassen?«

»Darum geht's nicht, Nechyba …«

»Um was, in aller Welt, geht es denn dann?«

»Um das Auftreten in der Öffentlichkeit! Kruzitürken!«

Nechyba bekam einen dicken Hals. Er sprang auf und schrie zurück:

»Zum Kuckuck mit dem öffentlichen Auftreten! Meine Aufgabe als Polizeiagent ist es, Verbrecher zu fangen und Verbrechen zu verhindern. Und genau das hab' ich vorgestern Abend getan. Nicht mehr und nicht weniger. Wenn mich der Herr Zentralinspector jetzt entschuldigt, ich habe zu tun!«

Damit drehte er sich um und verließ das Zimmer seines Vorgesetzten. Als er bereits in der offenen Tür stand, hörte er die nunmehr raunzende Stimme Pamers:

»Wissen S' wenigstens schon, wer der Pülcher* war, der Ihre Frau Gemahlin überfallen hat?«

Nechyba blieb stehen, drehte sich langsam um und antwortete:

»Ich hab' gestern in unserem Verbrecherarchiv gestöbert und hab' ihn gefunden. Nepomuk Budka heißt er, beziehungsweise hat er geheißen. Mehrmals wegen Raub-

---

* Verbrecher

überfällen verurteilt. Zusätzlich einige Schlägereien und Körperverletzungen. In Summe ist er über 20 Jahre in Stein g'sessen.«

»Na bravo!« Des Zentralinspectors Stimme war nun versöhnlich. »Da sind Sie ja einen entscheidenden Schritt weitergekommen. Wiss' ma auch schon, warum dieser Budka Ihre Gattin überfallen hat?«

Nechyba atmete tief durch und strich sich über den Schnurrbart.

»Das, Herr Doktor Pamer, ist noch nicht geklärt. Es gibt da eine ganze Reihe von merkwürdigen Verwicklungen und Zufällen. Der Budka war nämlich mit dem Oprschalek bekannt. Wissen S' eh, der im Februar seine Frau umgebracht und seine Wohnung angezündet hat. Und der sich vor ein paar Wochen von der Hohen Brücke gestürzt hat … Aber wie das alles zusammenhängt, das ist noch net ganz klar.«

»Das is ja hochinteressant. Na, dann machen S' weiter, Nechyba! Nix für ungut. Aber schauen S' halt, dass S' beim nächsten Mal, wenn S' einen Verbrecher verfolgen, Socken und Schuhe anhaben …«

Zurück in seinem Büro ließ sich Nechyba mit einem Schnaufer auf seinem Schreibtischsessel nieder. Es klopfte und Pospischil trat ein. Mit einer leichten Verbeugung und sich diensteifrig die Hände reibend, fragte er:

»Ist es recht, wenn ich jetzt das Bier zum Gabelfrühstück serviere?«

Nechyba schnaufte neuerlich und antwortete:

»Ja, bring er mir mein Bier.«

Dann öffnete er die Lade seines Schreibtisches und zog das Gabelfrühstück heraus; ein Salzstangerl, in das die Greislerin Lotte Landerl Butter gestrichen und Emmentaler gelegt hatte. Mit Genuss biss Nechyba ab, kaute und entspannte sich. Sein Geist schweifte in die Ferne und verharrte plötzlich im Hotel Hungaria. Pospischil trat ein und brachte ihm das Krügel Bier. Nechyba spülte mit einem kräftigen Schluck den salzigen Geschmack in seinem Mund hinunter und plötzlich kam ihm eine Idee. Wenn Budka und Oprschalek einander gekannt hatten, dann müsste Oprschaleks G'spusi den Budka doch auch gekannt haben. Vielleicht könnte ihm diese Bozena etwas über die beiden Verbrecher erzählen. Mit energischen Bissen verzehrte er die Reste des Gabelfrühstücks und spülte mit Bier nach. Dann sprang er auf, nahm seinen Mantel und verließ eiligen Schrittes sein Büro. Dem erstaunten Pospischil rief er zu:

»Ich bin in der Sache Budka und Oprschalek unterwegs. Falls mich wer suchen sollte …«

Er fuhr mit einem Ringwagen bis zur Urania und ging von dort zu Fuß bis zum Radetzkyplatz. Energischen Schrittes betrat er das Hotelfoyer und rief Bela Kis, dem Tagesportier, zu:

»Wo ist die Bozena?«

Als er keine Antwort, sondern nur ein gelangweiltes Achselzucken als Antwort bekam, eilte er in Richtung Direktionszimmer. Ohne anzuklopfen trat er ein und fand Bozena an einem schmalen Tisch in einem Eck sitzen und Rechnungen sichten. Hinter einem pompösen Schreibtisch thronte György Friedmann entspannt in einem bequemen Stuhl und machte ein Nickerchen.

Nechyba riss ihn mit einem barschen »Raus aus dem Zimmer, Kinderschänder!« aus seinen Träumen. Als der Direktor sich erhob und protestieren wollte, deutete Nechyba eine Ohrfeige an. Friedmann duckte sich und verließ eilig das Büro. Nechyba wandte sich nun an Bozena, tätschelte ihre Hand und sagte begütigend:

»Keine Angst, Kinderl. Ich beruhige mich schon. Ich halt nur diesen Saukerl in meiner Nähe nicht aus. Seit wann ist der denn wieder auf freiem Fuß?«

»Seit zwei Tagen. Bis zur Gerichtsverhandlung darf er sich frei bewegen, die Wiener Stadtgrenzen aber net verlassen.«

»Was halten Sie davon, liebe Bozena, wenn ich Sie auf einen Kaffee und ein Stück Kuchen ins Kaffeehaus um's Eck einlade?«

»Und wer macht die Arbeit da?«

»Gehen S'! Das können S' später auch erledigen. Ich möchte mich mit Ihnen ein bisserl unterhalten. Also sind S' so gut und kommen S' mit ...«

Bozena lachte schelmisch und erwiderte:

»Wenn Polizei sagen, ich muss mitkommen, dann ich komme mit ...«

Gemeinsam gingen sie ins Café Hungaria, wo Nechyba ihr ein Stück Sachertorte mit einer doppelten Portion Schlagobers und eine Melange bestellte. Als Bozena die Torte mit großem Appetit verzehrt hatte, kam Nechyba zur Sache. Er legte ihr ein Foto von Budka auf den Tisch und fragte:

»Kennen Sie den?«

»Freund von meinem Frantisek ... War Dauermieter in Hotel.«

Bozenas Augen füllten sich mit Tränen. Nechyba zog ein Taschentuch heraus und reichte es ihr über den Tisch. Er erinnerte sich plötzlich an die Situation in der Hubendorfer'schen Wohnung, als er auch eine weinende Frau tröstete. Das verbesserte seine Laune nicht gerade. Er brummte:

»Und das ist alles, was Sie mir über diesen Kerl erzählen können?«

»War alter Freund. Frantisek hat ihn sehr bewundert. Hat mir einmal gesagt, dass Budka wirklich harter Bursche ist. Ist viele Jahre im Gefängnis gesessen und hat Kontakte. Ich hab' ihn nicht wollen. Hab' mich immer bisserl gefürchtet vor ihm … Aber vielleicht fragen Sie Mayrleeb. Unseren Hausknecht. Der war öfters mit Frantisek und Budka zusammen. Den Kis, unseren Portier, können Sie auch fragen. Aber des is selber a Pülcher. Der mag Polizei net. Der wird nix sagen …«

Zwei Stunden später fuhr Nechyba mit der Tramway zurück ins Polizeigebäude. Er hatte nun ein üppiges Mittagessen im Magen, das er in der Weinhalle vis-à-vis vom Hotel Hungaria zu sich genommen hatte. Zufrieden brütete er vor sich hin. Die Bozena hatte recht gehabt: Kis hatte geschwiegen wie ein Grab. Aber Mayrleeb hatte ihm einen interessanten Tipp gegeben. In seinem Büro griff er als Erstes zum Telephonapparat und wählte die interne Vermittlung:

»Inspector Nechyba. Verbinden S' mich, bitt'schön, mit dem Polizeigefangenenhaus … Ja, Nechyba da, k.k. Polizeiagenteninstitut. Gehen S', bei Ihnen sitzt doch dieser Schottek, der den Großbrand am Nordbahnhof gelegt hat ... ja schaun S' nach ... Also ist er eh noch bei Ihnen. Gut. Ich schick' zwei Mann von mir vorbei, die ihn abholen. Ich möchte ihn nämlich zu einem anderen Fall befragen. Der Schottek könnt' mir vielleicht weiterhelfen ...«

Nechyba legte auf und pumperte mit der Faust an die Wand zum Nebenzimmer. Umgehend erschien der lange Paul. Nechyba gab ihm folgende Instruktionen:

»Geh mit dem Pospischil hinüber ins Polizeigefangenenhaus und hol' mir den Schottek. Wart noch einen Augenblick ... Da hast eine schriftliche Anordnung von mir.«

Nechyba kritzelte einige Zeilen auf einen Briefbogen seiner Dienststelle, unterschrieb und stempelte das Ganze. Paul nickte und verschwand. Nechyba streckte sich hinter seinem Schreibtisch, dass die Gelenke krachten. Er schnaufte zufrieden und zündete sich eine Virginier an. Als er sie fast zur Gänze aufgeraucht hatte, erschienen seine Leute mit dem Gefangenen. Nechyba bot Schottek den Besucherstuhl an und begann mit ihm zu plaudern. Als er dessen begehrlichen Blick auf die fast abgebrannte Zigarre bemerkte, gab er ihm eine. Schottek nahm sie dankbar, rauchte genüsslich und erzählte Nechyba alles, was ihm so über seine Bekanntschaft mit Oprschalek und Budka in den Sinn kam. Er gestand auch, dass ihn Budka gedrängt und ermutigt hatte, an besagtem 27. Juli das Feuer am Nordbahnhof zu legen. Schließlich erwähnte er auch Budkas Freundin, ein fesches junges Ding, das er einmal an der Alten Donau, im Gasthaus ›Neu Brasilien‹ kennen gelernt hatte.

»Ich glaub', die Kleine hat Fritzi geheißen ...«

»Und wie noch?«

»Was i net. Fritzi hat der Budka zu ihr g'sagt. Wahrscheinlich heißt sie Friederike.«

Und da klingelte es in Nechybas Hirn. Kaum war Schottek weg, zog er aus seiner Brieftasche einen Zettel, faltete ihn auf und starrte auf die Zeile ›Friederike Nemec muss ebenfalls sterben‹. Lange fixierte er das abgegriffene Blatt Papier. Schließlich stand er ächzend auf und machte sich mit müden Beinen auf den Weg in den 5. Wiener Gemeindebezirk. In die Pilgramgasse Nummer 16.

XIII/2.

»Was für ein grauenhafter Schitoch! Man muss sich andauernd für dich genieren!«, keifte Leo Goldblatts Frau Mama. Mit energischen Handgriffen rollte sie die Zeitung, in der sich ein Artikel ihres Sohnes über den Gewaltverbrecher Budka befand, zusammen und schlug damit auf den neben ihr sitzenden Goldblatt ein. Abwehrend hob dieser einen Arm, während sie fortfuhr:

»Vor drei Jahren hast du den Schmonzes* vom Kannibalismus in Wien verfasst. Heuer im Frühjahr dann ›Der Feuerteufel und die Feuerreinigung‹ und jetzt schreibst du von einem ›wahrscheinlichen‹ Gewaltverbrecher. Entweder ist einer ein Gewaltverbrecher oder nicht. ›Wahrscheinlich‹ gibt's da nicht. ›Wahrscheinlich‹ ist meschugge**!«

Goldblatt hatte einen roten Kopf bekommen. Mit zitternder Hand führte er die Kaffeeschale zum Mund. Ängstlich schielte er hinüber zu seiner Mutter, ob sie ihn abermals mit der Zeitung schlagen würde. Doch die alte Dame war erschöpft. Sie hatte sich an die Rückwand des Sofas gelehnt, wobei ihre kurzen, krummen Beine nun nicht mehr den Boden erreichten. Mit geschlossenen Augen und leiserer Stimme fuhr sie fort:

---

* Unsinn
** blöd

»Andauernd nur genieren muss man sich für dich! Kannst du dich noch an deine Tante Lea erinnern? Meine Schwester, die mit Onkel Leo verheiratet ist?«

Goldblatt nickte und sagte: »Den hab ich heuer im Frühjahr …«

»Unterbrich mich nicht!«, herrschte ihn die alte Dame an. »Also, deine Tante Lea, die bei Gott eine treue Seele ist, hat mich heuer ihm Frühjahr, als du das mit dem Feuerteufel erfunden hast, gefragt, ob du Bettnässer bist …«

»Also Mama! Das ist doch …«

»Unterbrich mich nicht schon wieder! Sie hat ja recht gehabt mit ihrer Vermutung. Weil als Kind warst du tatsächlich Bettnässer. Und man sagt ja, dass alle, die gerne zündeln, ins Bett machen. Das hab ich ihr auch gesagt …«

»Mama, du kannst mich doch nicht als Bettnässer …«

»Halt den Mund!«, giftete sie. »Freilich hast du ins Bett gemacht. Ich erinnere mich genau! Ich hab ja immer den Schlamassel gehabt mit deiner Bettwäsche. Das hab ich Lea erzählt. Sie besucht mich übrigens zwei Mal in der Woche. Und nicht so wie du, zwei Mal im Jahr!«

Goldblatts Mutter schüttelte ihr von spärlichem Haar bedecktes Haupt und fuhr seufzend fort:

»Mein Gott … Ich hätte zustimmen sollen, als dich dein Vater damals in die Militärkadettenschule stecken wollte. Ich hab das verhindert, weil du so ein zarter Jingl warst. Völlig ungeeignet für's Militär … Aber nebbich! Was ist schlussendlich aus dir geworden? Ein Schmieranski … Und ein Schmock! Der seine alte Mutter nie besucht …«

Als Leo Goldblatt die Wohnung seiner Mutter verließ, schwor er sich, frühestens in einem Jahr wieder
bei ihr vorbeizuschauen. Ihn vor der Verwandtschaft
als Bettnässer hinzustellen! So eine Gemeinheit! Voll
Zorn durchwühlte er seine Taschen und fand schließlich ein zerknülltes Zigarettenpäckchen, aus dem er
sich einen windschiefen Tschick* herausfischte und
anzündete. Mit noch immer zitternden Fingern inha-
lierte er tief. Plötzlich wurde ihm ganz komisch. Verdammt! Er hatte heute außer einem schwarzen Kaffee
noch nichts zu sich genommen! Die Zigarette wegwer-
fend, überquerte er die Ferdinandsbrücke** und stieg in
einen Ringwagen. Als er beim Café Landtmann ausstieg, war ihm ziemlich übel. Im Kaffeehaus ging er
wie in Trance zu seiner Loge, ließ sich auf die Fenster-
bank fallen und atmete tief durch. Endlich wieder in
vertrauten Gefilden. Mit vor Hunger laut knurrendem
Magen bestellte er ein Schinkenomelett sowie zur Stär-
kung und Beruhigung seiner Magennerven ein kleines
Bier. Zum Bier, das er in kleinen Schlucken trank, verschlang er ein knuspriges Kaisersemmerl. Ein Hoch-
genuss! Und auch das Omelett, zu dem er zwei weitere Kaisersemmeln verzehrte, war köstlich. Als er satt
und zufrieden dasaß, an einem ›Goldblatt‹ nippte und
mit Wohlgefallen feststellte, wie der Treberne seinem
Magen die gierig runtergeschlungenen Speisen aufs
Angenehmste verdauen half, erschien Nechyba. Müde
und abgespannt ließ er sich vis-à-vis von Goldblatt auf
die Sitzbank fallen. Der Redakteur, dem es nun wie-

---

* Zigarette
** Heute: Schwedenbrücke

der glänzend ging, konnte sich folgende Bemerkung nicht verkneifen:

»Nechyba, wie schau'n Sie denn aus? Ist ein Konvoi von Fiakern über Sie drübergefahren?«

»Ihre blöden Scherze können Sie sich sparen ... Mein Tag war schlimm genug. Das vergönn' ich meinem schlimmsten Feind nicht.«

»Ich war vorher gerade bei meiner Mama. Das war auch nicht lustig ...«

Nechyba bestellte sich beim Ober einen großen Mokka und ein Stück Mohnstrudel, dann fragte er beiläufig:

»Hat Sie Ihnen vorgeworfen, dass Sie sie viel zu selten besuchen?«

»Das auch. Aber, Nechyba, viel schlimmer ist, dass sie meiner gesamten Verwandtschaft erzählt hat, ich sei Bettnässer.«

Nechyba musste lachen.

»Nicht bös' sein, aber Ihre alte Dame hat schon Humor ...«

»Was heißt Humor? Die meint das ernst!«

»Und?«

»Und, was?«

»Sind Sie Bettnässer?«

»Natürlich nicht!«, murmelte Goldblatt. Er nippte an seinem Kaffee und starrte eine Zeit lang wortlos in seine nunmehr fast leere Schale. Schließlich sagte er leise und mit traurigem Gesicht:

»Als Kind war ich tatsächlich Bettnässer. In meiner Schulklasse bin ich der Kleinste und Schwächste gewesen ... Da haben sich alle anderen immer an mir abreagiert: Wenn's schlechte Noten, ein Nachsitzen oder sonst eine

Disziplinarmaßnahme gab ... Immer musste ich die Wut meiner Mitschüler ausbaden. Oft hab' ich mir am Morgen überlegt, ob ich überhaupt noch in die Schule gehen soll. Manchmal bin ich dann lieber zur Ferdinandsbrücke gegangen ... Dort bin ich dann g'standen und hab mir überlegt, runterzuspringen in die kalten, braunen Fluten des Donaukanals. Damit ich endlich a Ruh' hab ...«

Nechyba war plötzlich ernst. Leise sagte er:

»Hören Sie, Goldblatt: Ich wollt Ihnen nicht zu nahe treten. Meine blöden Bemerkungen tun mir leid.«

Und nach einiger Zeit des gemeinsamen Schweigens fügte er hinzu:

»Von Ihrer Frau Mama ist das übrigens auch nicht nett, dass sie bei Ihnen alte Wunden aufreißt ...«

Goldblatt seufzte:

»Ja, ja, ... die Mama ...«

Goldblatt betrachtete, ganz in sich versunken, wie Nechyba seinen Mohnstrudel aß. Dann räusperte sich sein Gegenüber und wechselte das Thema:

»Ich hab' heute ein paar Sachen herausgefunden, die werden Sie interessieren.«

Goldblatt wachte aus seiner Lethargie auf und fragte interessiert:

»Betrifft das den Budka?«

»Nicht nur. Aber alles der Reihe nach ...«

Nechyba bestellte sich ebenfalls einen ›Goldblatt‹ und begann von seinen Ermittlungen im Hotel Hungaria und dem Gespräch mit Schottek zu erzählen. Dann schilderte er dem Redakteur, dass er sich nachmittags ins Verschleißmagazin des Ersten Wiener Consum-Vereins in der Pilgramgasse begeben hatte. Nun zündete sich Nechyba mit Bedacht eine Virginier an. Goldblatt drängte:

»Und was haben Sie dort über die Friederike Nemec herausgefunden?«

»Eine ganze Menge … Zum Beispiel, dass sie zwei Pantscherln* gehabt hat …«

»Gleichzeitig?«

»Ja, gleichzeitig. Das erste war so ein klassisches ›Süßes Mädel-Verhältnis‹ mit dem Herrn Direktor Hubendorfer!«

»Der, den man in einem Stiegenhaus beim Nordbahnhof erschlagen aufgefunden hat? Und mit dessen Frau Sie dann …?«

»Pssst! Goldblatt, ich will nichts davon hören! Das hab ich Ihnen in einem schwachen Moment erzählt!«

»T'schuldigung. Ich möchte nur die Zusammenhänge richtig verstehen.«

Nechyba holte tief Luft:

»Ja, mit dem! Und außerdem, Sie werden es nicht glauben, mit dem Budka. Das hat allerdings erst heuer im März ang'fangen. Die Nemec war richtig verliebt in den. Das hat mir eine ihrer Kolleginnen erzählt, bei der die Fritzi Nemec immer ihr Herz ausgeschüttet hat. Dem Hubendorfer konnte sie nicht den Weisel** geben, weil der sie finanziell unterstützt hat und weil er außerdem ein hohes Tier im Ersten Wiener Consum-Verein war. Aber den Budka, den hat's richtig gern g'habt.«

»Na, das ist ja pikant … was ist eigentlich mit der Fritzi Nemec geworden? Lebt die noch?«

_____

* Beziehungen
** Laufpass

»Geh, wo denn! Das ist ja das Merkwürdige an der ganzen G'schicht. Eine Reihe von Personen, die dem Budka nahegestanden sind oder mit ihm bekannt waren, sind tot. Die Fritzi Nemec, der Direktor Hubendorfer und auch der Oprschalek. Die Nemec ist beim Baden in der Alten Donau ersoffen. Kurz bevor der Hubendorfer erschlagen worden ist. Lauter merkwürdige Zufälle … In Budkas Brieftasche, auf der sich übrigens die Initialen E.H., was Engelbert Hubendorfer bedeuten könnte, befinden, hab' ich einen Zettel gefunden. Da steht drauf, dass die Fritzi Nemec ebenfalls sterben muss. Ebenfalls!«

Goldblatt nahm den Zettel, den ihm Nechyba reichte und studierte ihn. Er runzelte die Stirne und pfiff leise durch die Zähne.

»Ein Mordauftrag … Für Budka. Aber von wem?« Goldblatt kratzte sich am Schädel und fügte hinzu: »Die klassische Variante wäre die eifersüchtige Ehefrau. Das würde, ich hoffe, Sie nehmen es mir nicht übel, auch das Intermezzo mit Ihnen erklären. Sie wollte Sie ablenken und bestechen. Mit Naturalien gewissermaßen …«

XIV/2.

›Ich bin ein feiger Hund …‹, dachte sich Nechyba, als er im Arrestantenwagen neben dem Fahrer saß, während seine Leute die Frau Direktor Hubendorfer verhafteten. ›Wenn das Fegefeuer tatsächlich schon hier auf Erden beginnt, dann bin ich mitten drinnen. Aber das geschieht mir recht. Schließlich hätte ich mich niemals mit der Hubendorfer einlassen dürfen …‹. Gewissensbisse brannten hässliche, schwarze Flecken in sein sonst ziemlich reines Gewissen. Dabei hatte er nach seiner Beichte bei Goldblatt die Hubendorfer fast schon aus seinem Bewusstsein verdrängt gehabt. Doch schlagartig war sie wieder in sein Leben zurückgekehrt: als Anstifterin eines Doppelmords. Als er daran dachte, stieß es ihm säuerlich auf und Sodbrennen kündigte sich in seinem Schlund an. Es hatte ihn vor einer Woche wirklich eine große Überwindung gekostet, mit der bei Budka gefundenen Brieftasche zu ihr zu gehen. Ihre Begrüßung war kühl und sachlich gewesen, wobei ihm aufgefallen war, dass das böhmische Dienstmädel ihn hasserfüllt angestarrt hatte. Gott sei Dank hatte die Hubendorfer ihn nicht geduzt, sondern hatte ein vertrauliches aber doch auch distanziertes ›Er‹ verwendet.

»Es freut mich, dass er wieder einmal vorbeischaut.

Darf man ihm etwas anbieten? Kaffee? Tee? Likör vielleicht …?«

»Danke, nein. Sehr liebenswürdig. Ich bin nur auf
einen Sprung vorbeigekommen um … um … Ihnen
ein Besitzstück Ihres verstorbenen Mannes zu bringen. Eine Brieftasche mit dem Monogramm E.H. Die
hat doch Ihrem Gatten gehört?«

Die Hubendorfer hatte sie entgegengenommen,
geöffnet, innen und außen betrachtet und dann auf die
Anrichte gelegt.

»Das ist tatsächlich die Brieftasche meines verstorbenen Gatten. Wo wurde sie gefunden?«

»Sie war im Besitz eines gewissen Nepomuk Budka.
Ich weiß nicht, ob Sie Zeitung gelesen haben … er hatte
unlängst meine … meine Frau überfallen. Ich bin dazwi-
schengegangen und hab ihn verfolgt. Leider ist er dabei
vor eine Tramway gerannt und danach noch unter die
Hufe eines Pferdefuhrwerks gekommen.«

»Ah ja! Ich glaub', ich hab da was gelesen …«

»Das ist recht ausführlich in allen Zeitungen gestanden … Ich hab', bevor ich gehe, noch eine Bitte, eine
reine Formsache: Könnten Sie mir die Übernahme der
Brieftasche schriftlich bestätigen?«

Bei der Erinnerung an diese Szene grunzte Nechyba
zufrieden. Damit war ihm die Hubendorfer auf den
Leim gegangen. Sie hatte nach dem Dienstmädel geläutet und sich Papier, Feder und Tinte bringen lassen.
Dann hatte sie mit einem knappen Satz den Erhalt der
Brieftasche bestätigt. Auf Nechybas Bitte hatte sie zwei
weitere Sätze hinzugefügt: *Ich bestätige ebenfalls, dass
die Brieftasche bei der Übergabe keinerlei Geld oder*

Artikel des täglichen Consums beinhaltet hat. Sie war gänzlich leer. Diese beiden Sätze hatte sich Nechyba in mühevoller Denkarbeit zurechtgelegt. Darin kamen die Worte ›ebenfalls‹, ›Consum‹ und ›Sie‹ vor. Damit hatte der Graphologe drei Mal einen direkten Vergleich mit dem Text des Mordauftrags. Das würde seine Expertise erhärten und vor Gericht als eindeutiger Beweis für ihre Schuld gelten.

Der Inspector wurde aus seinen Gedanken gerissen, als Fraczyk und Paul die Hubendorfer zum Arrestantenwagen führten. Hinter den dreien wurde das Haustor aufgerissen und ein alter Mann stürzte heraus. Ihm folgte eine Frau, die ihn an der Schulter packte und zurückhielt. Er riss sich los, doch sie packte ihn neuerlich, nun mit beiden Händen. Fast sah es so aus, als ob die beiden Alten miteinander zu raufen anfangen würden. Doch der Mann besann sich und hielt inne. Die beiden Polizeiagenten kletterten gemeinsam mit der Hubendorfer in den hinteren Teil des Arrestantenwagens. Die Tür wurde von innen verriegelt. Fraczyk rief:

»Alles erledigt! Fahr' ma!«

Langsam zuckelte der Wagen los und als Nechyba zurückblickte, sah er, wie der alte Mann die Frau anschrie:
»Aber das können S' mit unserer Hausfrau doch nicht machen!«

»Ah! Der Hausmeister ...«, murmelte Nechyba und plötzlich kam ihm die ganze Situation merkwürdig vor. Wieso regte sich der Kerl so auf? Dass er entsetzt war, als man die Hausbesitzerin abführte, schön und gut. Aber so ein Theater aufzuführen, war merkwürdig.

Sehr merkwürdig ... Der Arrestantenwagen war schon in die Neustiftgasse eingebogen, als Nechyba zum Fahrer sagte:

»Halten S' kurz an.«

Als er ausstieg, rief er Fraczyk zu:

»Bringt's die Frau Direktor ins Polizeigebäude und fangt's mit dem Verhör an. Ich komm später nach ...«

»In Ordnung, Chef!«

Nechyba eilte zurück in die Zeismannsbrunngasse. Mit flotten Schritten nahm er die paar Stufen, die ins Erdgeschoss führten, ging zur Hausmeisterwohnung und klopfte an die Tür. Eine Frauenstimme rief:

»Wer ist da?«

»Inspector Nechyba, Polizeiagenteninstitut.«

Er hörte schlurfende Schritte, dann wurde die Tür einen Spalt breit geöffnet. Nechyba zückte seine Polizeiagenten-Kokarde und drückte die Tür auf.

»Sie sind die Hausmeisterin? Wo ist Ihr Mann?«

»Dem geht's net gut. Der hat sich niedergelegt ...«

»Holen S' ihn! Ich muss mit ihm reden.«

Die Alte schlurfte in das Zimmer, das sich hinter der Wohnküche befand. Nechyba hörte, wie sie mit ihrem Mann flüsterte. Der Inspector setzte sich auf einen der Küchenstühle und trommelte mit den Fingern ungeduldig auf den Küchentisch. Schließlich ging die Tür auf und der alte Mann kam in die Küche. Sein Gesicht war aschfahl und er zitterte. Nechyba tat er leid.

»Kommen S'! Setzen S' Ihnen her und erzählen S' mir in Ruhe alles, was Sie bedrückt«, sagte Nechyba in versöhnlichem Tonfall. Der Alte nahm ihm gegenüber Platz und starrte vor sich auf den Tisch. Die Frau blieb im hinteren Teil der Küche mit bitterböser Miene und mit vor der Brust verschränkten Armen stehen.

»Es is eh nix. Nix is … A bisserl schlecht is mir halt. Das gibt sich wieder …«

»Warum haben Sie sich denn so aufgeregt, als wir die Frau Direktor vorhin abgeführt haben?«

Der Alte starrte bockig auf den Küchentisch und zuckte mit den Schultern. Aus dem Hintergrund keifte seine Frau:

»Hab ich's dir net g'sagt? Dass du dich net so aufführen, sondern herinnen bleiben und die Gosch'n halten sollst?«

»Ich hab' mi net auf'gführt«, knurrte der Alte.

»Ah so? Und wer is ausse auf die Straßen g'rannt und hat herumg'schrien?«

»Ich hab mich halt aufgeregt. Weil …«

»Weil S' die Frau Direktor mögen?«, schaltete sich Nechyba ein. Dem Alten traten Tränen in die Augen. Stockend erzählte er:

»I … i kann mi noch erinnern, wie s' ganz klein … ganz klein war. Wie s' noch Windeln ang'habt hat … Sie ist oft bei uns da herunten in der Wohnung g'wesen … Mei Frau und i haben oft auf die Kleine auf'passt … Wenn ihre Eltern ins Theater oder in ein Konzert gegangen sind. Ihr Herr Papa, der damals unser Hausherr war, war nämlich ein sehr kunstsinniger Mensch …«

»Und deshalb haben Sie sich so aufg'regt, wie wir die Frau Direktor abg'führt haben …«

»Einen Stich hat's mir geben, mitten ins Herz!«, schrie der Hausmeister. »Die Kleine is wie a Tochter für mi. Meine Frau und i, wir haben ja nie Kinder g'habt …«

Dann fing er hemmungslos zu weinen an. Nechyba ließ dem alten Mann Zeit. Schließlich holte der Hausmeister ein Taschentuch heraus und schnäuzte sich mehrmals dröhnend. Als er das Taschentuch zusammengelegt und in der Hosentasche verstaut hatte, seufzte er. Und plötzlich setzte sich die Hausmeisterin neben ihn und umarmte ihn. Eine rührende Geste, dachte sich Nechyba. Die dicke, alte Frau sah jetzt auch nicht mehr bitterböse drein, sondern sagte zu dem Inspector mit leiser Stimme:

»In der letzten Zeit hat s' wirklich nur Pech g'habt, unsere Hausfrau. Unsere Kleine, wie wir sie immer g'nannt haben. Zuerst ist ihr der Mann verstorben. Dann ist ihr Vetter Franz aufgetaucht. Der hat sich rührend um sie gekümmert. Und dann hat der plötzlich auch a Bankl g'rissen*. Nur Pech hat's g'habt ...unsere Kleine ... nur Pech ...«

»Ein Vetter war bei ihr? Wie hat denn der ausg'schaut?«
Die Hausmeisterin zuckte mit den Schultern.

»Na, ganz normal. A junger Mensch, so wie Sie. Net ganz so kräftig wie Sie und etwas kleiner. Braune Haare hat er g'habt, breite Schultern und a markant g'schnittenes G'sicht ...«

Nechyba zuckte zusammen. Konnte das möglich sein? Er zog eine Photographie heraus, die er vom toten Budka in der Pathologie hatte machen lassen, und zeigte sie der Hausmeisterin. Die schaute sich das Bild genau an und nickte dann.

»Ja, das is er. Beziehungsweise das war er. Der liebe Vetter Franz ...«

---

* gestorben

XV/2.

OBWOHL ES SONNTAG WAR, stand er früh auf. Er ging hinaus in die Küche und entfachte die Glut im Herd, die zum Glück nicht ausgegangen war, zu einem knisternden Feuer. Dann begann er, mit der Kaffeemühle Bohnen zu mahlen. Schließlich griff er zu dem Kupferkännchen, gab den gemahlenen Kaffee und etwas Zucker hinein und stellte es auf die mittlerweile heiß gewordene Herdplatte. Mit einem Löffel rührte er das Kaffee-Zucker-Gemisch mehrmals um und goss dann langsam immer wieder ein bisschen Wasser drauf. Bis schließlich ein heißes, dickes Gebräu in dem Kännchen blubberte. Nun schnappte sich Nechyba ein Küchentuch, denn der Stil des Kupferkännchens war ziemlich heiß und goss die Hälfte des Kaffees in eine große Schale. Die zweite Hälfte samt Kaffeesud goss er in eine kleinere Schale. Noch ein bisschen tramhapert tapste Nechyba zu dem Eck in der Küche, wo er sich vor Jahren ein gemauertes Vorratsregal, das mit dicken Holztüren verschlossen wurde, hatte machen lassen. Hier, es war ein kühles Eck, in das sich nie ein Sonnenstrahl verirrte, wurden die verderblichen Lebensmittel aufbewahrt. Liebevoll nannte er es seine Speisekammer. Ihr entnahm er eine halbvolle Flasche Milch und schwenkte diese gegen das Morgenlicht. Die Milch sah noch gut aus, keinerlei Bröckerln oder Klumpen. Vorsichtig setzte er die Flasche an die Lippen und kostete einen kleinen Schluck. Nein, sie säuerte noch nicht. Geschmacksmäßig war sie in Ordnung. Also füllte er die große Schale mit Milch auf. Dann nahm er mit Genuss einen ersten Schluck von seiner kleinen Schale. Heiß rann das koffeinhaltige Elixier seinen Schlund hinunter und bahnte sich über die Magenschleimhäute den Weg in Nechybas Blutkreislauf, den es alsbald aufs Angenehmste belebte. Den Milchkaffee brachte er seiner Frau ans Bett. Zärtlich weckte er sie und reichte ihr die Schale. Sie stopfte sich seinen Polster zusätzlich zu ihrem eigenen in den Rücken, setzte sich auf, blinzelte verschlafen und lächelte:

»Nechyba, du verwöhnst mich …«

Er lächelte verlegen, streichelte über ihr zerrauftes Haar und ging zurück in die Küche. Dort schnitt er drei Scheiben Brot ab und strich Butter drauf. Nachdem er seiner Frau ein Butterbrot ans Bett gebracht hatte, belegte er die beiden anderen mit Käse und dicken Scheiben ungarischer Salami, die er unter einiger Mühe mit dem nicht allzu scharfen Küchenmesser von der Salamistange herunterschnitt. Während er kaute und Kaffee schlürfte, ging ihm der Aufwand durch den Kopf, der heute auf Befehl des Ministerpräsidenten in Wien betrieben werden würde: Weit über 1000 Beamte der Sicherheitswache, über 200 berittene Polizisten, über 100 Polizeiagenten und dazu als Reserve einige Infanteriebataillons und Kavallerieeskadrons standen bereit. Denn die Regierung fürchtete, dass die heute stattfindende Teuerungsdemonstration außer Kontrolle geraten könnte. Mit Genugtuung erinnerte er sich an seine letzte Besprechung mit Zentralinspector Dr. Pamer, bei der ihn dieser ausdrücklich gelobt hatte.

»Sie sind ja doch ein guter Kriminalist, Nechyba. Respekt, wie sie den Raubmord an dem Direktor Hubendorfer aufgeklärt haben. Und dass Sie nachgewiesen haben, dass das eigentlich gar kein Raubmord, sondern ein brutales Eifersuchtsdrama war ... Ich will Ihnen aber auch meine Anerkennung dafür aussprechen, dass Sie den Oprschalek g'funden haben. Ein offener Fall, der nun geklärt ist und den wir nun zu den Akten legen können. Wer hätte gedacht, dass dieser Spitzbube zu solchen Maskeraden fähig ist? Wichtig war auch, dass Sie die Pension im ersten Bezirk gefunden haben, wo der Oprschalek am Ende logiert hat. Mit dem dort gefundenen Geld, der Aktentasche und dem gestohlenen Anzug hamma auch den Fabrikbrand auf der Laaer Straße und den dazugehörigen Raubmord aufklären können ... Respekt, Nechyba, Respekt ...«

Ob dieses ungewohnten Lobs verdattert, fasste sich der Inspector jedoch schnell wieder und machte einen kühnen Vorstoß:

»Erlauben Sie, Herr Zentralinspector, dass ich eine Bitte äußere?«

»Eine Bitte? Na, sprechen Sie schon, Nechyba ...«

»Meine Frau ist Herrschaftsköchin und hat nur sonntags dienstfrei. Deshalb wollt ich Sie bitten, dass ich vielleicht am kommenden Sonntag, am 17. September, nicht Dienst tun muss.«

Pamer strich sich über seinen Schnauzbart und murmelte:

»Da is die Großkundgebung der Sozis ... Na ja ... Wer soll denn Ihre Gruppe führen, wenn Sie net da sind?«

»Der Pospischil, der vertritt mich sonst auch.«

»Na, das wird sich doch einrichten lassen. Nehmen S'
Ihnen frei, Nechyba. Ich wünsch' einen schönen Sonntag mit der Frau Gemahlin ...«

Nechyba kaute an einem Salamiradl und dachte an
die Fleisch- und Wurstpreise, die dermaßen in die Höhe
geklettert waren, dass so ein Stück Salami fast nicht mehr
leistbar war. Grinsend biss er ins Butterbrot und dachte
an die Bozena, die ihm diese Delikatesse sehr günstig
verschafft hatte. Sie hatte ihm die Wurst allerdings nur
unter der Bedingung beschafft, dass er den Portier Kis,
der Salami stangenweise aus seiner ungarischen Heimat
nach Wien brachte und hier schwarz damit handelte,
nicht verhaften würde. Nechyba grinste und murmelte:

»Das is mir im wahrsten Sinne des Wortes wurscht,
ob der mit oder ohne Gewerbeschein Wurscht verkauft.
Hauptsache, ich bekomme eine ...«

Als Nechyba auf dem Gang einen Wasserkrug für seine
Morgentoilette füllte, sah er in den Hof hinaus und stellte
fest, dass das bewölkte Wetter nicht gerade verlockend
für einen Ausflug war. Trotzdem war er fest entschlossen,
so bald wie möglich aufzubrechen. Zurück in der Küche
wärmte er das Wasser am Herd, wusch und rasierte sich.
Nun war auch Aurelia aufgestanden. Nach ihrer Morgentoilette verschwand sie im Zimmer, um sich anzuklei-
den. Inzwischen bereitete Nechyba den Picknick-Korb
vor. Mit Wehmut dachte er an frühere Zeiten, als seine
Frau und er Selchfleisch, Dauerwurst, luftgetrockneten
Schinken und Speck einpacken konnten. Diese Zeiten
waren vorbei. Er verstaute das restliche Stück Salami

sowie reichlich Brot im Korb. Dazu kamen etwas Käse, vier Eier, die er zuvor bereits hart gekocht hatte, und jeweils zwei frische Paprika und Paradeiser, die er gestern am Naschmarkt erstanden hatte. Aus seiner ›Speisekammer‹ fischte er eine Flasche Gießhübler Mineralwasser sowie einen Weißwein heraus; einen ›Gemischten Satz‹ vom Nussberg. Er grinste die Weinflasche an und murmelte:

»So, mein Lieber! Heute bring ich dich dorthin zurück, wo du herkommst …«

Für die Anreise zum Nussberg wählten die Nechybas nicht eine Ringlinie, sondern die Stadtbahn. In Heiligenstadt würden er und seine Frau dann in den 36er umsteigen. Diese Planung erwies sich als sehr vorausblickend. Denn als das Ehepaar auf den Getreidemarkt hinaustrat, strömten ihnen große Gruppen von Arbeitern und Arbeiterinnen entgegen, die lauthals Parolen skandierten. Alle waren sie in Richtung Ringstraße und Rathaus unterwegs. Am Karlsplatz löste Nechyba zwei Fahrkarten. Und dann hatten sie Glück, denn gerade als sie unten am Perron angelangt waren, fuhr dampfend, schnaufend und Funken speiend ein Stadtbahnzug ein. Nechyba und Aurelia fanden zwei Fensterplätze und genossen schweigend die Fahrt. An der Endstelle, im Bahnhof Heiligenstadt, stiegen sie aus und gingen ein kurzes Stück zum 36er hinüber. Auch hier mussten sie nicht lange warten, sodass sie nach einer dreiviertel Stunde Fahrt in Nussdorf vor dem kleinen Bahnhof der Zahnradbahn anlangten. Da Nechyba nicht auf den Kahlenberg, sondern auf den Nussberg hinaufwollte, ging es nicht mit der Zahnradbahn, sondern per pedes weiter. Es war mittlerweile zehn Uhr vormittags und am Rathausplatz und auf der Ringstraße hatten sich zehntausende, vielleicht sogar hunderttausend Menschen versammelt. An verschiedenen Plätzen hielten führende Mitglieder der sozialdemokratischen Partei Reden, in denen sie die Teuerung, die Wohnungsnot und die sozialen Missstände anprangerten.

Nechyba und Aurelia spazierten inzwischen Hand in Hand den leicht ansteigenden Weg, der den Schreiberbach entlangführte, hinauf zu ›Beethovens Ruhe‹. Dort setzten sie sich auf ein Bankerl und taten das, was der große Komponist vor vielen Jahren hier ebenfalls getan hatte: Sie ruhten sich aus. Während sie mitten in der friedlichen Natur dem Vogelgezwitscher lauschten, krachte auf der Ringstraße der erste Schuss. Die demonstrierenden Menschen brachte das dermaßen in Rage, dass sie anfingen, das Rathaus und alle umliegenden Gebäude zu demolieren. Dies wiederum nahmen die massiv vorhandenen Polizei- und Militärkräfte zum Anlass, gewaltsam einzuschreiten.

Während es in der Innenstadt die ersten Verwundeten gab, keuchten Joseph Maria und Aurelia Nechyba über die Wildgrube zum langgestreckten Scheitel des Nussbergs hinauf. Von hier bot sich ihnen ein atemberaubender Blick auf die Stadt. Vom Aufstieg erschöpft und ziemlich verschwitzt, tranken sie kräftige Schlucke vom Gießhübler Mineralwasser. Als sie nach einer kurzen Pause nunmehr eben zwischen den Weingärten entlanggingen, sagte Nechyba zu seiner Frau:

»Heut' wollt ich partout keinen Dienst machen ...
ich hab so ein komisches G'fühl, dass die Demonstration böse enden wird. Die Leute haben eine solche Wut
im Bauch, das ist unglaublich. Hunderttausende haben
buchstäblich nix zum Fressen. Unlängst haben wir in
einer Elendsunterkunft, wo wir eine Hausdurchsuchung
gemacht haben, einen Buben gefunden, der sich unter
größten Schmerzen am Boden g'wälzt hat. Ich hab sofort
die Rettungsgesellschaft gerufen. Als die da waren und
ihn ausg'fragt haben, hat er unter Tränen zugegeben, dass
er vor lauter Hunger ein paar Zwiebeln, die oben am
Kasten gelegen sind, gegessen hat. Drauf ist die Mutter
ganz blass g'worden. Weißt, was das war? Das waren
Blumenzwiebeln vom Vorjahr, die sie da oben vergessen g'habt hat ...«

Später, als sie vor einer Winzerhütte ein gemütliches,
windgeschütztes Bankerl fanden, entkorkte Nechyba
den Nussberger. Ein guter Wein, der ihm aber heute nicht
recht schmecken wollte. Wie ihm überhaupt das ganze
Picknick nicht sonderlich mundete.

Zu seinen Füßen lag die riesige Stadt mit ihren 2 Millio-
nen Einwohnern. In zahlreichen Straßenzügen fanden
mittlerweile Straßenschlachten statt. Mit aufgesetzten
Bajonetten rückte Militär gegen die aufgebrachten Menschen vor. Dazwischen gab es immer wieder Schießbe-
fehle, die die Mannlicher Gewehre* der Soldaten tödliches
Blei spucken ließen. Und während Franz Joachimsthaler
tödlich in den Bauch geschossen, Franz Wögerbauer von

---

* »Mannlicher Modell 1895« – das Standardgewehr der k.u.k. Armee

einem Kavalleristensäbel der Schädel gespalten und Otto Brötzenberger von einem Bajonett erstochen wurde, verfiel Joseph Maria Nechyba, an die Wand des Winzerhäuschens gelehnt, in einen tiefen, traumlosen Schlaf.

Epilog

»Das Unglück beim *Demonstrationszuge und in der heutigen Sitzung des Abgeordnetenhauses würde sich kaum zugetragen haben, wenn der große Fehler nicht begangen worden wäre, die alle Stände bedrückende Teuerung in Klassen einzuschachteln und die allgemeine Not zur Parteipolitik zu missbrauchen.«*

»Neue Freie Presse Nr. 16927«
Freitag, 6. Oktober 1911

Leo Goldblatt war draussen in Meidling und Hietzing unterwegs gewesen, um das Unwesen einer sich dort herumtreibenden Platte* zu recherchieren. Die Plattenbrüder hatten einige Aufmerksamkeit auf sich gezogen, als sie unlängst in einem Hietzinger Kaffeehaus eine versammelte Gesellschaft von Offizieren, Einjährig-Freiwilligen und Unteroffizieren nötigten, ihren unmäßigen Konsum an Kognak zu bezahlen. Wären die Uniformierten der Aufforderung nicht nachgekommen, wären sie zusammengeschlagen worden. Goldblatt witterte eine interessante Geschichte und war deshalb in die Vororte hinausgefahren. Er hatte tatsächlich einen der Rädelsführer dieser Bande aufgespürt und zu einem ausführlichen Gespräch überreden können. Stolz hatte ihm der Strolch erzählt, dass er erst unlängst wegen Totschlags auf der Anklagebank gesessen hatte. Da die vom Gericht geladenen Zeugen und Geschworenen erfolgreich von Mitgliedern der Platte eingeschüchtert worden waren, wurde er freigesprochen. Mit schiefem Grinsen prahlte der Kerl: ›Wenn di mi verurteilt hätt'n, wären s', nachdem i die Strafe verbüßt hätt', in den Genuss meiner Liebesbeweise gekommen …‹. Goldblatt war erschüttert. So weit war es in diesem Staat gekommen! Da konnten Nechyba und die gesamte Sicherheitswache noch so erfolgreich im Kampf gegen das Verbrechen sein. Es half nichts, wenn die Justiz auf beiden Augen blind war und solche Strolche laufen ließ. Und weil er gerade an Nechyba dachte, stieg Goldblatt bei der Stadtbahnstation Kettenbrückengasse aus. Es hatte ihn die Sehnsucht nach

---

* Bande

den alten Zeiten gepackt. Er ging ein Stück die linke Wienzeile stadteinwärts, bog dann in die Engelgasse[*] ein und war alsbald beim Café Sperl. ›Das letzte Mal, dass ich da war, ist auch schon wieder einige Monate her ...‹, sinnierte Goldblatt und trat in das Kaffeehaus ein, wo er sich nach wie vor wie zuhause fühlte. Adolf Kratochwilla, der Cafetier des Sperl, begrüßte ihn herzlich. Und der alte Marqueur fragte, als Goldblatt Platz genommen hatte:

»So wie immer, Herr Redakteur?«

Goldblatt nickte grinsend und bekam umgehend seinen ›Goldblatt‹ serviert. Er schlürfte das Getränk und ließ seinen Blick im Sperl umherschweifen. Nichts hatte sich verändert: Einige Tische waren von Offizieren der nahen Kriegsschule besetzt, am Künstlertisch saßen die Herren vom Hagenbund und ums Eck spielte man Billard. Goldblatt schloss die Augen und lauschte dem Klicken der Billardkugeln, dem Stimmengewirr der Gäste, dem Rascheln der umgeblätterten Zeitungsseiten sowie dem leisen Klappern und Klirren der Kaffeeschalen und Wassergläser, die aus der Küche voll heraus- und irgendwann dann wieder leer hineingetragen wurden. All das war unglaublich beruhigend und einschläfernd. Er träumte von dem Plattenbruder, der ihn in ein Eck drängte und zynisch fragte, ob er ihm einen Liebesbeweis zuteil werden lassen sollte. Goldblatt stammelte: ›Nein! Bitte, bitte nicht ...‹. Doch es half nichts. Der Plattenbruder ließ die Klinge eines Springmessers klickend einschnappen und führte sie langsam, ganz langsam auf Goldblatts Gesicht zu. Schmerzhaft spürte er

---

[*] Heute: Girardigasse

den kalten, scharfen Stahl in die Haut seiner Wange ein-
dringen …

»Nein! Das ist aber jetzt nicht wahr!«

Eine vertraute Stimme riss Goldblatt aus seinem
Nickerchen und holte ihn in die Realität zurück. Goldblatt blinzelte verschlafen und sah die gewaltige Silhou-
ette Nechybas, der sich mit einem Seufzer der Zufriedenheit ihm gegenüber auf die Polsterbank fallen ließ.
Goldblatt lächelte und sagte:

»Was schaun S' denn so, Nechyba? Es ist ja nicht das
erste Mal, dass Sie mich bei einem Nickerchen im Kaffeehaus erwischen …«

Nechyba bestellte sich ebenfalls einen ›Goldblatt‹,
musterte den Redakteur und bemerkte mit ironischem
Unterton:

»Sind Sie sicher, dass Sie sich nicht im Kaffeehaus geirrt
haben?«

»Reden S' keinen Blödsinn, Nechyba! Heut bin ich
halt ins Sperl und nicht ins Landtmann gegangen. Varia-
tio delectat*!«

Goldblatt erzählte dem Inspector von seinen Recher-
chen bezüglich der Plattenbrüder. Als Nechyba hörte,
dass die Justiz einen der Anführer unlängst hatte laufen
lassen, statt ihn einzusperren, schüttelte er nur den Kopf.
Dann deutete er auf das Titelblatt der ›Neuen Zeitung‹,
auf der eine gezeichnete Darstellung des Attentats auf
den Justizminister prangte. Dazu gab es folgende Überschrift: ›Schreckensszenen im österr. Parlament. Fünf
Revolverschüsse. Attentat auf den Justizminister Dr. Rit-
ter v. Hochenburger.‹ Unter dem Bild stand dick und fett

---

* Abwechslung macht Freude

im Telegrammstil zu lesen: ›Eine Demonstration tschechischer Schulkinder. – Raufszenen in der Säulenhalle des Parlaments. – Abgeordnete prügeln und würgen sich. – Der Teufel mit dem Revolver. – Ein Zwischenfall bei der Rede Dr. Adlers. – Panik im Sitzungssaale. – Verhaftung des Attentäters.‹

»Ich sag Ihnen, Goldblatt, wenn das so weitergeht, wird unser ganzer Staat in Chaos und Anarchie versinken. Ich war heute bei der Vernehmung des Attentäters, eines gewissen Nikolaus Njegus, dabei. Man hat mich hinzugezogen, weil der Mann behauptet hat, dass er im Frühjahr auch schon einmal kurz in Wien gewesen ist. Auch damals hatte er sich revolutionär betätigt und den Bauhof eines kapitalistischen Ausbeuters in Floridsdorf in Brand gesteckt. Gemeinsam mit einem gewissen Frantisek Oprschalek …«

»Was, mit dem Oprschalek? Sehn S', da war ich doch nicht so daneben mit meinem Feuerteufel!«

Nechyba lächelte:

»Da haben Sie tatsächlich das richtige G'spür g'habt. Ich überprüfe jetzt alle größeren Brände des heurigen Jahres. Wer weiß, vielleicht hat der Oprschalek dort oder da auch noch seine Finger im Spiel g'habt.«

»Apropos G'spür … Sie stehen mir mit Ihrer Intuition in nichts nach, Nechyba.

Wie haben Sie das eigentlich am vorvorletzten Sonntag zuwege gebracht, nicht bei dem Riesenpolizeiaufgebot während der Teuerungskundgebung dabei zu sein?«

Nechyba lächelte neuerlich. Er bestellte zwei französische Cognacs. Als diese gebracht wurden, stieß er mit Goldblatt an. Dann sagte er ernst:

»Mein Glück war, dass ich zwei Tage vor dem 17. September beim Dr. Pamer war und der mich belobigt hat. Da hab’ ich die Gelegenheit beim Schopf gepackt und ihn gebeten, am 17. September keinen Dienst versehen zu müssen. Als Grund hab ich meine Aurelia vorgeschoben, weil sie ja nur am Sonntag frei hat. Das hat der Pamer akzeptiert, und so war ich Gott sei Dank bei diesem ganzen Schlamassl nicht dabei.«

Goldblatt kratzte sich den kahlen Schädel, nahm einen Schluck Cognac und sagte:

»Dafür haben Sie dann am Montag Dienst gehabt, und da hat man Sie gleich raus nach Ottakring zu dem Frauenmord geschickt.«

»Richtig. Da haben s’ mich rausgeschickt. Und dort hab ich ja die grauenhaft abgeschlachtete Steffi Moravec gefunden[*]. Bei dieser Ermittlung tappe ich völlig im Dunkeln. Ich hab’ in den letzten Wochen gemeinsam mit dem Kommissariat Ottakring Himmel und Hölle in Bewegung gesetzt, um auch nur einen Hauch von einer Spur zu finden. Aber da gibt’s nichts. Absolut nichts. Die Bestie, die das getan hat, hat sich offenbar in Luft aufgelöst …«

Wiederum kratzte sich Goldblatt am Schädel, nahm den letzten Schluck Cognac und sagte dann vorsichtig:

»Vielleicht halten Sie mich für verrückt, Nechyba. Aber ich hab’ da so eine Theorie bezüglich der ermordeten Moravec …«

»Schießen S’ los Goldblatt! Spannen S’ mich nicht auf die Folter …«

»Als ich über diesen Mord berichtet hab, sind mir sehr

---

[*] Siehe: Reigen des Todes, Gmeiner Verlag, 2010

viele Dinge, wie zum Beispiel die ausgeweideten Innereien, bekannt vorgekommen. Ich hab jetzt zwei Wochen lang darüber nachgegrübelt. Bis mir eines Nachts plötzlich die Erleuchtung gekommen ist. Dieses Tatmuster gab es schon einmal: Prostituierte, die bestialisch aufgeschlitzt und verstümmelt worden sind. In England vor 20 Jahren …«

Nechyba wurde blass und murmelte:

»Um Gottes willen! Sie haben recht. Jack the Ripper ist genauso vorgegangen …«

Goldblatt hob abwehrend die Arme und fügte hinzu:

»Das ist nur ein Bauchgefühl. Reine Intuition. Beweisen kann man das wahrscheinlich nie. Aber um noch einmal auf den 17. September, den Blutsonntag, zurückzukommen: Warum haben Sie partout an diesem Tag nicht Dienst haben wollen? Sie machen doch auch sonst hin und wieder Sonntagsdienste …«

Goldblatt beobachtete, wie Nechyba einen Schluck vom Cognac nahm und ihn lange im Mund kreisen ließ. Erst als die ölige Flüssigkeit seinen Schlund hinabgeglitten war, antwortete er:

»Ich hab' vom ersten Augenblick an, als ich von der Kundgebung gehört hab', Sorge gehabt, dass da was passiert. Dass den Demonstranten der Geduldsfaden reißt und dass sie rabiat werden. Schaun Sie sich den Oprschalek, den Schottek und den Njegusch an! Alles bis vor Kurzem brave Leute, die sich irgendwie durchs Leben gewurstelt haben. Bis sie zu einem Punkt gelangt sind, an dem sie vor lauter Verzweiflung nicht mehr weitergewusst haben. Der erste ist Brandstifter und Gewalttäter geworden, der zweite Brandstifter und der dritte

Attentäter. Aber nicht, weil sie von Grund auf ver-
dorbene Menschen waren, sondern weil s' verzweifelt
waren. Weil die Zeit, in der wir leben, einfach zum Ver-
zweifeln ist ...«

ENDE

Glossar

allwäu immer
amoi einmal
andudelt betrunken
ausse heraus, hinaus
anschmieren belügen
Bahöö Aufruhr, Wirbel
barabern arbeiten, malochen
Beisl Kneipe, Gasthaus
Belletage Bestes Wohngeschoß, meistens im 1. Stock gelegen
Bem der Böhme / die Böhmen
Blitzgneißer heller Kopf
ditschkerln koitieren
Einbrenn Mehlschwitze
Erdäpfel Kartoffeln
Erdäpfelpüree Kartoffelbrei, Kartoffelstock
Einedrahrer Angeber
Fallot Gauner
Flammóh Hunger
Fleischer/Fleischhauer Metzger
Fratschlerin Marktfrau
genant peinlich
Gfraßt / Grfaßtsackl schlechter Mensch
Gauner Halunke
Glumpert wertloses Zeug

Greisler(ei) Tante-Emma-Laden

Greislerin Besitzerin eines Tante-Emma-Ladens

Gretzl nahe Umgebung, städtisches Viertel

Griasler Unterstandsloser

G'stiß geben kündigen, eine Beziehung beenden

G'stopfter wohlsituierter Mensch

Gewurl Gewimmel

Gummiradler Kutsche mit Gummibereifung

Habe die Ehre! Altwiener Gruß bzw. Ausruf der Verwunderung

Hackler Arbeiter

Hack'n Arbeit

hack'nstad arbeitslos

Häfen Gefängnis

Haftln Verschlusshäkchen

Häusl WC

He Polizei

Hendl/Henderl Huhn

Hieb Bezirk

Holler Unsinn

Jessasmarandjosef Ausruf der Bestürzung

Jingel jiddischer Ausdruck für Junge

Kaisersemmerl Brötchen

karnifeln quälen

keppeln keifen

Kinematographen(theater) Kino

Kren Meerrettich

Krügel großes, offenes Bier

Lamperl Lämmchen

Landpomerantschen Mädchen vom Land

Lavoir Waschschüssel

leiwand gut, super

Margiloman schwarzer Kaffee mit einem Schuss Kognak

Marqueur Zahlkellner

Marzagran schwarzer Kaffee mit Eiswürfeln und Maraschino

Meier sein verhaftet sein

Marille Aprikose

Marmelade Konfitüre

Mensch (das) junges Ding/Mädchen

ozahd ausgemergelt

Pantscherl (Liebes-)Verhältnis

patschert ungeschickt

päulisieren wegrennen, fliehen

Powidl extrem lang gekochte und dadurch eingedickte, sehr intensiv schmeckende Zwetschkenmarmelade

Prater Wiener Erholungs- und Grüngebiet samt Vergnügungspark

Pschistranek geben siehe: G'stiß

Ruderleiberl Unterleibchen

Rußflankerl Rußpartikel

pumpern klopfen

reren weinen

Schal'n Gewand

Schmäh/Schmäh führen Aufschneiderei/sich mit jemandem unterhalten

schleichen verschwinden

Schmier Polizei

Schnoferl beleidigter Gesichtsausdruck

schwanzen sich ärgern

sekkieren jemanden ärgern

Stuss Unsinn

Treberner Tresterbrand (Grappa)
Tratsch/tratschen Rederei/üble Nachrede/reden, plaudern
Tschecherl schäbiges Vorstadt-Café
Tuchent mit Daunen gefüllte Bettdecke
umadum herum
ume hinüber
Viecherln Tiere
wurln wimmeln
wurscht egal
Zwiderwurzn missmutiger Mensch

Quellen

ANNO – AustriaN Newspapers Online
Der virtuelle Zeitungslesesaal der Österreichischen
Nationalbibliothek
http://anno.onb.ac.at/

*Der lange Schatten des Staates – Österreichische Gesell-
schaftsgeschichte im 20. Jahrhundert* Ernst Hanisch, Verlag Ueberreuter, Wien 1994

Der Mädchenhandel und seine Bekämpfung
Dr. Josef Schrank, Selbstverlag des Verfassers, Wien 1904

Der österreichische Bundes-Kriminalbeamte
Redaktionskomitee Heinrich Dehmal [u. a.], Verlag für
Polizeilichen Fachliteratur, Wien 1933

*Die Gemeinde-Verwaltung der Stadt Wien im Jahr 1911.
Bericht des Bürgermeisters Dr. Josef Neumayer*
In Kommission bei Gerlach & Wiedling, Buch- und
Kunstverlag, Wien 1912

Die Wiener Gauner-, Zuhälter- und Dirnensprache
Dr. Albert Petrikovits, Selbstverlag der Öffentlichen
Sicherheit, Wien 1922

Durch die Wiener Quartiere des Elends und Verbrechens
Emil Kläger, Verlag Karl Mitschke, Wien 1908

Expeditionen ins dunkelste Wien
Max Winter, Picus Verlag, Wien 2006

Historisches Lexikon Wien
Felix Czeike, Kremayr & Scheriau, Wien 1992

Im Unterirdischen Wien
Max Winter, Verlag von Hermann Seemann Nachfolger,
Berlin und Leipzig 1905

Italienisches Koch-Buch und Preis-Courant
Giuseppe Hmelak, Verlag Leykam, Graz 1893

Sechzig Jahre Wiener Sicherheitswache
Selbstverlag der Bundespolizeidirektion Wien, Wien
1929

Sprechen Sie Wienerisch?
Peter Wehle, Verlag Carl Ueberreuter, Wien - Heidel-
berg 1980

Wien – Ein Führer durch Stadt und Umgebung
Redigiert von Eugen Guglia, Gerlach & Wiedling, Wien
1908

Wiener Verbrecher
Emil Bader, Verlag von Hermann Seemann Nachfolger,
Berlin und Leipzig 1905

Zur Erinnerung an das 50jährige Bestehen des Ersten Wiener Consum-Vereins
Selbstverlag des Vereins, Wien 1912

Weitere Titel finden Sie auf den
folgenden Seiten und im Internet:

WWW.GMEINER-VERLAG.DE

Inspector Nechyba ermittelt:

Die Nechyba-Kurzgeschichten

SPANNUNG

GMEINER

WWW.GMEINER-VERLAG.DE
Wir machen's spannend

Weitere Bücher
von Gerhard Loibelsberger

Quadriga
ISBN 978-3-8392-2247-8

MICKY COLA
ISBN 978-3-8392-0050-6

Nechybas Wien
ISBN 978-3-8392-1254-7

Wiener Seele (Hrsg.)
ISBN 978-3-8392-1606-4

Lyrik, Songs & Kurzprosa

Ants & Plants
ISBN 978-3-7349-9459-3

Young Dummies
ISBN 978-3-7349-9461-6

GMEINER SPANNUNG

WWW.GMEINER-VERLAG.DE
Wir machen's spannend